금지된 정원

* 이 도서의 국립중앙도서관 출판시도서목록(CIP)은 e-CIP홈페이지(http://www.nl.go.kr/ecip)와 국가자료공동목록시스템(http://www.nl.go.kr/kolisnet)에서 이용하실 수 있습니다. (CIP제어번호: CIP2015018085)

금지된 정원

김다은 장편소설

은행나무

일본에서 온 편지

나의 아들 조선 총독에게

아드님이 조선 총독으로 부임하던 날의 기쁨을 어떻게 말로 표현할 수 있을까. 조선인들의 경계심을 풀기 위해 제복을 벗어던진 지혜로운 아드님! 아드님이 파나마모자를 눌러쓰고, 조선인들이 쪽빛이라 부른다는 아름다운 하늘을 머리에 이고, 구름 같은 환영 인파 속에 대령한 황금빛 마차를 향해 걸어갔다는 이야기는 수백 번을 그려보아도 질리지가 않았네. 왕의 등극에 걸맞은 행차가 아니었겠는가.

아드님! 내 품에서 자랐지만 지극히 높고 고귀해져 선뜻 내 아들이라 부르지 못하고 남의 귀한 아들처럼 불러본다네. 올곧은 성격과 아랫사람들을 부리는 부드러운 카리스마와 천황에 대한 충성심까지 갖춘 아드님에게 조선 총독 자리는 매우 당연하고 합당한 수순이 아니겠는가. 아드님은 문화적으로나 경제적으로나 만 가지가 미개한 조선 백성들을 일깨울 식민지의 메시아, 조선의 전설적인 인물이 될 것이다. 폭력과 억압보다, 사랑과 관대함으로 속국의 백성들을 지배하고 지배할.

　비록 이제는 몸이 자유롭지 못해 다다미를 몸의 일부처럼 지고 사는 신세가 되었지만, 그 장면만 떠올리면 천근처럼 몸을 묶던 거동의 불편함은 순식간에 사라지고, 양귀비를 달여 먹었을 때보다 몸은 더 가뿐해지고 날개처럼 가벼워져서, 새나 바람처럼 단시간에 현해탄을 건너 경성 아드님의 방으로 날아가곤 하였다네.

　아드님이 조선에 부임한 지 어언 일 년이 지났네. 어미의 주변 사람들에게 입막음을 해놓은 탓에, 총독으로 부임하던 날 폭탄 공격을 받았다는 이야기를 며칠 전에야 들을 수 있었다네. 아무리 세상을 등지다시피 방 안에서 꼼짝할 수 없는 병들고 늙은 몸이지만, 무슨 일이라도 생길까 염려해서 그랬겠지만, 멀쩡하게 눈을 뜨고서 일 년 후에나 아들의 생사가 걸렸던 사실을 알게 된 어미의 마음은 어떻겠는가.
주변의 피투성이와 아수라장의 상황에서도 당당하게 걸어서 황금 마차를 타고 자리를 피했다고 들었네. 하지만 나중에 파나마모자에 무엇인가 스친 흔적을 발견했다는 그 말을 들은 순간부터 어미는 숨조차 제대로 쉴 수가 없다네. 아드님이 총독으로 부임하던 날 마음 한 구석에 불길하게 드리워졌던 검은 그림자의 정체를 이제야 알겠네.
　자존심 강한 아드님이 혼자서 그 수모를 삼키며 두려움을 견뎠을 생각을 하면…… . 하지만 지금 어미가 두려운 것은 지나간 일이 아니라 이후로도 어디서건 공격당할 수 있다는 공포감이 마음에 남아 아드님을 심약하게 만들지도 모른다는 염려일세. 며늘아기의 말로는 일본에 있을 때와 다르게, 조선에서 아드님이 예민해지고 작은 일에도 잘 놀란다고 들었네. 내 아드님, 오 내 아들!

  사랑하는 아들아!

  네가 경성역 광장에서 보았던 계시를 기억하느냐. 너는 폭탄 사건은 숨긴 채 부임하던 날 경성역에서 체험한 신비한 현상을 이 어미에게 들려준 적이 있다. 너를 매료시켰던, 조선의 푸른 하늘에서 붉고 거대한 둥근 알이 검은 점을 품고 태어나면서 네 귀에 속삭였다고 말했다.

  "이것으로 생명의 집을 지으면 조선을 발아래 두고 영원히 지배할 것이다."

  사랑하는 아들아, 너는 조선의 지배자에게 내려온 계시라고 말했다. 나는 그 말을 흘려듣지 않았다. 너는 어미가 언제 놓아버릴지 모를 이승의 마지막 생명줄을 위태하게 잡고 있다고 염려하겠지. 하지만 내 정신은 어느 젊은 날보다 청정하다. 세월만큼 위대한 스승도 없나니, 늙고 쇠잔한 몸을 갑옷처럼 감금한 이십 년 노환을 축복으로 받아들여 나는 길고 긴 명상의 시간을 가졌고, 침상 곁에 책 읽어주는 청년을 앉혀 천 권의 동서양 역사서와 인문학 서적을 읽었다. 이제 내 생각들은 폭풍 속에서도 잠잠할 수 있고, 내 지혜와 통찰력은 바다만큼 깊어졌다.

  내 아들아, 계시는 빗방울처럼 하늘에서 그냥 떨어져내리는 것이 아니다. 계시는 그 의미를 지혜롭게 푸는 자만이 온전하게 누릴 수 있는 은혜이다. 이제 어미의 목소리에 귀를 대고 어미가 들려주는 왕의 계시를 활용하거라.

아들아, 고대 로마 제국의 콘스탄티누스 1세는 정식으로 황제가 되기 위해 복잡한 내전을 평정해야 하는 상황에 놓여 있었다. 그는 험한 알프스를 9만 8천 명의 군사들을 이끌고 넘어가서 세 번에 걸쳐 수많은 목숨을 잃으며 전쟁을 치렀고, 마지막 피할 수 없는 정적 막센티우스와의 한판을 앞두고 있었다. 콘스탄티누스 1세는 싸움판이 벌어질 로마 근처 밀비안 다리를 내려다보며 신에게 간구했다. 그의 오랜 신, 그의 어머니, 그 어머니의 어머니가 믿었던 태양신에게. 태양신은 지구의 온갖 생명이 태어나게 하고 그 생명을 좌지우지하기에, 그의 목숨도 승리도 태양신이 결정할 것이기 때문이었다.

아들아, 콘스탄티누스 1세는 기도 후 꿈속에서 계시를 받았다. 태양에 알 수 없는 기호가 나타난 것이다. 처음에는 헬라어 X(키)가 나타났고, 그다음에 헬라어 P(로)가 나타나더니 그 기호들이 움직여 몸을 서로 합쳤다. 그리고 목소리가 들렸다.

"이것으로 너는 승리하리라."

콘스탄티누스 1세는 눈꺼풀을 열면서 본능적으로 감지했다. 자신이 받은 계시가 무엇인지 지혜롭게 풀기만 하면 전쟁에서 이기리라는 것을. 아들아, Xp가 무엇을 뜻하는지 깨달은 콘스탄티누스 1세는 아연실색했다. 그것은 헬라어 'Χριστos'의 첫 두 글자라는 확신이 예리하게 자신을 꿰뚫고 지나갔기 때문이다. 소름끼치는 확신, 그

것은 왔다는 것을 깨닫기도 전에 이미 와버려서 이전도 이후도 없는 확신이었다.

'Χριστos'는 '그리스도'를 뜻한다. Xp는 그리스도의 약자였다.

그는 군사들의 모든 방패에 Xp 기호를, 군사들의 모든 깃발에도 Xp 기호를 새기게 했다. 그는 개종하여 그리스도교도가 되었고 그리스도의 힘을 빌려 전쟁터로 나갔다. 그는 예언대로 마지막 전투에서 승리하여 312년 서로마 제국의 황제가 되었고, 이어 323년 로마를 통일하여 통일 로마 제국의 황제로 등극하였다.

아들아! 조선을 영원히 일본의 발아래에 둘 비밀을 풀 자가 바로 너다. 계시를 콘스탄티누스 1세처럼 지혜롭게 풀어라! 너는 문화 총독이다. 조선의 영토 점령을 넘어 그들의 미개한 정신을 개조하고 지배하기 위해 파견된 총독이다. 그런 내 아들에게 감히 폭탄을 던지다니…… 조선인들의 영혼까지 영원히 일본의 발아래 무릎을 꿇게 만들어라. 산천이 변하고 그들의 손자의 손자가 태어나고 세기가 바뀌고 또 바뀌어도 영원히! 어미는 이미 서신조차 다른 사람의 손을 빌려야 할 정도로 쇠잔하니, 이 편지가 너에게 쓰는 마지막 편지가 될 수도 있다. 하지만 아드님을 향한 어미의 예지는 어느 때보다 충천하다. 이대로 눈을 감는다 해도, 아니 죽어서라도 생사의 경계를 넘나들며 어미는 그 계시의 비밀을 풀도록 도울 것이다. 이것은 대일본제국의 속국, 조선의 새로운 역사를 쓸 아드님에게는 단지 시작일 뿐이다.

1920년 9월 29일

추신: 우선 너와 네 가족의 생명을 안전하게 지킬 튼튼한 집을 지어라.

1부

김 지관

독수리 날개 같은, 재빠른 무엇이 부딪칠 듯 눈앞을 지나갔다. 황급히 고개를 내밀어 살펴보니, 검은색 포드 세단이 인력거 앞으로 급작스럽게 파고든 뒤였다. 포드 자동차가 길가에 정차하려고 멈칫거리는 중에, 낡은 인력거는 자동차 꽁무니에 바투 선 채 망설이고 있었다. 손님의 뜻을 살펴려는 듯 고개를 뒤로 돌린 차부의 주름진 얼굴과 벌어진 입안의 썩은 누런 이 사이에서 하얀 김이 번져 나오고 있었다. 전차, 바이크 택시, 달구지, 사람 들로 뒤엉킨 종로 사거리를 막 헤치고 온 뒤였다. 이쯤에서 됐다며 김 지관(地官)¹은 인력거에서 내려섰다.

황토현 거리를 막 지난 지점이었다. 차부가 노동화를 신은 다리를 열심히 굴리며 사라져가는 동안, 김 지관은 가만히 숨을 죽이고 백악산 쪽을 바라보았다. 눈앞에서 보고도 직접 본 것 같지 않은 광경이었

---

1 지관은 집터나 무덤 터를 잘 잡는 사람이다. 조선 시대 풍수지리학을 연구하던 관리를 지관이라고 하였다.

다. 경복궁을 틀어막고 있는 총독부 새 청사! 인간의 힘으로 세웠다고 믿기 어려운, 시멘트와 쇠와 유리를 뭉쳐 보여준 일본의 역학적인 힘. 사람 머리 위에 사람이 설 수 있도록 층층이 지은 건물, 감시하는 눈처럼 번뜩이는 수십 개의 반듯하고 가지런한 유리 창문들, 건물 꼭대기에 초록빛 돔. 김 지관은 놀라서 입을 다물지 못하다가 진저리를 쳤다. 새 총독부 청사 건물에 가려진 경복궁은 기와지붕의 용마루조차 보이지 않았다.

"백악산에서 경복궁을 거쳐 한성으로 흐르던 생기(生氣)[2]를 끊어버렸구나."

부지불식간에 작은 한탄이 입에서 새어 나왔다. 경복궁 터에 조선총독부 새 청사를 짓는다는 뼈아픈 소식을 들은 것이 십여 년 전이었다. 경복궁 담장을 따라 측량이 시작되어, 굵은 소나무 말뚝이 박히고, 얼기설기 가상 울타리가 만들어질 때만 해도, 새 청사가 완성이 되기 전에 나라를 되찾을 수 있을 것이라는 허황된 꿈을 가지고 있었다. 십 년이 지난 지금, 정말 꿈에서도 볼 성싶지 않은 새 청사를 눈으로 확인하고 만 것이다.

총독부 청사를 향해 허적허적 걷기 시작했다. 마흔을 넘기고도 두 해를 더 살아왔지만 이렇게 개복치 내장처럼 심정이 지리멸렬하고 복잡하기는 처음이었다. 김 지관은 스스로에게 떠밀리듯 걷고 있었다. 가지 말아야 하는 곳에 꼭 가고 싶은 자의 발걸음은 그렇게 혼란스러

---

2 풍수는 바람과 물의 움직임을 이용해서 땅속에 돌아다니는 기를 말한다. 명당에서 생기를 얻으면 복을 얻고 화를 피할 수 있다고 한다.

왔다. 조선 총독이 지관을 찾는다는 말을 전해 들었을 때부터 찾아온 혼란스러움이었다. 일본인들이 조선에 들어와서 가장 무시했던 것이 풍수지리였고, 그들은 지관을 미신의 종으로 치부했다. 일본인들은 지관을 깨고 부수고 다시 세우는 조선의 모든 정비 사업에 시비나 거는 일종의 잡귀 정도로 여겼다. 마을의 중심을 가로지르는 기찻길이나 신사에 자칫 풍수를 논하였다가 큰일을 당한 지관이 한둘이 아니었다. 그런데 총독부에서, 더구나 총독이 조선 지관의 도움이 필요하다며 관리를 세 번이나 보내온 것이다. 새 총독부 청사로 다가갈수록 긴장되어 다리가 경직되는 듯했다.

총독부 청사 입구에는 현대식 제복을 입은 경비병들이 문 양쪽에 서서 다가오는 사람들을 압도하고 있었다. 내심 떨렸으나, 김 지관은 인형처럼 앞만 바라보는 왼쪽 경비병을 포기하고 약간 나긋한 느낌의 오른쪽 경비병 쪽으로 방향을 틀어 다가갔다. 이름을 확인하더니 친절하게 따라오라고 했다. 넓적한 돌들이 보기 좋게 깔린 마당이 펼쳐졌다. 생전에 총독부에 발을 들여놓을 일이 생길 줄이야. 총독부가 완성되고 새 청사 낙성식이 있은 후, 일본은 조선인들에게도 그 내부를 자랑스럽게 공개했었다. 하지만 지금은 순종 황제의 승하가 도화선이 되어 6·10 만세 사건이 터진 후라, 전국 군대와 경찰은 삼엄한 경계 상태에 들어가 있었다.

총독부 새 청사의 계단을 통해 이 층으로 올라가니, 여인들이 문 앞에 앉아 있었다. 한쪽에는 조선 여자, 또 다른 한쪽에는 일본 여자가 있었는데, 그들은 모두 똑같이 눈썹을 모두 뽑아버리고 연필로 그린 신여성 눈 화장을 하고 있어 다르면서도 묘하게 닮아 보였다. 조선 여성이 "따라 오시지요"라며 앞서 걸었다. 바닥에는 폭신폭신한 것이 깔려 있어, 그녀의 구두도 김 지관의 고무신도 착착 달라붙어 소리가 나지 않았다. 또 하나의 문이 열려 따라 들어갔다. 아담한 공간 안에는 갈색 탁자, 고급스러운 의자들, 낮인데도 환하게 불이 밝혀진 갖가지 크기의 구슬 모양 장식들이 넘치는 어마어마한 크기의 신식 등불이 천장에 매달려 있었다. 은빛 쟁반 위에 붉은 물(홍차라고 했다)을 담아 와서 마시라며 놓고 갔으나, 김 지관은 손도 대지 않았다.

얼마나 시간이 지났는지 갑자기 문이 열리면서, 몸이 재빠른 사내가 들어섰다. 그 사내는 미처 서지도 못해 엉거주춤한 김 지관에게 자기 소개부터 했다.

"나는 총독관방의 토목국장 히시데카라고 하오."

총독관방은 총독의 직속 비서실이나 다름없었다. 총독부 안으로 들어서면서 느꼈던, 전쟁터에 나가는 군인의 떨림 같은 것이 가라앉았다. 대신 그 자리를 실망감이 채웠다. 총독이 지관의 능력을 빌리려고 부탁하는 순간을 은연중에 기대하고 왔음을 깨닫고, 복잡한 심경에 작은 헛기침이 나왔다. 괜히 왔다는 생각이 든 것은 아니었다. 단지 선택이 어떤 식으로 이루어질지 알지 못한 상태일 뿐이었다. 내면에서는 조선인의 자존심과 지관의 자아가 조용하고도 치열한 투쟁을 벌이고 있었다. 옆에 서 있던, 눈이 매서운 한 일본 관원이 탁자 위에 보란 듯이 커다란 지도 한 장을 펼쳤다.

"여기가 총독부 새 청사 건물입니다."

지도 위에 놓인 일본 관원의 희고 긴 둘째 손가락이 토목국장 앞에서 희미하게 떨렸다. 그는 술술 막힘없이 외우기라도 한 듯 설명했다.

김 지관은 가까이 가서 볼 필요가 없었다. 지도를 자세히 들여다볼 필요도 없이, 이미 지도 안으로 들어가 백악산을 배경으로 경복궁 내부와 조금 전 그가 걸어 들어온 광화문 일대에 이르는 궐 밖 도로를 모두 보았던 것이다. 탁자 위에 펼쳐진 지도 때문에 보인 풍경은 아니었다. 지도 따위 쳐다보지 않고도 환히 볼 수 있었다.

"경복궁 안에서 가장 좋은 명당자리를 찾아보시오."

총독부 토목국장 앞에서 별로 주눅이 들지 않는 것이 다행스러웠다. 땅을 찾아주는 지관과 땅을 찾는 손님 입장이기 때문일 것이다.

"경복궁은 본래 복지이니 굳이 땅을 구별할 필요가 없지 않겠습니까. 짓고 싶은 데 지으면 그만이지, 굳이 땅을 봐야 할 이유가 뭐 있단 말입니까?"

김 지관은 나름 진심이었다. 경복궁은 그 전체가 명당이었다. 일본의 방식대로 근정전 앞에 새 총독부 청사를 짓는 식이라면, 어디에 무엇을 짓건 달라질 것은 없었다. 토목국장은 뭔가 입을 열려다가 할 말을 참으려는 듯 입을 닫았다. 지도 위 관원의 손가락이 더 부들부들 떨리는 것이 보였다.

"그 땅을 무엇으로 쓸 것인가를 알아야 명당을 찾을 수 있을 것이오. 산 사람이 살 곳이라면 양택하고, 죽은 자를 위한 묏자리를 찾으려면 음택해야 하나[3]……."

사실 알고 싶은 바는 양택 음택이 아니었다. 경복궁 안에서는 아예

---

3 산 사람은 땅 위에서 땅속의 생기를 받고, 죽은 자는 땅속에서 직접 생기를 받는다. 죽은 자가 받는 생기가 훨씬 크기 때문에 후손에게 전해진다고 믿는 것을 친자감응(親子感應)이라고 한다.

묏자리를 찾을 수는 없는 것이, 도성 안에는 죽은 자를 묻을 수 없다는 금표가 있기 때문이다. 마지막 황제인 순종 황제도 묻히지 못한 경복궁 안에 누구를 묻을 수 있겠는가. 알고 싶은 것은 당연히 땅의 목적이었다. 총독이건 그 누구건, 지관을 찾는다는 말을 들은 순간, 가슴이 팽팽하게 차오르며 긴장되던 느낌을 어찌 부인하겠는가. 결코 거부할 수 없는 마음의 생기가 그를 이리로 끌고 오고 말았다. 더구나 찾는 땅이 경복궁 안에 있다니 무조건 피하는 것만이 능사가 아니었다. 도대체 경복궁 안에 무슨 땅을 찾기에 하찮은 조선의 지관을 삼고초려했단 말인가. 뭔가 심상치 않은 음모가 진행되고 있다는 예감이 온몸을 스쳐 지나가고 있었다.

음택 양택의 말뜻을 못 알아들은 것인지, 토목국장은 대답하지 않았다. 이 묘하고 의심스러운 상황을 지탱하는 배후의 일이 무엇인지 갈수록 궁금해졌다. 수긍 못 할 중요한 음모가 이 자리 뒤에 숨겨져 있을 것이다. 땅의 용도를 알고자 하는 지관의 서슬 푸른 자아가 더 빛을 발하기 전에 바삐 이곳을 빠져나가야 마음에 걸리는 일을 하지 않으면서 살 수 있으리라는 어두운 확신이 깊어졌다. 김 지관은 꼼짝하지 못했다. 용도를 서둘러 알려주지 않아 조바심이 나면서도 그나마 다행스러운 것도 그 때문이었다. 용도를 일단 알게 되면 결코 이 일에서 발을 빼지 못할 것이다.

"오늘은 경복궁을 전체적으로 살펴보기 바라오."

순간 수많은 지관 중에 어쩐 일로 자신이 불려오게 되었는지 김 지관은 자문하기 시작했다. 자신은 일반 풍수사와 별로 다를 것이 없기 때문이다. 풍수사가 되기 위해서는 먼저 풍수서를 익히고, 스승을 찾아 실습을 익혀야 한다. 산야를 돌아다니면서 바람이 흩어지고 모이는 곳이나 물줄기의 방향을 가늠할 수 있어야 한다. 집 혹은 방 하나 안에도 훌륭한 명당과 해로운 지점이 있으니 그 땅의 등급을 구분할 수 있어야 한다. 이런 수련 과정이 끝나면 과거를 치러 지관이 되거나 민간 풍수사가 된다. 그도 이런 모든 과정을 거쳐 과거를 치렀고 지관이 되었다. 여느 지관들과 다른 점이 있다면 이런 모든 것을 가르치고 전수한 스승이 바로 아버지였다는 사실이다. 또 다른 점은 그는 이론을 익히기도 전에 실습을 먼저 익혔다는 것이다. 풍수가 무엇인지 아무것도 모르던 어린아이 때부터 그는 아버지가 음과 양의 이치를 논하는 것을 보면서 자랐다. 그의 중국제 나경(나침판)도 다른 지관들처럼 돈을 주고 구입한 것이 아니라 아버지에게서 물려받았다. 오늘 그 나경을 쓸 기회가 생긴 것이다. 백악산에서 경복궁으로 흘러내리는 용맥[4]을 살펴볼 생각을 하니 가슴이 뛰었지만, 김 지관은 무심하게 대답했다.

"이곳까지 왔으니 경복궁 구경이나 하다 갈까 합니다."

어떤 땅이건 간에, 일본의 총독이 원하는 땅에 자신의 눈을 빌려주는 일은 지금 심정으로는 가당치 않았다. 하지만 총독이 어떤 땅을 찾고 있는지, 경복궁 내 명당에 무엇을 하려는지 호기심을 억누를 수 없었다. 김 지관의 퉁명함이나 무심한 어투는 빼고, 토목국장은 경복궁을 잘 둘러보겠다는 뜻만 알아들은 듯했다. 그는 흡족한 표정으로 마지막 말을 던지고 가버렸다.

"경복궁 안에서 천하제일복지를 찾아보시오."

---

4 풍수에서는 산을 용이라고 하고 그 안에 흐르는 생기를 용맥이라고 한다.

경복궁 안내자를 붙여주겠다는 제안을 거절하고, 김 지관은 혼자 총독부 새 청사를 나섰다. 건물을 벗어난 뒤, 경복궁 뒤쪽 방향으로 길을 잡았다. 근정전 쪽으로 걸음을 옮기는데, 근정전과 광화문 사이를 따라 금천교 아래로 흐르던 물줄기가 보이지 않았다. 백악산에서 흘러내려온 개울물이 영추문 쪽에서 대궐 안으로 꺾여 들어와 홍례문 앞을 흐르던 명당수인데, 그 흔적조차 찾을 수 없었다. 이 땅의 많은 것들이 이처럼 비틀어지고, 깨어지고, 끊어지고, 사라져갔다. 경복궁의 근정문 바깥쪽에서부터 광화문에 이르는 궁궐 뜰 대부분도 새 총독부 청사에 들어가버린 상태였다.

근정전 쪽으로 걸음을 옮겼다. 근정전은 경복궁의 중심 건물이다. 조선 시대 왕들의 즉위식을 거행했던 곳이고, 국가 의식을 치렀던 곳이며, 임금이 신하들의 새해 인사를 받고 외국 사신들을 맞이했던 곳이다. 근정전 앞뜰 양편에는 문관과 무관의 품계석이 줄지어 박혀 있었다. 돌계단 위로 근정전 현판이 저 멀리 보였다. 근정은 '천하의 일은 부지런하면 잘 다스려진다'는 뜻이다. 근정전의 주인이시던 임금도, 그분의 뜻을 하늘처럼 받들던 신하들도 사라져버렸다. 김 지관은 한바탕 꿈을 꾸고 있는 듯했다.

엇! 그는 발길을 딱 멈추었다. 임금이 문무백관의 조하를 받고 백성을 다스리던 근정전, 저곳에 어떻게…… 히노마루가! 바다에서 떠오르는 붉은 태양을 상징한다는 히노마루! 근정전 출입문 위에 커다란 일장기 두 개가 엇갈리게 내걸려 있었다. 불길한 쌍둥이 태양! 하나의 태양은 생명을 상징하지만, 두 개의 태양은 재앙이나 죽음을 의미한다. 하늘에 두 개의 태양이 있을 수 없다. 엇갈린 두 개의 붉은 태양은 지옥사자의 붉은 두 눈알처럼 괴기스러웠다. 붉고 수상한 눈알들은 경복궁을 비웃듯 내려다보고 있었다. 감히 조선 용상 위에서! 그 섬뜩한 눈알을 대록대록 굴리며 버티고 있었다. 물산 공진회 때는 히노마루를 내건 근정전의 용상에 총독이 앉아 손님을 맞이했다고 들었다.

근정전을 받치고 있는 돌계단을 신음 소리 하나 내지 않고 올라갔다. 근정전에는 경복궁의 중심이자 최고의 권위를 상징하는 좌탑 당가가 놓여 있었다. 어좌, 임금이 앉았던 어좌는 비어 있을 작정이 아니었다. 고개를 드니 당가의 천장 한가운데 두 마리의 황룡이 화려한 대칭 구도로 날고 있었다. 당가의 황룡 한 쌍! 사람들은 이것이 근정전의 중심 지점임을 잘 알지 못할 것이다.

텅 빈 어좌 뒤로는, 배경으로의 기쁨을 상실한 일월오악도 병풍이 보인다. 조선의 왕은 반드시 이 병풍 앞에 앉으셨지만, 이제 병풍을 지고 앉으셨던 왕은 아니 계신다.

왼편의 하얀 달과 오른편의 붉은 해가 음양이며, 가운데의 다섯 개의 산이 오행이다. 음양오행설, 풍수의 기본 원리이기도 하다. 완벽한 대칭이다. 장엄하다. 그 색채가 화려하고 눈이 부시지만 왕을 잃은 비애가, 나라를 잃은 비애가 스며든 듯, 푸르고 깊은 감정이 병풍 전체를 감싸고 있다.

발길을 돌려 경회루 쪽으로 향했다. 심장과 맥박이 줄곧 불안하게 펄떡거렸다. 이렇게 분노와 슬픔에 사로잡히면 풍수를 제대로 볼 수 없게 된다. 바람의 길이나 물의 길은 지관의 눈에 보일 작정으로 흐르는 것이

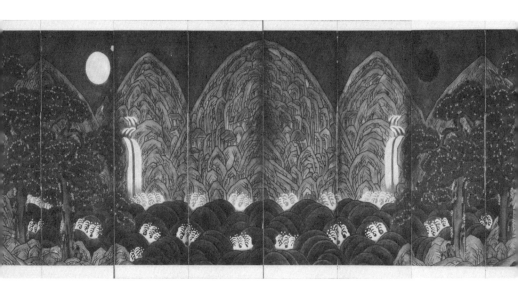

아니다. 역으로 풍수가나 지관이 바람과 물의 길을 찾아야 한다.

김 지관은 자신의 혼란스러움을 다스리며 걸었다. 너는 지관이다. 나라 잃은 백성의 눈으로 경복궁을 바라보면 모든 것이 쇠한 것이다. 지관의 눈으로 경복궁을 살펴야 흥의 가능성을 볼 수 있다. 망국의 백성이 아니라 지관의 눈을 되찾기 위해 마음을 다잡아야만 한다.

그런 그의 다짐에도 불구하고 경회루 한가운데 가지런히 서 있는 마흔여덟 개의 기둥이 눈에 들어오자, 또다시 마음이 혼탁해졌다. 기둥 위 팔작지붕 이 층 다락집에서 임금님께서 친히 신하들과 외국 사신들에게 잔치를 베풀던 광경이 떠오르며, 떠들썩한 웃음과 풍류가 환청처럼 들렸다.

김 지관은 자신의 어질어질한 모습을 경회루 연못에 비춰 보았다. 어수선하고 갈팡질팡하는 그의 마음과 달리, 경회루 연못 안의 물고기들은 숨을 죽인 듯 꼼짝도 하지 않았다.

총독

　남산 왜성대의 가장 높은 지점에 서서, 총독은 망토 자락을 펄럭이며 발아래로 펼쳐진 경성 시가지를 내려다보고 있었다.

　경성 안팎을 구분하는 사대문과 성곽의 둥근 테두리가 끊어질 듯 끊어질 듯 이어져 있었다. 백악산 앞에 자리 잡은 경복궁, 경복궁 앞에 턱 버티고 있는 총독부 새 청사, 광화문과 종로, 그리고 각국 공사관들이 모여 있는 정동, 이마를 맞대고 죽은 듯 엎드려 있는 기와집들과 초가집들이 검은 물결처럼 이어져 있었다. 꼬물꼬물, 개미처럼 인력거와 소달구지 들이 움직이는 것도 보였다. 허약한 곡기를 조리하는 굴뚝의 하얀 연기들이 가늘게 하늘로 올라갔다.

　새 한 마리가 머리 위로 잽싸게 날아오는가 싶더니, 천천히 반대쪽 구름 덩어리 속으로 사라져갔다. 구름이 바람에 밀려가자, 한순간 푸른 빙하 빛 하늘이 열렸다. 총독은 부지불식간에 손을 머리로 가져갔다. 다 잊었다고 생각했지만, 푸른 색감만 감지되면 이런 신체적인 반응이 대책 없이 나타났다. 폭탄 투척 사건 때 날아가는 파나마모자를 잡으려고 했던 긴박한 손의 움직임이었다. 시간은 흘렀지만 충격은 몸속에 고스란히 남아 있었다. 파나마모자에 무엇인가 스친 흔적을 발견한 곳도 남산 왜성대의 꼭대기에서 총독관저로 이어지는 이 산책로였다.

수첩을 감싸고 있는 앞표지의 안쪽 비닐 안에서, 총독은 접힌 편지 한 통을 꺼냈다. 일본의 노모가 육 년 전 그에게 마지막으로 쓴 편지다. 편지는 늙은 피부처럼 까칠해지고 너덜너덜해졌다. 항상 접혀 있던 부분은 절단의 기미까지 보였다. 아들이 총독으로 부임하면서 폭탄 공격을 받았다는 사실을 알고 노모는 충격으로 생을 마감했다.

차가운 바람이 대적하듯 총독을 흔들었다. 조선에 발을 들여놓은 순간 조선인들에게 폭탄으로 따귀를 맞았고, 그 기억은 몸 안에 치욕과 분노를 새겨놓았다. 발로 밟아도 시원찮을 것들! 부지불식간에 욕설을 뱉어내거나 혼자 있을 때 몸이 부들부들 떨리는 증상도 그때 받은 모욕감 때문이었다. 잊기는커녕, 날이 갈수록 복수의 감정이 더 강렬하게 정신과 몸을 사로잡아 자다가도 벌떡벌떡 일어나곤 했다. 그럴 때면 계시를 떠올렸고, 반드시 소명을 이룰 생각으로 매달렸다. 수년 동안 계시의 비밀을 풀려고 안 해본 짓이 없었다. 죽을 때까지, 아니 죽고 나서도 천년만년 조선을 일본의 발아래에 둘 비책을 반드시 찾아내고 말 것이다.

계시받은 기호의 의미를 전혀 해석해내지 못한 것은 아니었다. 계시받은 검은 점을 가진 거대한 알의 형상을 그려보니, 태양을 의미하는 날일(日)의 상형문자였다. 태양이야말로 생명의 근원이었다.

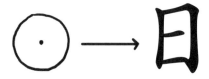

계시가 하늘이나 태양과 관련이 있는 듯해서 일단 조선의 역사부터 뒤져보았다. 고종 32년 학부에서 편찬 간행한 소학교용 한국사 교과서인《조선 역사》에 따르면, 조선은 하늘이 만든 나라이고 일만 년의 역사를 가지고 있었다. 역사는 하늘이 만드는 것이 아니라 승자가 만드는 것이다. 승자인 일본이 만드는 것이다. 일본은 태양이 처음으로 솟는, 동방의 바다에 있는 신성한 나라, 부상국이다. 일본은 세상을 밝히는 하늘이며 태양이다. 역사는 기록될 것이다. 조선은 일본이 미개한 땅에 은혜를 베풀어 오랜 옛날부터 오늘에 이어져온 나라라고. 친일파 학자에 의해 준비된 새로운 역사책《조선 역사 천자문》이 곧 나올 것이다. 그 책에서 조선의 역사는 만 년이 아니라 그 반 토막인 4,200년이 되고 말 것이다.

어디 그뿐이랴. 조선철도호텔에 자주 드나들면서 진정 계시의 소명을 이루었다고 느낀 적이 있었다. 조선철도호텔은 원구단을 헐고 세운 신식 벽돌 건물로 흔히 조선호텔이라 부른다. 원구단은 과거 고종이 황제에 등극했음을 온 천하에 알리고 제국을 선포한 곳이다. 원구단, 말 그대로 둥근 형태의 '하늘의 제단'이다. 일본은 그것을 까뭉갠 자리에 호텔을 지었다. 둥근 형태의 제단 위에 진정 생명이 넘쳐나는 집을 지은 것이다. 조선철도호텔이 생명의 집이라는 확신 때문에 한동안 안

심하고 지낼 수 있었다. 하지만 그 호텔은 전 총독의 완성품이었고, 전임 총독은 3·1 항일 운동의 책임을 지고 꼴좋게 물러났다. 그 여파로 그가 조선에 총독으로 부임된 것이다.

계시의 기호에 대한 풀이는 끝없이 계속되었다. 계시받은 기호는 태양이나 날일(日)을 의미하지만, 일본이라는 이름의 상형문자이기도 했다. 그 의미 해석에 도달하자 애국심이 북받쳤고 영원한 제국을 약속받은 듯 뜨거운 눈물이 흘렀다. 계시의 비밀을 풀었다고 느꼈다. 일(日) 자 형태의 집을 지으면 된다고 믿었다. 그래서 초대 통감부터 전임 총독에 이르기까지 한결같이 꿈꾸어오던 국가적인 사업, 식민 통치의 꽃이라고 할 조선총독부 청사를 새롭게 완성하여 보란 듯이 이사까지 마쳤다. 하늘에서 보면 총독부 건물은 정확하게 일(日) 자 형태였다. 계시의 소명을 완성했다는 강한 자부심을 느꼈다.

남산 왜성대의 꼭대기에는 평온한 날에도 바람이 흘러다녔다. 손에 쥔 편지가 하릴없이 펄럭거렸다. 조선 땅에서 온전하게 전권을 위임받아 왕이나 다름없는 삶을 누리고 있다. 눈썹 하나만 움직여도 이 땅의 모든 것을 뒤집어놓을 수 있다. 현명한 어머니는 아들이 콘스탄티누스 1세 같은 역사적 인물이 될 것이라고 하지 않았던가. 어머니가 아들에게 헛된 희망을 불어넣었을 리 없다. 돌아가시면서도 계시를 풀도록 도와주겠다고 염원하셨다. 산 자만 더 강해지면 된다.

총독관저로 가는 남산 산책로 중간의 경성 시가지가 보이는 이 지점은 스스로의 지배력을 확인하고 충전하는 장소였다. 발아래의 것들, 원하면 언제든지 독수리처럼 내려앉아 낚아챌 수 있다. 하지만 이곳에서 서성댄다는 것은 본능적으로 불안할 때였다. 계시의 소명을 완성했다는 믿음이, 한동안 푹 잠겨 있던 그 달콤한 꿈이 깨지는 느낌이 점점 더 강해져 부인할 수 없게 된 것이다. 결국 일(日) 자 형태의 거창한 총독부 건물을 완성하고 이사까지 했으나, 무엇인가 빠뜨리고 만 것이다. 새 총독부가 일 자로 지어진 것은 사실이나 생명의 집은 아니라는 불길한 확신이 불길처럼 살아났다.

불안감이 왜 다시 찾아온 것일까. 묘하게도 그것은 대한제국의 이왕(순종)[5]의 죽음이 계기였다. 조선의 영원한 지배를 꿈꾸는 총독의 입장에서는 쌍수 들고 환영할 일이었다. 그런데도 마지막 황제의 죽음이 처음 이 땅에 발을 디디면서 느꼈던 죽음의 위협을 다시 일깨워 불안감이 검은 구름처럼 일고 있으니 어찌된 일일까. 이왕의 죽음으로 인해. 6·10 만세 사건이 터졌기 때문일까. 전임 총독이 이태왕(고종) 사후에 일어난. 3·1 반일 운동 때문에 본국에 소환되었듯이, 이왕 사후에 똑같은 상황이 재현될까 내심 두려운 것일까.

이태왕이 죽었을 때는 이왕이 여전히 살아 있었다. 당시 조선인들은 대한제국의 재건에 대한 꿈을 온전하게 버리기는 힘들었을 것이다. 이제 이왕이 죽었으니 왕조를 이어갈 자는 없다. 이태왕의 마지막 아들이자 이왕의 동생인 이은(李垠) 왕세자는 일본에 볼모로 잡혀 있다. 그의 귀국은 이 나라가 독립하는 것보다 어려울 것이다. 그의 한자 이름이 보여주듯 이(李)씨 왕조는 끝[垠]인 것이다. 그렇다면…… 이 나라의 최고 권력자는 바로 총독이다. 이왕의 죽음은 대한제국의 영원한

---

5 순종은 조선의 27대 왕이자 대한제국의 2대 황제로 즉위하였으나 한일병합 때 퇴위당하면서 일본 황제의 신하라는 의미의 '이왕'으로 강등되었다. 고종은 이태왕으로 칭했다.

멸망을 의미한다. 이제야말로 일본이 조선을 영원히 지배할 수 있도록 그 계기를 마련할 인물로 우뚝 서야 하는 것이다.

그런데…… 진정 계시의 소명을 이룰 생명의 집은 무엇이란 말인가?

하루키

하루키는 발목까지 오는 긴 트렌치코트를 툭툭 차며 조선철도호텔로 들어갔다. 유리 회전문 맞은편에 서 있던 일본 여성들이 그의 댄디한 모습에 이끌려 눈길을 보내왔다. 회전문이 돌아가자, 여성들의 눈길도 사팔뜨기처럼 돌아갔다. 여인들의 시선에 개의치 않고, 호텔의 르네상스식 분위기를 즐기며 하루키는 엘리베이터를 탔다. 꼭대기 층 '선 라운지'까지 올라가는 이 호텔의 엘리베이터는 승객용으로는 조선에 처음 설치된 것이어서 그 명성이 높았다.

선 라운지의 축음기에서 흘러나오는 잔잔한 음악이 손님을 맞이했다. 초겨울임에도, 따뜻한 실내의 잎사귀 큰 열대식물들은 생기를 유지하고 있었다. 널찍널찍하게 자리 잡은 테이블들은 거의 비어 있었다. 미노루는 아직 보이지 않았다. 하루키는 창가에 앉았다. 총독의 부임과 함께 새로 만들어진 문화조사과에서 일한 지 벌써 수년째지만, 어제처럼 총독과 독대한 경험은 드물었다.

"조선에는 태항아리라는 것이 있다고 들었다. 아기가 태어날 때 감고 나오는 태를 담아두는 항아리 말이다."

"네, 총독님. 조선에서는 태를 소중하게 여겨 그렇게 하는 것으로 알고 있습니다."

"왕실의 태항아리들은 도대체 어디에 있느냐? 총독부 박물관에도 없으니 말이지."

"왕실에서는 아기가 태어날 때마다 태반과 탯줄을 태항아리에 담아 전국의 명산에 묻는 관습이 있었습니다."

"궐에 보관하지도 않고, 명산을 찾아 한곳에 보관하는 것도 아니고, 그렇게 전국에 흩어놓은 이유가 무엇이라 하는가?"

"그 이유까진 잘 모르겠습니다."

"이유를 알아보고, 전국에 흩어져 있는 왕실의 태항아리를 모두 수거하라."

하루키는 이유를 물었으나, 총독은 눈을 한 번 치켜떴을 뿐이었다. 하루키는 총독실을 나오자마자 조선 왕실의 태를 봉안한 기록인 《태장경(胎藏經)》을 살펴보았다.

조선 시대의 왕실에서는 아기가 태어나기 전에 산실청을 마련한다. 산모가 아기를 출산하면 길일을 택하여 아기의 탯줄과 태반을 백번 씻어 미리 제작된 태항아리에 넣는다. 태항아리는 바닥에 동전의 앞면이 보이게 놓은 후, 그 위에 태를 놓고, 항아리 입구를 기름종이로 덮는다. 그 작은 태항아리를 다른 큰 항아리에 넣어 태실까지 봉송한다. 태실은 신중하게 풍수지리상의 길지로 골랐으며, 태실에 모신 후에는 이를 보호하기 위하여 여러 명의 관리인을 둔다. ……사

람이 귀인이 되고 못 되는 것은 태에 달려 있으며, 어질거나 어리석
게 되거나 쇠망하고 성하는 것은 모두 태에 의해서 결정된다.

풋, 순진해서 맹목적인 조선인들! 사람의 운명이 태에 따라 달라진
다니. 그렇다면 조선의 이태왕이 궐에서 쫓겨나고 나라를 빼앗긴 일이
나, 이왕의 죽음을 끝으로 더 이상 나라가 존재하지 않게 된 것도 태를
잘못 묻었기 때문이다. 태를 잘못 안치해서, 대일본제국이 이 나라를
집어삼킬 수 있었다는 논리다. 순진하다 못해 어리석은 백성이었다.
이 나라가 망한 이유가 미신에 대한 집착 때문인 것 같기도 했다. 왕실
뿐만 아니라 백성들도 태가 다음 아이를 잉태하는 데 결정적인 영향을
준다고 믿고 있다.

하루키는 미노루가 오는지 입구 쪽을 살폈다. 태를 태실까지 봉송하
는 절차와 봉안하는 의식도 까다롭기 짝이 없었다. 아기 태 하나 처리
하는 데 숱한 인력이 동원되었다. 안태사, 배태관, 전향관, 주시관, 당
하관, 강동관, 상토관. 도무지 뜻도 모를 수많은 관원들이 아이 태 하나
를 위해 존재했던 모양이다. 게다가 안태하고 나서도 이런저런 제사를
지내고 그곳에 사람을 두어 지키게 하였다니, 솔직히 비효율적인 왕실
이었다. 하루키는 조선 왕실의 일을 전담하고 있는 이왕직[6]의 예식과
로 전화를 걸어 왕실 태항아리들의 소재지를 부탁했다.

친구 미노루는 총독부 철도국에서 얼마 전부터 조선철도호텔로 옮
겨 일하고 있었다. 철도를 건설할 때는 거의 통째로 이 나라 땅을 뒤집

6 이태왕(고종)과 이왕(순종) 등 이왕가의 업무를 맡아서 보던 기관이다.

어야 했을 텐데, 어떤 식으로 저항을 무마했는지 노하우를 듣고 싶었다. 전국을 더듬어 태항아리를 찾으려면 그 반발이 만만치 않을 터였다. 미노루는 나타날 기미를 보이지 않았다.

선 라운지 밖으로 나와 복도 끝 화장실로 향했다. 호텔 복도 벽은 옅은 미색 테라코타로 덧입혀져 환하면서도 품위가 느껴지고, 창에는 청색 레이스로 장식된 커튼이 햇살을 안고 하늘거렸다. 나름 이 나라에 적응하고 있었지만, 조선의 화장실들은 죄다 집 밖에 있고 대부분 더러워 속수무책이었다. 다행히 총독부와 조선철도호텔에는 물로 씻어내는 화장실이 있었다. 그때 휙 하고 재빠른 짐승 같은 것이 곁으로 달려왔다. 엇, 당황해서 소리를 지르는 순간, 품 안으로 아주 탄력 있는 물체가 들어왔다. 찰나였지만, 본능적으로 거부감이 느껴지지 않는 존재였다.

"헬프 미!"

가슴 가까이에, 작은 여자의 얼굴이 다가왔다. 비명처럼 외마디 영어를 절박하게 속삭였다. 스모키 눈 화장 속의 큰 눈망울은 두려움에 떨고 있었다. 고개를 숙이니, 여자의 얼굴이 미농지를 사이에 둔 듯 가깝다. 바들바들, 여자의 떨림이 팔을 통해 가슴까지 전해졌다. 내칠까 봐 두려운 듯, 여자는 매달렸다.

"헬프 미!"

순간, 한여름에 흩날리는 하얀 눈처럼 경이로운 풍경을 본 듯했다. 하루키는 설득당하고 말았다. 전혀 다른 것이었다. 만세! 잡아라! 죽여라! 익숙해 있던 외침들과는 전혀 다른 것이었다. 그녀의 외침은 타인을 향한 것이라기보다 존재 자체의 부르짖음이었다. 몸 안의 내장들이

내는 소리 같았다. 처음 들어보는 생명의 절박한 폭발음이자 선율이었다. 기사도를 가진 댄디 가이로서 그녀를 위험에 내몰 수는 없었다. 하루키는 몸 안에 쏙 들어온 여자를 안다시피 화장실 안으로 데리고 들어갔다. 화장실은 때마침 텅 비어 있었다. 서둘러 가장 안쪽 칸에 여자와 함께 들어가 고리를 걸어 잠갔다.

화장실 칸에는 수세식 변기와 푸른 휴지통이 있었고, 여자는 변기 옆 빈자리에 발을 모으고 벌벌 떨었다. 화장실 문 아래쪽에 약간의 틈이 보였다. 정체를 알 수 없는 적의 눈빛이 와 닿을 수도 있었다. 서둘러 휴지통을 뒤집었다. 눈짓을 하자, 여자는 순순히 그의 팔을 잡고 그 위에 올라섰다.

쓰레기통 위에 선 여자는 그보다 조금 키가 큰 상태가 되었다. 마주보고 서 있으니, 하루키의 눈이 여자의 입술 위에 머물렀다. 여자는 놀란 짐승처럼 뜨겁고 습한 김을 조심스럽게 뿜어내고 있었다. 눈을 내리깔자, 그녀의 가느다란 목이 보였다. 긴장 탓인지 정맥이 푸르게 비쳐나 보였다. 하루키가 그녀의 신체 한 부분을 자세히 들여다보듯, 어쩌면 그녀도 그의 어떤 부분을 눈으로 훑고 있을 터였다. 자신의 이마에 흩어져 있는 머리칼이라든가 잘생긴 코 위의 맑은 기운 같은 것 말이다. 두 사람의 호흡이 가라앉을수록, 화장실 안은 침묵으로 채워지고 있었다.

하루키는 숨소리가 가라앉을수록 머리가 조금씩 복잡해지기 시작했다. 어떤 상황에 봉착해 있는지 전혀 가늠이 되지 않았다. 좁은 휴지통 위에 불안정하게 서 있던 여자는 불편한지 다리를 조금 움직였다. 추운 겨울에 외투나 몸을 감쌀 만한 두툼한 옷을 입고 있지 않았다. 도망

자답지 않게 얇고 부드러운 블라우스에, 금방 따뜻한 방에 도로 들어갈 차림새였다. 깊게 향수 냄새가 배어 고급스럽다 못해 놀라우리만큼 사치스러웠다. 얼굴은 절망이 거미줄처럼 엉켜 있고 눈은 초점이 없었다. 절박한 순간에 영어를 외치던 것이나 외국인들이 주로 묵는 호텔임을 감안하면 조선 여성이 아닐 가능성이 높았다. 왜 쫓기는지 물어보려는 찰나, 화장실 안으로 둔탁한 발소리가 들려왔다.

"돌아서세요."

멍하던 눈동자와는 다르게, 그녀의 목소리는 단호했다. 하루키는 명령받은 군인처럼 순순히 복종했다. 남자가 화장실 칸 안에 있다는 것은 '큰 것'을 해결하기 위해서이므로, 구두의 코가 문 쪽으로 향해 있어야 하는 것이다. 돌아서서, 다리를 벌리고 문을 보며 서 있었다. 누군가를 찾아 헤매는 발소리는 아니었다. 방문객은 바지 단추를 푸는 듯했고, 곧이어 '쐐쐐' 오줌 줄기를 쏟아냈다. 남자의 등 뒤에서 오줌 줄기 쏟아내는 소리를 듣고 있을 여자를 생각하니, 민망하면서도 몸이 근질거렸다. 하루키는 문득 여자가 조금 전 돌아서라고 외쳤던 소리를 떠올렸다.

분명 조선말이었다. 조선 여자인데 쫓기고 있다. 댄디 가이의 처세에 혹하여 이런 일에 말려들다니! 이유를 막론하고 좋은 일에 개입된 것은 결코 아니었다. 혹여 반일 운동하는 여성이라면 인생은 끝장날 것이다. 범죄 여성이라면 공범으로 몰릴 것이다. 이런저런 범법 사건에 연루되지 않았다 해도, 남녀가 남자 화장실 안에 같이 있는 풍경을 들킨다면 꼴좋은 일이 일어날 것이다. 전율이 훑고 지나가 부르르 몸을 떨었다. 그때 하루키의 어깨 위로 작은 손이 올라왔다가 내려갔다. 손길은 그런 걱정은 할 필요 없다는 듯 부드러웠다. 문 바깥에서 물소리가 '쏴쏴쏴' 나고 방문객은 무심히 사라져갔다.

화장실 안에는 다시 침묵이 돌아왔다. 그녀를 쫓는 무리는 나타날 기색이 없었다. 뒤따라온 무리가 있었다면 화장실까지 추적해오는 데 이렇게 시간이 걸리지 않을 것이다. 이렇게 굼뜨게 표적을 찾지는 않을 것이다. 이 여자의 정체가 도대체 무엇일까. 조선인에게 쫓기는 것일까, 일본인에게 쫓기는 것일까. 화장실에 볼일을 보기 위해 오던 길이었다. 여자와 좁은 공간에서 바짝 긴장하고 있어서인지 방광은 욕망처럼 터질 듯 차올랐다.

엇, 여자가 쓰레기통에서 성큼 내려섰다. 엇, 화장실 고리를 단숨에 빼내더니, 문을 젖히고 나가버렸다. 순식간에 벌어진 일이었다. 줄달음치듯, 남자 화장실에서 빠져나가버렸다. 따라 나가 손을 뻗었으나, 불러 세우기도 전에 이미 모습이 보이지 않았다. 따라나서야 할까 포기해야 할까. 위급한 결정의 순간, 머리에 어지럼증이 얼핏 일었다. 하루키는 다시 화장실 칸 안으로 들어갔다. 문을 걸어 잠그고 서둘러 바지를 풀었다. 참았던 오줌이 방사라도 하듯 뜨겁게 쏟아져내렸다. 변기 안으로 힘찬 오줌발이 거품을 만들어내고 있었다. 미노루가 기다리고 있을 텐데도, 꼼짝할 수 없었다.

화장실에서 나왔을 때는, 약속 시간에서 이십 분이 지나 있었다. 평정을 되찾은 얼굴색이 되었다는 생각이 들었을 때야 서둘러 선 라운지로 올라갔다. 약속 장소에 여전히 미노루는 보이지 않았다. 카운터의 여급에게 찾아온 사람이 없었냐고 물어보았지만, 여급은 잘 모르겠다고 대답했다. 전화 연결을 시도했으나 허사였다.

하루키는 일 층 로비로 단숨에 내려왔다. 그 여인의 모습은 어디에도 보이지 않았다. 눈은 지나가는 여인들 속에서 바쁘게 그녀를 찾고 있었다. 어디에도 그녀는 없었으나, 어! 동시에 수많은 그녀가 그곳에 있었다. 눈에 들어온 여인들이 언뜻언뜻 그 여인으로 변하는 착시가 일어났다. 하루키는 고개를 흔들며 로비에 서 있었다. 여인들은 유혹하듯 그녀의 얼굴로 다가와서는 전혀 다른 얼굴이 되어 외면하듯 방향을 살짝 틀어 곁을 지나갔다. 그 유혹과 배반의 변주 속에 하루키는 흔들리듯 서 있었다. 수많은 사람들이 북적였으나 호텔 로비는 텅 빈 광장처럼 그를 외롭게 만들었다. 연인은 홀연히 사라져버리고 홀로 남겨진 느낌이었다.

하루키는 호텔 접수대로 갔다. 호텔에서 일하는 여성들 중에 영어를 할 줄 아는 여인들이 있느냐고 물었다. 매니저는 여직원들이 외국인들을 상대로 하니 조금씩 기본 영어를 익히고 있지만, 전문 통역이 필요하다면 따로 불러줄 수도 있다고 했다. 통역이 필요한 것은 아니고, 영어를 할 줄 아는 아름다운 여성이 있느냐고 다시 물었다. 매니저는 하루키의 눈치를 힐끔 살피더니 입가에 묘한 웃음을 띠었다. 그러고는 약간 목소리를 낮추더니, '종삼'에서 온 여자들이 엉터리 영어를 지껄이는 경우가 있다고 했다. '종삼'은 종로 삼거리에 있는 요정이나 창녀촌을 일컫는 표현이었다. 아무래도 그가 '여자'를 찾는 것으로 곡해한 듯했지만, 굳이 자초지종을 설명하고 싶지 않았다. '종삼'의 여자들이 이곳을 드나드느냐고 물었더니, 공식적으로는 금지되어 있지만 손님이 친구나 친지라고 해서 같이 들어오면 막을 방법이 없다고 대답했다. 비밀이라며, 매니저는 짝패 같은 표정을 지었다. 하지만 요즘은 단속이 심해서 접근조차 하기 힘들 것이라고 했다.

세린

태화관 문턱을 넘을 때마다, 세린은 예전 생각이 나서 웃음을 머금는다. 예전에는 언감생심 결코 넘을 수 없는 문턱이었다. 언니를 따라 태화관 입구까지 오긴 왔으나, 술과 기생들과 남자들이 넘치는 요릿집에 발을 들여놓지 못했다. 순한 언니였지만, 그 점에 있어서만은 완강했다. 언니 두린은 본점인 명월관의 주방에서 일하고 있었으나, 분점인 태화관 주방 아줌마들을 만나러 가끔 이곳에 오곤 했었다.

이제 세린은 쥐 새끼 풀 방구리 드나들듯, 이 건물을 드나든다. 반면에 언니는 근처에도 오지 않는다. 태화관 건물의 용도가 달라져버렸기 때문이다. 1919년 민족 대표들이 태화관에 모여 독립선언서를 발표한 사건을 계기로 이 건물은 숱한 변화를 겪었다. 이런저런 곡절 끝에 풍악과 기생이 넘쳐나던 태화관 요릿집은 경건한 피아노 반주와 찬송하는 전도 부인들로 넘쳐나는 태화 여전도회관으로 바뀌었다. 세린은 지친 걸음으로 예배소 안으로 들어섰다. 선교사들이나 여전도사들은 별관에 있는 모양인지 한 명도 눈에 띄지 않았다.

예배소의 풍경은 묘하게도 과거 일하던 극장과 닮은 구석이 있었다. 양쪽으로 긴 의자가 놓여 있으니 그런 느낌이 드는 모양이었다. 과거 극장에서처럼 지금의 예배소에서도 맨 뒷자리에서 세린은 마음의 편안함을 느끼곤 했다. 앉으니, 솟구치는 그리움과 목마름이 한꺼번에 몰려왔다. 바자회에 물건을 기부해줄 사람들을 만나고 돌아오는 길이었다. 물건만 찾아다닌 것은 아니었다. 은연중에 사람을 더 열심히 찾아다녔는지도 모른다. 걸어 다니는 내내, 한 남자의 얼굴이 줄곧 발끝에 매달려왔기 때문이다. 얼마나 많이 걸었는지, 발이 퉁퉁 부어 있었다.

세린은 벤치에서 내려와 무릎을 꿇고 메마른 입술을 달싹거렸다. 그를 되돌려 보내주세요. 기도하면 소원이 이루어진다고 선교사들이 일러주었기에 줄곧 똑같은 기도를 해왔다. 기도한다고 그를 만날 수 있으리라 온전히 믿는 것은 아니지만, 기도 외에 다른 방법이 없었다. 하지만 기도가 자신을 이끄는 것인지 자신이 기도를 이끄는 것인지, 기도를 하면 할수록 그를 볼 수 있으리라는 확신이 조금씩 커지는 것이었다.

"그가 저를 알아보지 못해도 좋으니, 저는 그를 알아볼 수 있는 거리에 머물게 해주세요. 예수님, 제발 그 사람이 다시 공연하는 모습을 보게 해주세요."

태화 여전도회관에서 일을 하게 된 계기는 '그'가 사라진 계기와도 같았다. 어느 날 극단에 가니, 단원들이 손을 놓고 모여 있었다. 공연을 이틀 앞둔 날, 공연 금지령이 떨어졌다 했다. 당시 세린은 키보다 큰 빗자루로 청소나 하는 처지였지만(요술쟁이가 타고 다니던 무대 소품으로 만들어진 빗자루였기 때문이다), 단원들처럼 그 예기치 않은 통보를 받아들이

기가 쉽지 않았다. 판소리계 소설을 연극화한 〈춘향전〉은 민족운동을 묘사하거나 백성을 선동하거나 그 어떤 반일본적인 의미를 담고 있지 않았다. 조선의 현실을 비유한 것으로 오해한 것 같다고들 했다. 변 사또가 춘향의 수청을 강요하는 부분은 일제가 조선을 강제로 소유하려는 내용으로, 이몽룡을 기다리는 것이 조선의 독립을 기다리는 것으로 해석된 것 같다 했다. 좀 더 객관적인 소문은 6·10 만세 사건의 여파로 많은 사람들을 불러 모으는 공연은 그 내용이 무엇이건 금지했다는 것이다. 가장 믿기 어려운 마지막 소문은 남자 주인공인 이몽룡이 변절했기 때문에 일어난 일이라는데, 소문을 뒷받침하기라도 하듯 어디에서도 그의 모습은 찾아볼 수 없었다.

세린은 예배소를 나와 차가운 물을 두 컵이나 연달아 마셨다. 몇 시간이나 걸어 지칠 대로 지친 몸 안으로 냉기가 흘러들었다. 으스스 몸을 떨며 예배소를 끼고 돌자, 에스더 선교사님이 별관 앞뜰에서 앙상한 가지들을 드러내고 있는 나무들에 물을 주고 있었다.

"안녕, 세린. 얼굴이 쿵하군요. 힘들었지요?"

에스더 선교사의 다정한 목소리는 언제나처럼 그녀의 소란스러운 마음을 가라앉혔다.

"얼굴이 쿵한 것이 아니라 퀭한 것이라 발음하셔야 해요."

"아, 그런가요? 다시 발음해볼게요. 세린의 얼굴이 쿵하군요."

두 사람은 서로의 얼굴을 보고 자지러지게 웃었다.

"대부인, 생각보다 물건을 많이 받게 되었어요."

"아, 정말 다행이군요. 우리 여기 같이 좀 앉을까요?"

세린이 에스더 선교사를 알게 된 것도 그 불발된 연극 때문이었다.

태화 회관 여전도사들과 신도들은 단체로 〈춘향전〉을 보러 오겠다며 관람료를 미리 지불했다. 극단의 살림살이가 항상 빠듯했던 터라, 연극이 무산되었을 때 돈은 흔적도 없이 사라진 뒤였다. 단원들은 뿔뿔이 흩어져 책임질 사람도 없었다. 청소를 하며 며칠 더 버티던 세린은 결국 돈을 받으러 온 눈이 파란 선교사와 마주쳤다. 달리 방법이 없어 자신이 알고 있는 한 자초지종을 이야기했다. 눈도 파랗고 제대로 조선말도 못하는 사람이 자신의 마음을 그대로 이해하니 놀랄 수밖에 없었다. 에스더라고 자신을 소개한 선교사는 중단한 공연에 대해 위로를 했고, 세린이 일자리를 잃은 것에도 위로를 했다. 세린은 돈을 돌려받지 못하고도 도리어 이쪽을 위로하는 그녀의 태도에 어찌할 바를 몰랐다. 에스더 선교사는 태화 회관에 와서 일을 하면서 영어도 배우면 어떻겠냐는 제안을 했다. 이미 세린이 에스더 선교사에게 반해버린 뒤였다. 반대할 줄 알았던 두린 언니가 뜻밖에도 태화 회관에 가서 영어를 배우라고 적극적으로 종용했다. 그것은 언니의 경험에서 나온 조언이었다.

1919년 민족 대표들이 요릿집인 태화관에 모여 독립선언서를 발표했을 때, 친일파 이완용은 자기 소유로 되어 있던(한일병합의 일등 공신의 상으로 받은) 태화관을 내놓게 되었다. 이때 외국 선교사들이 태화관을 사겠다고 나섰는데, 세 들어 있던 요릿집 태화관은 계약 기간이 남았다며 나가지 않고 버텼다. 이때부터 요릿집 태화관과 선교사들과의 전쟁이 시작되었다고 했다. 미국 선교사들과 조선 전도 부인들이 태화관에 들이닥쳐 찬송을 하기 시작했고, 이에 맞서 요릿집 주인 안씨가 기생들을 시켜 고막이 얼얼하도록 장구를 치게 하고 노래를 시켰다. 전도사들의 찬송과 기생들의 장단이 뒤섞여 천국인지 지옥인지 분간할 수 없는 상황이 벌어졌다 했다. 싸움은 지루하게 시간을 끌었고, 마침내 미국 선교사들이 방법을 바꾸었다. 태화관 기생들은 밤이 되어 영업을 시작하면 태화관 깃발을 내꽂곤 했는데 선교사들은 어느 날 태화관 깃발 대신 성조기를 꽂아놓았다고 한다.

"왜 그런 거야?"

"안 사장님께 들은 이야기로는, 미국이라는 나라는 일본도 잘 건드리지 못한대."

태화관 측은 성조기를 함부로 내릴 수 없는 난감한 상황에 빠졌고, 태화관을 후원하던 일본 귀족이나 조선 양반들도 슬그머니 물러났다는 것이다. 이렇게 미국 여선교사들이 태화관을 차지하게 되었다. 결국 사장 안씨는 태화관을 폐업하고 다른 곳에 식도원이라는 새 요릿집을 차리게 되었다. 미국의 힘을 어렴풋이 감지한 두린 언니는 동생이 성조기 아래 있으면 안전할 것이라 여기는 듯했다. 세린은 성조기보다 에스더 선교사가 흔드는 마음의 깃발 아래 머무는 것이 더 좋았다.

선교사들은 그녀에게 성경 읽는 법과 영어와 서양 예법을 가르쳤다. 세린은 이곳이 몹시 마음에 들었고, 다른 나라 말을 배워 사람들과 대화하는 것은 색다른 즐거움이었다. 과거 극단에서 청소나 잔심부름을 할 때는 있으나 마나 한 존재였으나, 여기서는 왠지 스스로를 귀한 존재라고 느끼게 되었다. 선교사들은 그녀를 천상의 영혼을 가진 자라 칭했다. 의미를 정확하게 알 수는 없지만, 한없이 존중받는 느낌이었다. 마음속 생각을 이야기하면, 감격스러울 만큼 그대로 받아들여졌다.

언젠가부터, 에스더 선교사가 그녀를 사람들에게 통역사라고 소개했다. 이상하게도 그 말만 하면, 놀라운 일이 일어나곤 했다. 일본인이 건 아라사인(러시아인)이건 모두 그녀를 중요한 사람처럼 여기는 것이다. 세린은 선교사들을 따라다니긴 했지만 통역할 수 있는 실력도 처지도 되지 못했다. 에스더 선교사는 그녀의 실력을 눈치 챌 순간을 만들지 않았기에, 난처한 경우는 거의 없었다. 그렇지만 통역사 대우를 받을 때마다 통역사가 되어야겠다는 강한 자각이 일어났고, 그 자각이 그녀의 언어와 행동을 적극적으로 만들었다.

그때 제인 선교사와 김수미 조선인 전도 부인이 같이 나타났다. 제인 선교사가 바자회 준비 현황을 물었다. 사실 오늘 이곳에 온 것은 영어를 배우기 위해서가 아니라 바자회를 준비하기 위해서이다. 태화 회관이 새해에 쓸 자금을 마련하기 위해 바자회를 개최하기로 했는데, 기부 받은 물건이나 여신도들이 만든 물건을 파는 행사였다. 세린은 물품을 받아오고 정리하는 것 외에, 물건에 가격표를 매기는 일을 맡았다. 그런데 물품 가격을 매기는 것이 쉬운 일이 아니었다. 물건 하나하나의 가치를 잘 측정해야만 하는데, 그러려면 물건 자체에 대해서는 물론, 용도나 사용 연한도 알아야만 한다. 멋쟁이 부인들이 내놓은 모자들만 해도 가격을 잘못 매겼다가는 마음을 상하게 할 수도 있었다. 세린은 목에 걸고 있던 목걸이를 내보이며 선교사들과 조선인 전도 부인에게 물었다.

"이 물건, 제 목걸이에 얼마의 돈을 지불하실 수 있으시겠어요?"

세 사람이 각기 다른 금액을 불렀다.

"나는 십 원 정도면 좋겠어."

"너무 비싼 것 아닐까? 칠 원."

"물건만 따지면 오 원이나 칠 원 정도이지만, 세린의 물건이니 나는 이십 원 주어도 아깝지 않을 것 같은데."

이런 대화를 주고받다가, 세린은 좋은 생각이 떠올랐다.

"제 이야기를 좀 들어보세요. 물건마다 가격을 어떻게 붙일지 더 이상 고민하지 않아도 될 것 같아요. 지금처럼 물건을 내놓고 원하는 가격을 저마다 불러서 가장 높은 금액을 내겠다는 사람에게 팔면 어떨까요?"

선교사들의 표정이 환해졌다.

"더구나 이 물건이 제 것이기 때문에 돈을 더 주시겠다고 하시잖아요. 다른 물건들도 마찬가지일 거예요. 그 물건 주인에게 호감 있는 사람이라면 어쩌면 돈을 덤으로 많이 얹어줄 수도 있거든요."

선교사들은 탄성을 올리며 그것이 '경매' 방식이라고 했다. 경매가 무엇인지는 모르지만 물건의 가격을 함부로 정했다가 물건을 내준 사람의 마음을 다칠게 할까 봐 생각해낸 것이라고 세린은 대답했다.

"세린은 항상 지혜로워요."

에스더 선교사가 칭찬을 아끼지 않았다.

"문제는 기부자가 이름 밝히기 꺼릴 수도 있다는 점이에요."

그때 조선말을 가장 잘하는 제인 선교사가 말했다.

"원하는 사람만 직접 나와서 경매에 참여하면 되고, 원하지 않는 사람은 누군가가 대신 나와서 그 물건에 대해 설명하는 것입니다."

"누가 설명합니까?"

"한국어와 영어를 모두 할 수 있는 사람이어야 해요."

"아무래도 이번 일은 세린 씨가 맡아야 할 것 같아요."

세린은 가슴이 뛰었다.

"걱정 말아요. 영어는 제인 선교사님이 할 것이고, 세린은 그냥 물건 소개를 조선말로 하세요."

바자회는 이 주를 남겨놓고 있었다. 세린은 열심히 준비해서 선교사님들에게 도움이 되고 싶었다. 여태 배운 말이 좋은 일에 쓰이게 된다니 매우 기쁘기도 했지만, 실력이 달려 걱정되기도 했다. 두린 언니의 도움을 받아 물건들의 특징을 파악해야 할 것 같았다. 한때 세린은 '빗자루보다 작은 청소부'였지만, 지금은 '콩나물처럼 부쩍부쩍 믿음과 언어가 자라나는 통역사'라는 별명을 가지게 되었다. 선교사들이 그녀의 장점을 하나씩 찾아주듯, 물건의 장점을 하나씩 찾아서 그 가치를 높여주고 싶었다.

낮부터 밤까지 열심히 일했지만, 세린은 피곤이 거의 느껴지지 않아 신기했다. 공식 통역사로 처음 일을 맡고 보니 설레고 기뻐서 그런 모양이었다. 세린은 콧노래를 흥얼거렸다. 그런 세린의 흥얼거림을 따라 선교사들이 차례로 노래를 부르기도 했는데 그것은 한 번이 아니라 두 번, 세 번 몇 번이고 반복됐으며, 나중에는 세린의 맑고 높은 소프라노가 합창단의 지휘봉처럼 그 분위기를 이끌었다. 자발적인 합창이 끝나면 일손을 멈추고 감격해서 서로 껴안기도 했다.

하루키

총독부 새 청사 휴게실에서 창밖을 내려다보고 있었다. 무슨 생각을 하고 있었는지 하루키 자신도 종잡을 수 없는 상태였다. 알 수 없는 정염(情炎)이 내장 깊숙이부터 치솟아 입안까지 뜨거워지고 있었다. 그 뜨거운 입김을 불어 뿌옇게 김이 서린 유리창 위에, 검지로 글자를 써 넣었다.

'헬프 미.'

순간 왼쪽 가슴이, 한 떼의 말이 격렬하게 내달리듯 두두두두 뛰었다. 하루키는 통증을 제압하듯 가슴을 지긋하게 눌렀다. 이 짧은 외마디가 왜 이다지도 자신을 뒤흔드는지 그 이유를 알 수 없었다. 하루키는 속삭이듯 다시 소리를 내어보았다. 헬프 미.

짜릿한 전율이 몸 전체에 흐르고, 이어 또 한 무리의 말들이 가슴을 세차게 두드리며 지나갔다. 조선철도호텔에서 갑작스럽게 맞닥뜨렸던 그 순간을 떠올리고 또 떠올린 것이, 족히 몇십 번은 된 듯하다. 밤에도 침대에 누워 그 미지의 여인이 가쁘게 토해내던 숨결을 떠올리면 아랫도리가 격렬하게 요동치곤 했다. 번개 맞은 사람처럼 감정의 전격이 자신 속에 새겨진 듯했다. 누구에게 쫓겼는지, 왜 쫓겼는지, 어디로 사라졌는지, 그 여인에 대한 단서는 어떤 것도 남아 있지 않았다. 머릿속에서는 열대림의 식물들처럼 환상이 쑥쑥 자라나더니 이리저리 혼란스럽게 엉키고 있었다.

현실적으로 생각해보면, 조선철도호텔 접수대 매니저의 말처럼 '종삼'에서 흘러온 고급 창녀일 가능성이 높다. 생각이 이 지점에 도달하면 바늘 끝이라도 밟은 듯 소스라치고 안절부절못하게 되었다. 하루키는 다른 일본인들처럼 조선의 여자들 특히 기생들에 대한 취향이 전혀 없다. 이런 결벽증 비슷한 성격 때문인지, 두 번에 걸친 요조숙녀와의 연애도 어설프게 끝나고 말았다. 여인을 만나는 횟수가 잦아질수록 감정이 점점 불편해지거나 어색해지고 마는 것이다. 두 번의 연애를 통해 맺은 육체적인 관계에서도 남성을 확인할 만큼의 기쁨이나 만족도 없었다. 그런데 '헬프 미'라는 단어만으로도 하루키는 전율을 느꼈다. 미지의 여인에 대해 이토록 강하게 몸이 끌리는 이 생경한 현상을 어떻게 해석해야 할지 알 수 없었다.

한편으로는 도리어 그 여인을 다시 만나게 될까 봐 염려가 없는 것도 아니었다. 지금 자신을 뒤흔드는 이 정염과 육체적 반응을 그는 괴로워하면서도 즐기고 있었다. 남성의 욕망을 이렇게 말의 갈기처럼 일으켜 세우는 것이 정확히 무엇인지 모르지만, 실제로 그 여인이 나타나서 정체를 알게 되면 순식간에 사그라질 흥분과 감격을 내심 걱정하고 있는지도 몰랐다. 그 여자의 정체를 확인하지 않는 편이 나을 수도 있다. 하지만 그런 생각은 잠시일 뿐, 그녀는 아름다운 픽션의 여주인

공으로 끊임없이 변신했고, 상상이 그쯤에 도달하면 미치도록 그리워졌다. 하루키는 여인의 이름을 미프헬이라 지었다. 헬프 미를 거꾸로 발음한 것이다. 헬프 미, 미프헬.

"여기서 뭐하세요. 얼마나 찾았다고요. 총독님이 부르세요."

"왜, 왜?"

하루키는 화들짝 놀라며 휴게실 창문 앞에 서 있는 자신을 발견했다. 환상에서 깨어나지 못해 어리둥절한 얼굴로 자신을 부르는 여사원을 초점 없이 바라보았다. 화장 때문인지 얼굴이 뿌옇게 떠 보인다고 생각하는 순간, 여사원은 따라오라는 몸짓을 했다. 여사원 뒤를 따라가는데, 긴 복도가 운명의 행로처럼 늘어났다가 제자리로 돌아오기도 했다. 왜 총독이 나를…… 찾는다는 것일까. 태항아리! 하루키는 정신을 차리기 위해 머리를 흔들었다. 총독이 태항아리를 수거하게 된 계기를 알게 된 것은 바로 어제였다. 일본 풍수가 이시이가 조선에는 사람이 죽을 때 묻는 무덤도 있지만 사람이 태어날 때 만드는 무덤도 있다고 말한 것이 시발이었다. 조선의 왕실은 아기가 태어나면 그 아이의 태를 묻는 풍습이 있는데, 태를 항아리에 담아 묻는 것은 후손을 번창시킨다는 의미라고 설명한 것이다. 그랬더니 총독이 새파랗게 질려 소리를 질렀다고 했다.

"조선 왕조의 후손을 번창시키다니! 태는 생명의 집이 아니더냐!"

하루키는 몸 안에 도는 감정의 소용돌이를 가라앉히려고 깊은 호흡을 하면서 총독실로 따라 들어갔다. 총독은 앉으라고 눈짓했으나 늦게 나타난 것에 대해 질책하는 표정은 아니었다.

"보이지 않는다고 하던데, 뭘 하고 있었나?"

"태, 태항아리를 찾고 있었습니다."

"총독부 안에 태항아리가 있기라도 하단 말인가? 그래, 찾았는가?"

"태항아리들을 수거하는 특별한 이유가 있으신지요. 태항아리들은 땅속에서 꺼내는 것보다 그곳에 그대로 두는 것이 더 잘 보관될 수도 있습니다."

검열을 하지 않은 말이 입속에서 순식간에 튀어나왔다. 뱉고 있는 말의 위험을 감지했으나 말이 멈춰지지는 않았다. 작정하고 한 말은 아니었다. 환상과 현실의 경계를 헤매다가 갑작스러운 질문에 본심을 드러내고 만 것이다. 조선총독부 총독, 같은 건물 안에서 일한다고 이렇게 함부로 속내를 드러낼 수 있는 사람이 아니다. 한 번 뱉은 말실수를 다시 번복하여 제대로 잡을 수 있는 상사도 아니다. 자칫 말 한마디에 신임이나 직위, 심지어 생명까지도 잃을 수 있다. 한데 전혀 마음의 준비가 없는 상태로 불려온 탓에 개인적인 생각에 입을 내주고 만 것이다. 총독은 그를 주시하면서 너그럽게 웃었다.

"나는 이 나라의 문화 총독이다. 칼과 검으로 정치를 하던 앞선 총독과는 다르다. 총독부 내에 고적 조사과를 만든 것도 그 때문이 아니냐. 나는 이 나라 문화를 존중한다. 그래서 보호하려는 것이다. 태를 넣은 항아리가 궁궐에서 나온 것이다 보니 이래저래 도굴꾼들이 기승을 부린다고 들었다. 그래서 도굴될 가능성이 높은 것들을 미리 한곳에 모아 잘 보관하려는 것이다. 더구나 태는 사람의 생명을 보호하는 집이 아니더냐."

"이런 말씀 드려도 될지 모르지만, 태항아리에 들어 있는 태들은 이미 죽은 자들의 태입니다. 마지막 황제까지 죽었으니, 그 태조차 죽은 자의 것이 되었습니다. 태실의 항아리들을 모아봤자 그것은 죽음의 집일 뿐입니다."

순간 총독의 숨소리가 몇 발짝 떨어져서도 들릴 만큼 거칠어졌다. 총독의 상체가 거친 호흡으로 오르락내리락 움직이는 것이 보였다. 이런, 지금 무슨 말을 하고 있는가. 태항아리가 조선 왕조의 후손을 번창시킬 것이라는 잘못된 믿음을 말하려다가 즉흥적으로 죽음과 연결한 것뿐인데, 총독의 기분을 건드리고 만 것이다. 그러나 말의 방향을 선회하기에는…… 이미 늦었다. 선택한 방향으로 밀고 나갈 수밖에 없었다.

"수거한 태항아리를 일(日) 자 형태의 집에 보관하라고 하셨는데, 혹여 특별한 뜻이 있으십니까? 조선 문화 위에 일본 문화를 덧씌우기 위한 것처럼 보여서 조선인들을 불편하게 만들 수도 있습니다."

"일(日) 자를 일본의 일(日) 자로 생각하면 그럴 것이다. 일(日) 자는 태양을 의미하지 않느냐. 일(日) 자를 통해 도리어 이 나라 문화 원리를 일깨워주려는 것이다."

"일(日) 자가 조선의 문화 원리라는 말씀을 어떻게…… 이해해야 할지 잘 모르겠습니다."

하루키는 모호한 태도보다는 소신 있는 표현이 위기를 극복하게 해준다는 것을 경험으로 알고 있었다. 더구나 화살은 이미 시위를 날아가버렸다.

"천원지방이다. 하늘은 둥글고 땅은 네모 모양이라는 동양 사상이다. 네가 문화 전문가이니 더 잘 알겠지만, 조선의 문화들도 모두 천원지방을 따르고 있다. 경복궁의 경회루만 봐도 연못은 사각형이고 그 안의 섬은 원형이다. 궁궐의 누각이나 침전도 원기둥과 네모기둥이 같이 조화를 이루고 있다. 대한제국의 마지막 황제의 능도 아래쪽이 방형이고 위쪽 봉분은 둥근 형이다. 심지어 거문고나 가야금의 아래쪽은 길쭉한 방형이고 위쪽은 둥근 것과 같다. 이 나라 문화 전체가 천원지방에 근거하고 있다."

문화 담당 예술사 앞에서 문화적으로 보이려고 애쓰고 있는 총독의 눈에서 기묘한 광채와 열정이 내비쳤다. 하루키는 총독과의 대화가 마치 서로에게 호감을 가진 적들의 대화처럼 여겨졌다.

"조선의 문화 원리는 천원지방에 한 가지가 더 있습니다."

지지 않을 기세의 하루키 앞에서, 총독은 미간에 주름을 깊게 잡으며 얼굴을 찡그렸다.

"그것이 무엇이란 말인가?"

"바로 인간입니다."

"인간이라고?"

"네. 조선인들은 동양의 천원지방에 인간을 합쳐서, 천지인을 문화의 원리로 삼고 있습니다. 사람이 없는 하늘과 땅은 의미가 없는 듯합니다. 조선의 하늘과 땅은 단순히 하늘과 땅의 합체가 아니라 우주의 모형을 이루고 있습니다. 조선 중기의 학자인 이황이라는 자가 그 모형을 '천명신도'라고 명했습니다."

총독은 그 모형을 당장 가져오라고 비서에게 명령했고, 부분 가공되고 있던 천명신도는 하루키의 책상에서 총독의 책상으로 서둘러 옮겨졌다.

"여기를 보십시오. 바깥의 원과 안쪽의 사각형이 보이실 것입니다.

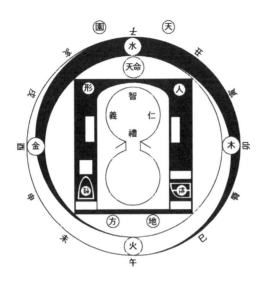

원의 바깥 위쪽에는 '천원', 사각형 아래쪽에 '지방'이라는 글자가 나타나 있지 않습니까. 천원지방입니다. 사각형 안에는 눈사람이 양팔을 벌린 형체가 보이시지요? 바로 인체를 상징하고 있습니다. 천지인 원리를 나타낸 것입니다."

"……"

"조선은 천원지방에 머물지 않고 천지인의 문화로 발전시켰습니다. 천원지방만으로는 인간이 없으니 죽음의 집일 뿐입니다."

총독은 얼굴이 하얗게 질려 금방이라도 소리를 지를 듯했다. 하루키는 서둘러서 보충 설명을 했다.

"죽음의 집이라는 것은 다른 뜻이 아니고 사람의 중요성을 강조하기 위한 것입니다. 가령, 총독님께서 예로 드신 것은 모두 생명이 없는 것들입니다. 황제의 능도 죽음에 관한 것입니다. 거문고나 가야금도 연주하지 않으면 죽은 것입니다. 지금처럼 궁궐의 누각이나 침전의 원기둥과 네모기둥도 사람이 사용하지 않으니 죽은 것이나 다름없지 않습니까. 조선 문화가 천지인이라고 할 때, 인간은 바로 생명을 의미합니다."

총독은 생명이라는 단어를 들었을 때 몸을 움찔하는 것 같았다. 창백했던 총독의 얼굴이 더욱 새파랗게 질렸다.

"그렇다면 네가 생각하기에 생명의 집은 무엇이란 말이냐? 나는 조선의 생명들이 훼손되지 않도록 태항아리를 모으려고 했다. 그것들을 한곳에 모아 일(日) 자로 두르면 생명의 집이 될 것이라 여겼다. 그런데 너는 이것을 죽음의 집으로 해석하는구나."

"태항아리 속의 태는 이미 생명을 바깥으로 뱉어낸 껍데기가 아닙니까. 더 이상 생명의 집은 아닌 것 같습니다."

"그렇다면 너에게 생명의 집은 무엇이란 말이냐?"

총독은 버럭 소리를 질렀다. '생명의 집'이라는 표현을 쓸 때 입안에서 화기가 이는 것이 느껴져 하루키는 깜짝 놀랐다. 순간적으로 위협적인 기운이 느껴졌다. 총독을 만족시킬 대답이 필요했다. 무엇부터 어떻게 말해야 할지 상황을 잘 제어할 수가 없었다. 미프헬에 대한 상상이 그의 이성과 감정을 함께 흔들어놓은 후 일어난 증상이었다. 총독은 다시 다그쳤다.

"그렇다면 생명의 집은 무엇이냐?"

"사람입니다. 더 정확하게…… 살아 있는 여자의 자궁입니다."

하루키는 스스로도 기겁을 했다. 전국 명산에 묻혀 있는 태항아리들을 파내어 한곳에 모으는 일이 반문화적인 행위임을 알리려던 의도였는데, 뜻밖에도 여자의 자궁을 운운하고 만 것이다. 태와 관련된 생명의 집을 연관 지으려다가 무심코 튀어나온 생각이었다. 총독이 자칫 그를 여자의 아랫도리를 밝히는 사람으로 오해할 수도 있었다.

　"살아 있는 여자의 자궁만이 새로운 생명을 만들어낼 수 있으니, 살아 있는 여자의 자궁이 생명의 집이라 여겨집니다."

　총독은 창에 찔리기라도 한 듯 고통스러운 표정을 짓더니 더 이상 말이 없었다. 단지 새빨개진 얼굴을 돌려 하루키에게서 시선을 뗐을 뿐이다. 총독은 아랫사람에게 허를 찔린 장군이 창이라도 내려다보는 듯 형언키 어려운 표정으로 앉아 있었다. 하루키의 말을 새기고 있는 것은 아닌 듯했다. 하루키에게 소리치거나 불쾌한 감정을 드러낼 의도도 보이지 않았다. 하루키에게 돌아가라는 말도 하지 않았다. 머릿속 미로의 구석구석을 더듬고 있는 총독 앞에서 하루키는 침묵을 지키며 그대로 앉아 있을 수밖에 없었다. 하루키도 미프헬의 환상에 사로잡혀 뜻밖의 주장을 펼치고 만 어이없는 자신을 돌아보고 있었다. 하루키는 그렇게 오랫동안 황망한 표정으로 총독과 마주 앉아 있었다.

김 지관

　총독부 청사 앞에 도달하니, 지난번 지나쳤던 '광화문(光化門)' 현판이 보였다. 조선의 가장 으뜸가는 경복궁의 정문이 아니던가. 김 지관은 눈을 가늘게 뜨고 광화문을 올려다보았다. 과거 위풍당당했던 모습과는 다르게, 조선총독부 새 청사 앞의 광화문은 어정쩡하고 소심해 보였다. 저런 모습이나마 얼마나 더 볼 수 있을지……. 최근 광화문을 없앤다는 소문이 맹수의 발톱처럼 할퀴고 지나갔기 때문이다. 일본의 양식 있는 문인들까지 예술에 대해 정치가 너무 무례하다고 일침을 놓았다. 바람 앞의 등불이라는 속담이 '조선총독부 앞의 광화문'이라는 표현으로 바뀌어 회자되고 있었다.

　총독부 청사에 들어서니, 처음 방문 때와는 달리 미처 보지 못한 것들이 눈에 들어왔다. 높고 둥근 천장 아래 긴 대리석 기둥들이 신전처럼 서 있고, 계단으로 올라가는 이 층 중앙 현관에는 위엄을 부리는 신들처럼 전임 총독들의 동상이 앉아 있었다. 날개옷을 입은 여자도 벽에 그려져 있었다. 창문마다 심지어 창문틀까지 화려한 색감으로 재주를 부려놓았다. 위층으로 올라가면서, 안내 여성은 매 층마다 보이는 우편함이라는 것을 가리켰다.

"어느 층에서 우편물을 집어넣어도 모두 일 층의 우편소로 흘러내려 모이도록 되어 있어요. 일본이건 미국이건, 조선 밖의 세계와 소통하고 연락하는 곳이랍니다."

모든 것이 놀라우리만큼 훌륭하게 설치되었음을 용인할 수밖에 없었다. 고루한 눈으로 보아도 놀라운 설계의 묘를 가지고 있었다. 지난번과는 다른 문을 통과해서 다른 방 안으로 안내되었고, 그곳에서 빳빳하게 긴장된 상태로 누군가를 기다리고 있는 몇 관원들과 합류했다. 그때 문이 열리며 한 사내가 들어섰고, 관원들은 게처럼 옆걸음을 치며 인사를 했다. 얼굴을 확인하지 않아도 그 존재가 보여주는 위엄이 여지없이 총독이었다.

"경복궁을 잘 둘러보았는가?"

총독은 생각보다 나이가 들어 보이는, 부드러운 느낌의 노인이었다. 하지만 단숨에 본론으로 치고 들어오는 예리함과 나이를 초월한 위엄이 순식간에 주변을 장악했다. 대답을 채근하는 통역사의 표정에 따라, 김 지관은 담담하게 대답했다.

"여느 사람과 다름없는 구경을 했을 뿐입니다."

총독은 고개를 끄덕이며 물었다.

"좋은 땅이 보이던가?"

"둘러보긴 했으나, 찾고자 하시는 땅의 용도를 정확하게 알 수 없어서 잘 둘러보았다고는 할 수 없습니다. 산 자를 위해서라면 양택해야 하고 죽은 자를 위해서라면 음택해야 하니……. 용도를 모르고도 좋은 땅을 골랐다고 주장하는 지관이 있다면, 가짜가 아니겠습니까."

총독의 표정에 미미한 변화도 없는 것으로 보아 자제력이 강한 인물 같았다. 게다가 김 지관의 주저를 겸손함과 신중함으로 받아들인 듯했기에 무례하게 대할 핑계조차 없는 상대였다.

"땅을 찾을 때 굳이 그 용도를 먼저 알아야 하는 이유를 설명해 보게."

"사람에도 서열이 있듯이 건물에도 서열이 있기 때문입니다."

"건물의 서열이라?"

"우선 건물 이름에 붙는 끝 글자들을 살펴보시면 '전당합각재헌루정' 이 보이실 것입니다."

김 지관은 한자로 써 보였다.

殿-堂-閤-閣-齋-軒-樓-亭.

"가장 서열이 높은 건물이 전(殿)입니다. 근정전처럼 사람은 살지 않지만 왕궁의 위엄을 대표하는 건물이거나, 살더라도 강녕전이나 교태전처럼 왕과 왕비가 쓰는 건물에 붙여지는 것입니다."

"당(堂)은 그것보다는 당연히 서열이 낮은 건물이겠군."

총독은 김 지관이 무슨 이야기를 하는지 단숨에 이해하는 듯했다.

"네. 자선당처럼 세자와 세자비가 쓰는 건물 등이니, 아무래도 전에 비해 격이 조금 떨어지게 되어 있습니다."

총독이 어떤 용도의 건물을 짓기를 원하는지 알기 위해 그런 식으로 서열을 나열해서 유도해본 것이었다. 이렇게 건물의 서열을 알려주면, 총독은 어디에 해당하는 건물을 지을지 머리에 떠올릴 것이고, 그것을 은연중에 내비칠 수도 있기 때문이다. 총독은 김 지관의 의도대로 말려들지 않았다. 총독은 한동안 잠잠하더니, 건물의 마지막 서열에 해당하는 '정'에 대해 걸고넘어졌다.

"그렇군. 이제 가장 서열이 낮은 건물인 '정'이 무엇을 뜻하는지 짐작하겠네. 정자라면 물가나 풍경이 좋은 곳에 외따로 세워놓는 작은 집으로, 지친 몸을 쉬게 하는 곳이 아닌가?"

"그렇습니다. '전당합각재헌루정'은 건물의 서열이기도 하지만 용도의 서열이기도 합니다. 이는 조정 업무 장소에서 일상생활 장소로, 일상생활 장소에서 간간이 열리는 연회 등 특별 장소로, 특별 장소에서 아예 휴식 장소로 이어지는 순서입니다."

김 지관은 이쯤에서 총독이 땅의 용도를 밝힐 것이라고 생각했다. 총독은 약간 눈이 부신 듯 찡그리더니 발딱 일어서면서 말했다.

"내가 지을 건물은 그런 순서를 지킬 수 없게 될 것이다."

어깨를 쭉 편 총독의 입에서 나온 목소리는 간결하고 단호했다.

"서두를 것 없다. 지금은 땅을 찾는 것이 아니라 그 땅을 찾을 사람을 찾고 있는 것이니."

총독의 외모는 부드러워 보이나 속마음은 읽을 수 없었다. 부적을 몸에 지니기라도 한 듯, 총독의 몸에는 눈에 보이지 않는 무장이 쳐져 있었다. 총독의 말은 김 지관이 반드시 명당을 찾을 인물은 아니라는 뜻이었다. 적임자로 선임된 것이 아니라는 뜻이었다. 그렇다면 다른 지관들도 똑같은 부름을 받았을 것이다. 총독의 부름을 받은, 보이지 않는 수많은 경쟁 상대 혹은 협력자 들이 있는 것이다.

"자네는 땅을 보는 눈이 있겠지만 나는 사람을 보는 눈이 있다. 내가 먼저 해야 할 일이 바로 그 사람을 찾는 일이지. 나는 생명의 집을 짓고 싶다. 조선의 풍수로 그것이 무엇을 의미하는지 알려주시게."

순간 김 지관은 총독의 시험에 통과해보고 싶은 강한 욕구에 휘말렸다. 더구나 그것은 너무나 쉬운 질문이었기 때문이다.

"풍수의 기본 원리가 바로 땅속에 돌아다닌다는 생기를 찾아 복을 얻는 것입니다. 생기를 지닌 명당을 찾아 집을 지으시면 생명의 집이 아니겠습니까?"

총독의 얼굴에 실망스러운 기색만이 스쳐 지나가는 것을 보고, 김 지관은 서둘러 덧붙였다.

"제 부친은 지관이셨는데, 제가 어릴 때 명당자리 찾는 법을 가르쳐주시겠다며 데리고 다니셨습니다. 한데 명당자리는 고사하고 산짐승의 흔적만 찾아다니시는 것이었습니다. 보다 못해 어린 제가 왜 짐승 똥을 찾아다니느냐고 했더니, 부친은 웃으면서 이렇게 대답하셨습니다. 짐승들이 똥을 누는 곳이 좋은 곳이다. 특히 배설의 흔적이 무더기로 있으면 그곳이 바로 명당자리이다. 총독님도 짐승들이 똥을 싸는 곳이 명당자리라는 것을 이해하기는 힘드실 것입니다. 부친의 설명은 이러했습니다. '짐승들은 자신이 안전하다고 느끼지 않으면 배설하지 않는다. 그러니까 짐승이 똥을 무더기로 싼 곳은 매우 안전한 곳이다. 그곳은 땅의 기운도 좋을 뿐 아니라 풍수적으로 길지인 경우가 많다'는 말이었습니다."

김 지관은 총독이 자신의 말에 귀를 기울이고 있음을 느낄 수 있었다. 김 지관을 바라보는 총독의 얼굴은 편안해 보이고 눈빛은 맑았다. 오래전 지관을 통해 좋은 땅을 구하려던 조선 백성의 순수한 눈빛이 얼핏 총독의 눈에서도 뿜어져나왔다. 김 지관은 작정하지 않았던 아버지에 대한 이야기를 계속하게 되었다.

"당시 어렸지만, 아버지가 이야기하시는 명당의 의미를 나름 이해했습니다. 아버지는 산을 가다가 산짐승이 새끼를 낳은 장소를 발견하면 그곳도 명당이라고 알려주셨습니다. 어린 마음에도 단번에 왜 그곳이 명당인지 이해할 수 있었습니다. 음양의 원리이건 오행의 원리이건 이런저런 복잡해 보이는 논리 속에는 결국 인간이 어떻게 하면 안전하고 평화롭게 살아갈 수 있는가 하는 희망이 들어 있습니다. 생명을 지키는 일이 들어 있습니다. 그때부터 어린 저는 아버지를 따라다니며 땅을 보는 눈을 적극적으로 키워나갔습니다. 사람들이 안전하게 똥도 누고 밥도 먹고 아이를 낳아 키우며 웃고 지낼 수 있는 땅을 보는 것이 아주 괜찮은 업이라고 생각되었습니다."

그때, 총독의 얼굴에 환한 빛이 솟아오르는 느낌을 받은 것은 무슨 이유였을까. 그다음 총독의 눈빛이 그를 향해 온화해지는 것을 느꼈다. 총독은 김 지관의 설명을 긍정적으로 수용한 듯 보였다.

"명당을 찾아 집을 지으면 생명의 집이 된다고 했는가?"

"그렇다고 할 수 있습니다."

"그렇다면 경복궁 땅 전체가 명당이라던데 어디에 집을 지어도 생명의 집을 짓는다는 뜻인가?"

"그것이 그렇게 간단한 것은 아니고……."

"내가 찾는 땅은 '전당합각재헌루정'의 어디에도 속하지 않을 것이다. 새로 지을 그 건물에서는 총독 업무도 보고, 사저로도 쓰고, 특별한 모임도 열고, 휴식도 겸하게 될 것이다. 모든 격과 모든 용도가 한꺼번에 모인 곳이 될 것이다. 그 집은 소우주처럼 모든 것이 모인 곳이어야 한다. 그 안에서 세상이 돌아가도록 말이다."

총독은 여전히 명확한 땅의 목적을 말하지 않았다. 감히 함부로 내뱉을 수 없는 용도의 집을 경복궁 안에 지으려는 것이다. 김 지관은 총독의 의도를 더 흔들어보기로 했다. 히노마루! 김 지관은 근정전 출입문 위에 엇갈려 걸려 있던 커다란 일장기 두 개를 떠올렸다.

"경복궁이 아무리 명당이라도, 함부로 집을 지어서는 안 되는 예를 말씀드리겠습니다. 풍수 측면에서 말씀 올리는 것이니 오해 없으시기 바랍니다. 근정전 안에는 용상이 있고 그 뒤에 병풍이 놓여 있습니다. 일월오악도이지요. 달과 태양은 음양이고, 다섯 개의 큰 산은 오행을 의미합니다. 그런데 그곳에 일장기를 두 개 걸어두셨으니 태양을 두 개 더 걸어두신 것입니다."

순간 눈이 커지면서 총독은 김 지관 쪽으로 몸을 기울였다.

"일장기가 태양을 의미하는 것을 알고 있었는가? 그런데?"

"병풍 속에 태양 하나가 있으니 걸어두신 두 개의 태양과 합쳐져 세 개의 태양이 되는 셈입니다. 양기가 지나쳐 용상의 용이 불타버릴 것입니다."

"용상의 용? 이 나라에 더 이상 왕은 없다. 이태왕도 이왕도 이 세상 사람이 아니지 않느냐."

"그 자리에 총독님이 앉으신다고 들었습니다."

두 사람의 시선이 찰나에 마주친 후 비켜갔다. 한순간 시간이 멈춘 듯 아무 소리도 들리지 않았다. 그 말을 들은 총독도 놀란 것 같았지만, 그 말을 한 김 지관도 소스라치게 놀랐다. 풍수 논리를 펴다 보니 총독을 이 나라 왕이나 황제처럼 말하고 만 것이다. 총독이 김 지관의 말을 어떻게 받아들이느냐에 따라 매우 반일적이거나 친일적인 발언이었다.

"그곳에 태극기를 내걸어도 그런 소리를 할 것이냐?"

"풍수적으로 보면, 그곳에 태극기를 내거는 것은 매우 바람직한 일입니다."

"태극기는 되고 일장기는 되지 않는다는 것이 무슨 풍수냐."

"태극기 안의 태극은 음과 양의 조화로 이루어져 있습니다. 붉은 것은 양이고 푸른 것은 음입니다. 병풍도 음양, 태극기도 음양, 그래서 그곳에 태극기를 걸면 도리어 좋은 효과를 내는 것입니다. 하지만 일장기는 태양이니 두 개의 일장기라면 양의 기운을 두 개나 더하는 것이 됩니다. 양기가 강해져서 총독님에게 어려운 일이 일어날 수도 있습니다."

"어려운 일이라니?"

"생명의 위협이 될 수도 있다는 뜻입니다."

"생명?"

총독이 섬뜩하게 비명처럼 소리를 질렀다. 진심 어린 풍수의 지혜를 내뱉은 것이지만, 속뜻을 읽지 못한다면 근정전에 일장기를 내건 총독의 행위를 나무라는 말로 들릴 수밖에 없었다. 총독은 약간 무안해진 기색으로 끄덕도 하지 않는 김 지관을 뚫어지게 바라보았다. 김 지관의 다음 말을 기다리는 것 같기도 했다. 조선 지관이 경복궁 근정전에 일장기를 걸지 말라고 감히 대드는 것으로 해석할지, 총독의 안위를 위해 조선 지관이 풍수의 지혜를 빌려주는 것으로 받아들일지 총독은 결정해야만 할 것이다. 어떻게 받아들이느냐에 따라 두 사람의 관계가 정반대로 달라질 수밖에 없었다. 그때 총독이 약간 격앙된 목소리로 말했다.

"태극기는 더 이상 양의와 음의가 든 조선의 국기가 아니다. 요즘 태극기는 오로지 반일 운동을 비밀리에 하는 자들의 상징처럼 사용되고 있다. 반일의 깃발이란 말이다."

"저는 지금 풍수를 논하고 있을 뿐, 반일이나 친일을 논하는 것이 아니옵니다. 명당자리라도 생명의 집이 될 수도 있고 생명을 위협하는 집이 될 수도 있다는 뜻입니다."

"근정전은 명당에 지은 집인데 히노마루 두 개가 더해져서 내 생명을 위협하고 있다는 말인가?"

"간혹 견디기 힘든 불안감이 찾아드는 경우가 있지 않으신지요? 소인의 좁은 풍수로는 좋은 영향을 미치고 있지 않은 것으로 해석되는 것도 사실입니다."

"그럼 명당이라는 것은 단순히 땅을 의미하지만은 않는 것이군, 그런가?"

"풍수라는 것은 글자 그대로 바람과 물의 길입니다. 눈에 보이는 땅보다 보이지 않는 것을 보는 눈이 더 중요합니다."

"자네들 지관은 그것을 어떻게 알아본다는 말인가?"

김 지관은 탁자 위에 차고 있던 나침반을 풀어놓았다. 풍수가들이 차고 다니는 나경이었다. 나경은 동서남북만 가리키는 것이 아니라 수십 개의 방위를 나타내게 되어 있었다.

"그 땅의 용도가 무엇인지는 모르지만 소우주에 사실 분이라면 이것을 이해하셔야 가능할 것입니다."

나름 당돌한 의미를 포함하고 있어서 기분 좋은 말은 아니었다. 총우는 우주의 집이니 그것을 이해하지 못하는 자는 땅을 찾기 힘들 것

이라는 뜻이었다. 총독은 뜨악하게 바라보았지만 김 지관을 무시하거나 포기할 생각은 없어 보였다.

"총독님께서 서 계시는 곳을 기준으로 전후좌우가 생깁니다."

총독은 선 채로 사방을 둘러보았다. 자신이 중심이 되어 전후좌우가 생긴다는 것이 금방 이해가 되는 모양이었다.

"그 전후좌우가 방향을 뜻하는 동서남북과 연결되는 것입니다."

총독은 고개를 끄덕였다.

"이 네 방향은 다시 계절인 춘하추동으로 연결됩니다."

"나랑 수수께끼를 하자는 것인가?"

"이는 풍수에서 다시 총독님을 지켜주는 사신(四神), 청룡, 백호, 주작, 현무로 연결됩니다."

그때 총독은 진지하게 듣고 있던 표정을 풀고 하, 하고 웃으면서 말했다.

"나를 지켜주는 것은 푸른 용이나 하찮은 거북이가 아니라 일본 황제 폐하와 일본 병사들이지."

"그러시다면 더 이상 소인의 말을 들으실 필요도 없으신 것입니다. 땅도 마찬가지입니다. 일본 황제 폐하와 일본 병사들이 총독님을 지켜주시니 어디에 무슨 건물을 세운들 무슨 탈이 있겠습니까."

순간 총독은 긴장한 얼굴을 풀고 껄껄 웃기 시작했다. 그 웃음은 상대를 무방비 상태로 만들었다. 그리고 신뢰를 담은 목소리로 말했다.

"그 사신에 대한 이야기는 다음에 듣겠다. 그것보다 그대가 듣고 싶은 이야기부터 해주지. 나는 새 총독관저를 지을 땅을 찾고 있다."

총독관저다. 순간 김 지관의 머릿속이 쨍하고 울렸다. 이런 저주스러운 순간이 오리라고 미리 예상했던 것이 아닌가. 용도를 알기 전에 솜씨 좋게 빠져나갔어야 했는데, 땅의 용도를 알고 싶어 미적거리다 여기까지 오고 만 것이다. 조선인으로의 자존심보다 지관으로서의 자아가 더 버틴 결과였다. 김 지관이 아무 말이 없자, 총독은 조금 더 부드러운 어조로 말했다.

"남산에 있는 지금의 총독관저는 너무 낡았다. 새 총독부 청사와도 거리가 너무 멀어졌지. 새 총독관저를 지을 생각이다."

김 지관은 어떠한 대답도 할 수 없었다. 총독의 현 관저는 남산 왜성대에 있다. 애초에 일본 공사관 용도로 지어졌으나 한때 통감관저로 사용되었고, 그곳에서 통한의 한일병합조약이 체결되었다. 조선인으로 다가갈 수조차 없기에 본 적은 없지만, 이 층짜리 목조 건물은 그 재료나 모양새가 일본 건물이나 다름없다고 들었다. 총독부 청사를 남산에서 경복궁 앞으로 옮기고 총독관저도 따라 옮길 모양이었다. 적장의 집을 위해 명당을 골라달라는 이야기였다.

"새 총독관저를 경복궁 안에 세울 생각이다."

김 지관은 내면의 울음소리가 바닥을 치고 올라오는 듯했다. 한일병합으로 국왕 대신 조선총독부가 이 나라를 통치하고 있다. 그 총독부의 최고 위치에 군림한 자가 총독이 아니던가. 그는 조선의 천황처럼 행세하고 있다. 절대 권력을 유지하기 위해 조선 전국에 일본군 군대와 헌병들을 주둔시키고 심지어 비밀경찰들까지 수만 명을 양성하면서 원하는 방식대로 조선을 통치하고 있다. 이미 총독부 청사를 경복궁 앞에 지음으로써 현 총독은 자신의 위상을 충분히 과시하고 있는 상태다. 그런데 이번에는 한술 더 떠 경복궁 안에 살림집을 차리겠다는 것이다. 그것은 식민을 영구히 하겠다는 뜻이 아닌가. 경복궁 안에 총독관저를 짓는다는 것은 이 나라의 절대 권력이 총독임을 보여주는 마지막 인(印)을 치는 것과 같다.

"경복궁 안에서 명당을 찾으라. 생명의 집을 지을 땅을 찾으라."

2부

카케노(조선 이름 이재현)

태화 회관 문이 보이는 지점에서, 카케노는 눈에 띄지 않게 몸을 숨겼다. 섣불리 들어가는 것보다 적당한 때를 기다리는 편이 현명했다. 노루처럼 날렵하게, 한 여성이 태화 회관 문 안쪽에서 뛰어나왔다. 그녀는 가늘고 긴 목을 숙여 노란색 천 지갑을 들여다보았다. 그녀는 자신의 작은 발이 담긴 서양 구두를 또각또각 옮겨 걸었다. 한 노파가 그녀를 막았다.

"호련이가 왔구먼. 어데 갔다 이제 왔누."

노파는 반가운 기색을 띠고 쭈그러진 입술을 오물거렸다. 여성은 웃으며 노파의 귀에 대고 크게 소리치듯 말했다.

"할머니, 저 호련이 아니에요. 지난번에도 말씀드렸잖아요. 제 이름은 세린이에요."

"거짓말하지 마라, 이년아. 늙은이 눈은 못 속여."

늙은이는 욕지기를 섞어가며 끊임없이 중얼거렸다. 세린이라는 처자는 할머니의 욕설들을 웃으면서 받아넘겼다.

"지랄 같은 년, 아닌 척해봤자 소용없어."

"오늘 바자회가 있어요. 할머니도 나중에 구경 오세요."

머리가 모자란 늙은이가 침을 뱉고 총총 돌아섰다. 세린은 맞은편 상점으로 들어가 뭔가를 들고 나오더니 다시 서둘러 태화 회관 쪽으로 발걸음을 옮겼다. 카케노는 그녀를 따라 지금 들어가야 할지 조금 더 기다려 사람들이 많아지면 같이 묻혀서 바자회에 들어갈지 망설였다. 그런데 뜻밖에도 조금 전에 본 노파가 그의 등 뒤에서 이 빠진 얼굴을 내밀었다. 헉, 당황한 기색을 감추려 애쓰며 카케노는 그녀를 바라보았다.

"기생들 보러 왔나? 호련이 보러 왔나 말이지?"

"아, 예."

"그래봤자 소용없어. 콧대가 하늘까지 높은데, 가난한 쪽발이 주제에 가까이 가지도 못할 거야."

쪽발이? 순간 카케노는 가슴이 철렁했다. 그는 조선인 행세를 하고 있는 비밀경찰이고, 조선 이름은 이재현이다. 외모도 그렇고 조선말도 아주 능숙했기에, 그를 일본인으로 알아채는 조선인은 여태 없었다. 그만큼 비밀경찰은 완벽하게 훈련되어서 민간인에게 정체가 탄로 나는 일은 없었다. 비밀경찰은 현 총독의 자부심이자 작품이었다. 문화정치를 모토로 내세운 현 총독은 조선인들의 원성이 높았던 헌병경찰제를 보통경찰제로 바꾸고, 경찰들이 차고 다니던 대검도 없앴다. 대신, 보다 은밀하게 감시하고 정보를 수집하는 방법을 택했다. 비밀경찰들을 양성한 것이다. 카케노는 그렇게 양성된 비밀경찰들 중의 한 사람이었다. 그런데 태화 회관이 여전도회관으로 바뀐 것도 모르고 아직도 기생 요릿집이라고 알고 있는 정신이 오락가락하는 노파가 그의 정체를 정확하게 알아본 것이다. 그것이 아니면 한쪽 다리를 저는 모습을 보고 그냥 쪽발이라고 한 것일까. 카케노는 늙은이에게 자신은 조선인이라고 작정하고 우겼다.

"지랄 같은 놈, 아닌 척해봤자 소용없어."

태화 회관 앞으로 점점 사람들과 소란스러움이 불어나기 시작했다. 바자회는 태화 회관 정원에서 이루어질 모양이었다. 태화 회관 문은 여느 때와 달리 활짝 열려 있었다. 조선인에게 태화 회관은 옛 왕조에 대한 추억이 남아 있는 곳이고, 자랑스러운 독립선언문을 낭독했던 장소였기에, 기회만 허락된다면 누구나 한 번쯤 꼭 들러보고 싶어 하는 곳이었다. 행사를 치르기에는 추운 날씨였으나 사람들의 얼굴은 상기되어 있었다. 그는 사람들이 더 많이 모여들기를 기다리고 있었다. 다리를 저는 모습은 쉽게 눈에 띄기 때문이다.

조선 여성들이 상당수 들어가고 나자 눈이 파란 서양인 선교사들은 물론 피난 온 중국인 선교사들까지 모여들었다. 기껏해야 몇십 명이 모여 오붓하게 물건을 팔 것이라 여겼으나, 얼핏 봐도 이백 명은 족히 되어 보였다. 이렇게 기독교도들이 늘어나니 총독부가 조바심을 치는 것이다. 외국 선교사들은 자주니 자결이니 새로운 사상으로 조선인들을 부추겼다. 뿐만 아니라 외국 선교사들은 3·1 운동이나 6·10 만세 사건에 연루되어 감옥에 간 자들을 위해 구명 운동을 하거나, 고문당한 자들을 치료하고 그 가족들을 돌보아주면서 민심을 사로잡았다. 골칫거리였다.

바자회를 하기에 앞서 예배를 보는 듯했다. 찬송가가 흘러나왔고,

설교가 시작되었다. 대보름에 어린아이들에게 빨간 꽃이 잔뜩 매달린 종이 고깔을 씌우지 말라는 내용이었다. 조선 사람들은 정월 대보름에 그렇게 하면 고깔을 쓴 아이가 열두 달 동안 아프지 않는다고 믿었다. 밤이 되면 고깔을 벗겨내어 밥과 음식으로 채운 뒤 강가로 가져가 물속에 사는 나쁜 귀신에게 던졌다. 귀신이 병을 가져가기에 아이가 앓지 않는다고 믿는 풍습이었다. 선교사는 아이의 건강을 마귀에게 맡기지 말라고 했다. 아이를 위하여 하나님께 기도하라고 했다.

바자회가 시작되고, 한껏 들뜬 사람들의 움직임 속에서 '엥?' 콧수염에 번듯한 검정 양복을 빼입은 신사가 비웃듯 미소를 흘리며 주변을 살피고 있었다. 저치가 왜 이곳에? 위장한 채 행사 속에 파묻혀 있는 자는 기생 담당인 지바 사코루 형사였다. 경성에는 대정, 나정, 한남, 형화권번 등의 기생조합이 있고 그 아래 수백여 명의 조선인 기생이 활동하고 있다. 지바 사코루 형사는 대동권번이라는 새로운 조합을 만들고 주로 지방에서 갓 올라온 기생들을 조합원으로 끌어들이고 있었다. 그들에게 일본 노래와 예법을 가르치고 있었기에, 기생들은 그를 신식 춤 학교 교장 혹은 조선 기생들 뒤를 봐주는 친절한 일본 관료쯤으로 여기고 있었다. 그가 비밀경찰일 것이라고는 꿈에도 생각하지 못할 것이다. 카케노는 지바 사코루 형사가 부러웠다. 무당과 달리, 기생들은 예쁠 뿐만 아니라 스파이로 써먹기도 좋았다. 다리만 절지 않았어도 기생들을 손아귀에 넣고 주물렀을 것이다. 그런데 지바 사코루 형사는 왜 이곳에 나타난 것일까.

멀찌감치 보이는 바자회의 물건들은 비교적 소박했다. 성경이 가장 많았고, 양말, 헌 서양식 코트, 화병, 자수가 놓인 하얀 실크 손수건, 몇 개의 보석류, 종이꽃들, 골무, 심지어 요강도 있었다. 사탕 과자 바로 앞에는 미국 선교사와 조금 전 태화 회관 문밖에서 보았던 세린이라는 조선 여성이 서 있었다. 선교사가 영어로 이야기하면, 세린은 조선말로 통역했다. 그녀는 흰 블라우스와 검정 모본단 치마를 입은 모단 걸 (毛斷 girl)[7]이었다. 수줍은 태도 때문에 언뜻 소녀처럼 보였으나 가까이서 보니, 눈빛이 꽤나 빛나는 매력적이고 적극적인 느낌의 처녀였다. 카케노는 포섭 대상으로 세린을 눈여겨보았다.

현 총독은 부임하면서 문화 정치를 실현하기 위해 두 개의 새로운 과를 신설했는데, 고적 조사과와 종교과였다. 카케노는 종교과에 소속되어 무당들의 개화를 담당하고 있었다. 무당은 접촉하는 사람들이 많아 감시를 소홀히 할 수 없는 대상이기 때문이었다. 무당들을 매수하다 보니 업무 영역이 확대되어 기독교인들까지 감시를 하게 된 것이다. 무당은 비교적 포섭이 잘되었으나, 기독교인들은 손을 쓸 수 없었다. 현 총독이 종교과를 직속 기관으로 둘 정도로 종교는 최근 골칫거리였다. 카케노는 기독교와 조선의 민심이 부합할 수 없도록 방해하라는 임무를 부여받았다. 오늘은 어떻게든 태화 회관 여선교회에 끄나풀 하나쯤은 만들 생각이었다. 세린을 포섭할 수 있다면 더할 나위 없을 것 같았다.

미국 선교사들이 중점적으로 팔려는 것은 훈민정음으로 번역된 성

---

7 모던 걸(modern girl)은 예외 없이 머리를 커트한 여성이었기에 모단 걸(毛斷 girl)이라고도 불렸다.

경이었다. 사실 성경을 판다는 것은 단순히 물건을 파는 것 이상의 의미가 있었다. 기독교를 심는 가장 좋은 방법이기 때문이다. 게다가 성경은 조선글을 더 익히게 만들었다. 이 점이 또 다른 골칫거리였다. 문화와 언어에 민감한 현 총독은 성경이 조선 백성들을 교화시키는 것을 크게 우려했다. 기독교가 조선인들 사이에 파고들어 반일 감정을 형성하지 못하도록 종교과를 몰아세우고 있었다. 기독교도들의 내부 움직임을 귀띔해줄 사람이 꼭 필요한 시점이었다. 바자회 경매는 계속되고 있었지만, 서로 사겠다고 물건 값을 더 올리는 모습은 보이지 않았다. 한 사람이 사겠다고 하면 다른 사람이 나서서 더 높은 가격을 부르는 경매 방식이 익숙하지 않은 것이다.

세린을 매수하기 위해, 그녀의 환심을 사기 위해, 아무래도 큼직한 것을 사주는 것이 좋을 듯해 물건들을 이리저리 살펴보고 있는데, 갑자기 지바 사코루 형사가 빠르게 움직이는 것이 눈에 들어왔다. 양복 차림에 개성적인 콧수염을 지닌 번듯한 신사가 일순간 사냥감을 노리는 맹수처럼 돌변했다. 보통 사람들은 그런 움직임을 잘 포착하지 못한다. 지바 사코루 형사가 군중 속을 달리기 시작했다. 소리 없는 질주였다. 이런 순간을 비밀경찰들 사이에서는 '늑대의 순간'이라고 부른다. 포획고자 하는 대상이 나타났거나 큰 상황 변화가 일어나고 있는 때이다. 늑대의 표적이 무엇인가. 카케노는 움직임을 따라 빠르게 시선을 옮겼다. 몸이 가냘프고 왜소한 한복 차림의 한 여성이 허겁지겁 문 쪽으로 달려가는 것이 보였다. 그 여성을 쫓는 것 같았다. 한데 웬일인지 여자의 뒤를 쫓던 지바 사코루 형사가 그 여성을 지나쳐 아예 문 쪽으로 사라져갔다. 쫓기던 여성이 이번에는 지바 사코루 형사 뒤를 따라 달렸다. 어느 쪽이 어느 쪽을 쫓는 것인지 알 수 없었다. 카케노도 그 뒤를 서둘러 따라갔다. 문밖에 나가보니 지바 사코루 형사는 이미 사라졌고, 그 여성만 멍하니 골목 한가운데 서 있었다.

절룩거리는 다리로 지바 사코루 형사를 쫓아가는 것은 무의미한 일이었다. 차라리 이 의문의 여성을 관찰해보는 것이 실속이 있을 것이다. 문제의 여자가 천천히 태화 회관으로 돌아오고 있었다. 마름모꼴 얼굴에 비쩍 마른, 화장기나 치장한 기색이 없는 여성이어서 기생은 아닌 듯했다. 무슨 생각을 하는지, 카케노가 지척에서 자신을 관찰하고 있는데도 눈치 채지 못하는 것 같았다. 그 여성이 다시 태화 회관 안으로 들어갔기에, 거리를 두고 그녀의 뒤를 따라 들어갔다.

여자는 곧장 바자회 현장으로 돌아가는 대신 한적한 정원 뒤쪽으로 향하더니, 힘이 빠진 듯, 잎사귀가 다 떨어지고 가지만 남은 큰 석류나무 밑 바위에 걸터앉았다. 지바 사코루 형사의 목표물은 이 여자가 아니었다. 그렇다면 지바 사코루 형사와 이 여자가 동시에 동일 인물을 쫓아갔을 수도 있다. 이 여자도 비밀경찰인 것일까. 요즘은 누가 누구를 감시하는지 도무지 알 수 없다. 여성은 천천히 일어나더니 바자회 장소로 다시 돌아갔다. 멀리서 사람들이 그녀를 불렀는데 이름은 두린이었다. 이름을 안 이상, 필요하다면 언제든지 조사해볼 수 있을 것이다. 오늘의 목표물은 세린이다.

하루키

만나자고 먼저 청한 쪽은 조선철도호텔의 미노루였다. 미노루를 만나면 미프헬에 대한 최소한의 정보는 얻을 수 있을 것 같아 펄쩍 뛰며 좋아했다. 여자가 잡혔는지 무사한지 정도는 알 수 있을 것이다. 그동안 미프헬에 대한 가설을 수십 번 세웠다가 내려놓았지만, 상상 속의 내용이 무엇이건 상상의 방향은 항상 같았다. 그것은 자신이 그 '무엇'으로부터 그녀를 보호해야겠다는 것이었다. 난해하고 복잡하다고만 느껴왔던 여자라는 종족, 그 이해하기 어려운 생명체를 자신의 품 안에서 안전하게 지켜주고 싶었다. 하지만 지켜주고 싶은 대상은 어디에도 없었고 누군지도 알 수 없었다.

미프헬에 대한 환상은 항상 동일한 지점에 이르러 길을 잃곤 했다. 미프헬이 '종삼'의 여자인지 조선 독립운동가인지 갈 길을 몰라 망설였다. 그런데 최근 그 환상이 전혀 다른 길을 찾아내고 있는 듯 보였다. 환상의 촉수가 태화 회관 쪽으로 이어지면서 필름이 끊어지지 않고 계속 돌아가기 시작한 것이다. 태화 회관이 그의 환상 속으로 흘러든 것은 일주일 전 태화 회관의 바자회에 다녀오고 난 뒤부터였다.

태화 회관의 바자회에 발길을 하게 된 것은 종교과 카케노의 연락 때문이었다. 바자회에 나온 물건들 중에 왕실의 태항아리가 있는 것 같으니 와보라고 했다. 경찰에 알리라고 했더니, 미국 선교사들이 하는 일에 경찰이 덤벼들면 자칫 사태가 어려워질 수도 있으니 문화적으로 접근해야 한다는 것이고, 그래서 그가 와서 해결해야 할 것 같다는 논리였다. 막 태항아리를 거두어들이려는 시점에, 도굴된 태항아리가 팔려다니다니! 다른 약속을 취소하고 태화 회관으로 달려갈 수밖에 없었다.

태화 회관에 도착했을 때, 바자회는 사람들과 물건들이 거의 빠져나간 끝물이었다. 카케노가 멀리서 손을 번쩍 들었다. 다가가 제일 먼저 문제의 태항아리의 행방을 물었을 때, 카케노는 태연하게 이미 팔려나가고 없다고 대꾸했다. 왜 만류하지 않았냐고 했더니, 자칫 잘못 개입하면 행사를 방해하는 느낌을 줄 수 있고, 또한 태항아리 도굴이 사실이라면 범인을 추적하기 위해 일부러 놔둔 것이라는 변명을 늘어놓았다. 행사가 끝나고 나서 우회적으로 태항아리에 대한 조사를 하자고 했다. 누가 사갔는지 보아두었으니 걱정하지 말라고도 했다.

태화 회관은 본래 조선 후기 헌종 임금의 후궁인 경빈 김씨의 처소로 지은 것으로 순화궁이라 불렸다. 요릿집 태화관에서의 조선 독립선언문 낭독 등 역사적 사연과 사건이 많았던 곳이다. 태화 회관 정원을 이리저리 둘러보고 있는데, 바자회에 작은 사건이 생긴 듯했다. 어떤 여자가 작은 불상을 바자회 물건으로 기부하겠다며 선교사에게 내밀었다. 제발 그것을 팔아서 전도하는 데 도움이 되도록 보태달라는 것이었다. 바자회에 초를 치기 위해 나타난 불교계 사람 같았다. 하루키는 선교사들이 대중 앞에서 이 문제를 어떻게 처리하는지 호기심 어린 눈으로 지켜보았다.

"진심으로 가지고 왔다면, 그 불상을 받았을 것입니다. 설령 우상의 밥이라 하더라도 상대가 모르고 초대하면 먹으라고 했으니까요. 하지만 상대가 알면서도 먹으라고 내밀면 먹지 않아야 합니다. 진심으로 가지고 온 것이 아니니 도로 가지고 가세요."

불상 주인은 주춤주춤 눈치를 보며 물러났다. 하루키는 선교사들의 지혜가 놀라웠다. 한 시간 정도 시간이 흐르자 사람들이 거의 빠져나간 듯 한산한 풍경 속에서 바자회를 진행하는 앞쪽의 풍경 전부가 눈앞에 펼쳐졌다. 바자회의 마지막 물건을 보라는 목소리가 들리면서, 한 여자가 고개를 약간 숙인 상태에서 자신의 목에서 목걸이를 풀어내기 위해 두 손을 고개 뒤로 가져간 모습이 보였다. 어, 뭔가 뒤통수를 치고 가는 것이 있었다. 가느다란 목의 목걸이! 모딜리아니의 여인 같은 저 긴 목선을 어디서 봤던가. 목걸이가 스르르 목에서 풀어지던 순간, 하루키는 놀라 소스라쳤다. 미프헬! 심장이 몸 밖으로 튀어나올 것 같았다. 놀란 짐승처럼 가슴이 오르락내리락하던, 정맥이 푸르게 비치던 미프헬의 목! 여자는 옥색 목걸이를 허공에 들어 내보였다. 여자는 자신이 가장 아끼는 것을 경매에 내놓는 것이라고 했다. 계속 여자를 주시하고 있자, 카케노가 통역사라고 귀띔하며 그녀의 목걸이를 사라고 부추겼다.

"고적 조사과에서 살펴봐야 할 물건 같은데, 오래된 예술품 같아 보이지 않소?"

하루키는 기쁨과 혼란 속에서, 목걸이를 들고 있는 여인을 찬찬히 살펴보았다. 그녀는…… 미프헬이 아닌 것 같았다. 미프헬이 아니었다. 카케노는 그의 표정을 살피며 계속 부추겼다. 가까이 다가가 여자의 얼굴을 살펴보기 위해, 목걸이를 사겠다고 나섰다. 예술품이 아니라는 것을 알면서도 적지 않은 돈을 불렀다. 여자는 기대 밖의 거금에 눈을 크게 뜨고 입술을 오므려 보였는데, 시선을 뗄 수 없을 만큼 귀여운 모습이었다. 미프헬을 닮았지만 미프헬은 분명 아니었다. 미프헬은 아니지만 미프헬을 닮은 여자의 귀중한 물건이라면, 그 정도의 돈은 지불할 수 있었다. 제시한 금액대로 현금으로 주고 목걸이를 샀다. 여자의 온기가 목걸이에 남아 있는 듯했다. 카케노는 귓속말로 속삭였다.

"저 아가씨 이름이 세린이오. 태항아리를 위해서라면 다시 오는 것이 좋을 것 같소. 자칫 재를 뿌리기보다 다른 날 와서 조용히 처리합시다."

세린을 본 순간, 하루키는 드디어 미프헬을 찾았다고 생각했다. 하지만 세린은 모르는 척했다. 당연한 일이었다. 그녀는 미프헬이 아니었다. 조선철도호텔에서 쫓기던 여자는 외국인에게 몸을 팔던 여자일 가능성이 높다. 저렇게 천사의 얼굴을 하고 교회 안에서 봉사를 하고 있겠는가. 조선철도호텔에서 미프헬을 만나고 난 이후로 모든 여인들의 얼굴에서 언뜻언뜻 미프헬이 보이는 증상이 생겼으니, 세린이라는 여자에게서 그 도망자를 다시 보았다 해도 놀랄 일은 아니었다. 미프헬은 나이가 있고 성숙한 느낌의 여자였으나, 세린은 훨씬 앳된 모습을 하고 있었다. 두 여자 중 어느 여자가 더 아름다우냐고 묻는다면 당연히 세린이었다. 미프헬이 어둠과 절망 속을 헤매던 여자라면, 세린은 햇살 속에 서 있는 상냥하고 부드러운 빛의 천사였다.

하루키는 세린이 미프헬일 수도 있다는 가능성을 쉽게 포기할 수 없었다. 미프헬이지만 그녀가 그에게 아는 척을 하지 않는다고 여겼다. 그녀가 그를 본 적도 없는 것처럼 행동한다고 여겼다. 하루키는 세린이 미프헬이 아닌 것은 알고 있었지만 그녀가 미프헬이 아닌 것처럼 행동한다고 믿었고, 그런 그 자신의 기만도 알고 있었다. 하루키는 남녀의 관계를 낭만적이면서도 위험하게 연결해가면서 공상을 즐기고 있었다. 이런 공상의 습관 때문에 현실의 여자들을 가까이하지 않는지도 몰랐다.

조선철도호텔에 가기에 앞서 태항아리 문제를 해결해야만 할 것 같아 카케노에게 전화를 했다. 문제의 태항아리를 사간 사람의 이름과 집 주소를 불러달라고 부탁하자, 카케노는 눈이 찢어지고 광대뼈가 나온 마른 여성이라고만 되풀이했다. 바자회에 온 조선 여성들의 태반이 그런 모습이었다. 카케노는 아예 이 일에서 발을 뺄 태세였다.

"그때나 지금이나 내가 나설 상황은 아니라니까요. 내 정체가 드러나면 책임지실 것인가요? 내 이름의 의미를 알고 있겠지요? 카케노가 그림자라는 뜻 아닌가요. 전면에 나서면 안 되는 운명이라니까요."

바자회 때 물건을 구입한 사람들의 이름을 알아보고 싶다면 태화 회관을 찾아가야 하지 않겠냐며, 먼저 그곳에 가서 확인해보라고 했다. 마지막에 카케노는 묘한 웃음을 섞으며 엉뚱한 소리까지 했다.

"세린이라는 여자 통역사가 예쁘던데, 그 여자를 물고 늘어져봐요."

카케노의 농담에 짜증이 났지만, 세린을 다시 볼 기대감이 없는 것은 아니었다. 물론 팔려나간 태항아리를 되찾는 것이 태화 회관의 방문 목적이지만 말이다. 하루키를 맞이한 선교사는 자신을 제인이라고 소개했다. 하루키는 바자회에서 팔려나간 물건들 중에 귀중한 문화재가 섞여 있는 것 같아서 찾아보고 싶다고 말했다. 정말 귀중한 문화재라고 판단되면 판 가격보다 더 많은 돈을 드릴 수도 있다는 뜻도 밝혔다. 제인 선교사는 기꺼이 협력하겠다고 했다. 하지만 바자회 물건 구매자들의 이름은 남아 있지 않고, 단지 돈을 모두 지불하지 못한 경우에 한해 지불해야 할 금액과 이름이 남아 있는 정도라고 했다. 그 품목도 성경과 여성용품일 뿐 항아리 종류는 아니라 했다.

"물건을 사간 사람의 기록이 없다면 물건을 기부한 사람들의 기록은 있지요?"

"세린이 보관하고 있어요. 바자회 때 통역하던 아가씨 혹시 보셨는지……. 그녀가 가지고 있어요."

"세린 씨를 만날 수 있을까요?"

"에스더 선교사님이 전도하러 가시는 데 통역으로 따라 나갔어요. 늦게까지 돌아오지 않을 겁니다. 다른 날 오셔야 할 것 같아요."

하루키는 내심 아쉬워하며 별 소득 없이 태화 회관을 나왔다. 이것이건 저것이건 실마리를 풀려면 세린을 만나야만 할 것 같았다. 그때 주변을 조심스럽게 살피며 한 여성이 그를 향해 다가왔다. 턱이 뾰족하고 심하게 주근깨가 많은 얼굴에 치마를 길게 입은 수수한 모습이었다. 아름답다고는 할 수 없지만 분위기가 있는 여성이었다. 그녀가 너무나 정색을 하면서 그를 향해 왔기에 살짝 당황할 수밖에 없었다. 피해 가려고 몸을 돌리는데, 그녀가 먼저 말을 걸었다.

"태화 회관의 바자회에서 혹시 목걸이를 사지 않으셨나요?"

하루키는 의아해하며 여자를 쳐다보았다. 두 사람은 다시 태화 회관으로 들어갔고, 뒤뜰 벤치에 앉았다. 말을 하지 않아도 서로의 의도를 읽을 수 있는 상대였다. 그녀에게서 세린에 대한 정보도 얻고, 운이 좋다면 목걸이를 핑계 삼아 그녀를 만날 수도 있을 것 같았다.

"그 목걸이를 제가 다시 샀으면 해서요."

"누구신지, 무슨 연유로 그 목걸이를 다시 사려고 하는지요?"

"저는 두린이라고 부릅니다. 통역사. 이름이 세린인데 그 애 언니입니다."

"아!"

"그 목걸이는 동생에게나 저에게나 매우 중요한 것입니다. 아니, 목걸이는 돌려주시지 않아도 좋지만 그 목걸이의 고리에 달아놓은 반지는 돌려주셨으면 합니다."

하루키는 세린의 언니라는 여자를 유심히 바라보았다. 역삼각형 얼굴형과 쌍꺼풀 없는 가는 눈, 세린과 닮은 구석이라고는 없어 보였다. 왠지 미심쩍다는 느낌이 들었고, 무엇보다 반지를 그녀에게 그냥 내어주고 싶지 않았다.

"그 반지는 세린 씨의 것입니다. 아무리 언니라고 하셔도 그녀의 결정을 존중하셔야 합니다. 당신께서 이렇게 저를 찾아온 것을 세린 씨도 아시는지요?"

"아니, 몰라요. 모릅니다. 말할 처지가……. 하지만 그 반지는 동생에게 매우 중요한 것입니다. 사신 것보다 돈을 더 드릴 수도 있습니다. 그 반지는 반드시 세린이 가지고 있어야 합니다."

목걸이건 반지건 별 의미가 없었지만, 그것이 세린의 것이라면 달랐다.

"꼭 필요한 것이라면, 세린 씨가 팔지 않았을 것입니다. 세린 씨에게 꼭 돌려주어야 하는 이유를 말씀해주신다면, 고려해보겠습니다만."

세린의 언니라는 여자는 한순간 고민하는 것처럼 보였다. 하지만 반지를 포기할 생각이 없어 보이는 것이 다행이었다. 그는 한 가지 조건을 더 걸었다.

"그 사연을 알려주시면 태화 회관에 지불한 돈도 받지 않고 그냥 드리겠습니다."

"태화 회관에 그 사실을 알리지도 않고요?"

"알리지 않겠습니다."

"그 반지는 제가 동생에게 선물로 준 것입니다. 동생은 단순히 목걸이로만 생각했지, 원래 붙어 있던 장식을 빼내고 그 자리에 반지를 끼워놓았다는 사실은 알아채지 못한 것입니다. 그 반지는 이 세상에 남은 유일한 혈육을 이어주는 증표랍니다."

하루키는 두린의 이야기에 거짓이 없다는 확신이 왔다. 그 반지의 사연에 어떤 남자도 얽혀 있지 않은 것이 무엇보다 기뻤다.

"반지는 돌려드리겠습니다. 하지만 제가 세린 씨를 만날 다른 일이 있으니 그때 돌려드리고 싶습니다. 그녀를 태화 회관이 아니라 다른 곳에서 만날 수 있도록 해주십시오."

"고맙습니다. 그렇게 하겠습니다."

하루키는 우연히 찾아온 기회에 떨 듯이 기뻤다. 두린은 약속 날짜와 장소가 정해지면 알려주겠다고 했다. 도리어 잘된 일이었다. 태화 회관에서 세린을 만나 태항아리 이야기를 꺼내게 되면 그녀의 처지가 곤란해질 수도 있었다. 잘못하면, 카케노의 말처럼, 세린이 도굴한 태항아리를 거래한 도굴꾼들과 한패로 몰릴 가능성이 있었다. 단둘이 만나 자초지종을 들어보고 사태를 파악하고 싶었다. 반지뿐만 아니라 목걸이까지 돌려주고 싶었다. 그녀를 만날 생각을 하자 가슴이 뛰었다.

조선철도호텔로 향하자, 온몸의 피가 다시 뜨겁게 돌기 시작했다. 지금 느끼고 있는 감정을 한마디로 표현하라면 아, 절망스러운 그리움이었다. 여자를, 더구나 조선 여자를, 그것도 화장실에 숨겨야 했던 위기 상황의 여자를 그리워하다니! 하루키는 남자건 여자건 인간을 이처럼 간절하게 원했던 적이 없었다. 처음에는 그녀의 정체가 알고 싶었지만, 지금은 그 정체가 무엇이건 상관이 없었다. 그녀의 안전만이라도 확인하고 싶었다. 이 세상에 살아 있다는 것만 확인해도 제대로 숨을 쉴 수 있을 것 같았다. 아예 한동안 조선철도호텔에 머물면서 미프헬이 다시 나타나는지 살펴보고 싶었다. 스스로도 어처구니가 없는 생각이었다.

조선철도호텔 커피숍에 앉아 있으니, 미노루가 나타났다. 얼굴 살이 많이 빠진 듯, 볼이 움푹하게 파이고 얼굴빛이 헬쑥한 것이, 전체적으로 말라 보였다. 미노루는 만주로 출장을 간다고 했다. 특별 임무가 떨어졌다는 것이다. 총독부 관례상 특별 임무의 내용에 대해서는 물어볼 필요도 없었다. 대답은 나오지 않을 것이기 때문이다. 미노루가 지난번 약속이 어긋나서 출장 가기 전에 만나보려 했다고 말해, 약속이 어긋한 이유를 서로 맞추어보았다. 하루키는 미프헬과의 사연은 언급하지 않았다. 그날 갑자기 배탈이 나서 화장실에 조금 오래 앉아 있었노라 했다. 미노루는 그사이에 자신이 왔다 간 것 같다고 했다. 둘은 서로에게 사과하는 것으로 마무리를 지었다. 하루키가 지난번 만나려고 했던 이유를 밝히자, 미노루는 심드렁하게 말했다.

"철도야 다르지. 땅을 좀 건드리기는 했지만 대신에 빠른 운송 수단을 되돌려줬잖은가. 짚신 신고 한 달씩 걷던 길을 하루 만에 가게 해주는데 무슨 불평불만이 오래가겠어. 나중에는 고맙다고까지 하더라니까. 경우가 많이 다르긴 하지만. 그러니까 태항아린가 뭔가 파올 양이면 반대로 그 마을에 뭔가 대신 준다는 느낌을 주란 말이지. 뭔가 가져오기만 하면 사실 그 사람들도 빼앗긴다는 느낌이 들 테니까 말이지."

중요한 지적이었다. 뭔가 가져올 때는 그것을 대신해서 뭔가 준다는 느낌을 주어야 한다. 태항아리를 가지고 오면서 그 대신 무엇을 주어야 한단 말인가.

"그것은 물건이 아니라 감정일 수도 있어. 적절한 명분만 있으면 조선인들은 쉽게 물러나거든."

하루키는 지난번 호텔 경비원들이 '종삼' 여자를 찾는 것 같던데 잡았냐고 넌지시 떠보았다. 미노루는 놀란 듯 소스라쳐 눈이 커지더니 매서운 눈빛으로 하루키를 쏘아보았다. 하루키는 속으로 아차 싶었다.

"아니, 호텔에 '종삼'의 여자들이 드나든다는 소리를 들은 것 같아서 말이지."

얼버무렸지만, 미노루의 눈빛이 예사롭게 느껴지지가 않았다. 얼굴이 노래지더니, 아예 입을 다물어버리는 것이었다. 미노루는 한참 생각에 잠기더니 그에게 당부하듯 말했다.

"호텔에 '종삼' 여자들이 드나드는 것을 총독부에서 알면 경을 칠 거야. 앞으로 절대 입에 담아서는 안 되네. 아주 드물게 그런 일이 있지만, 어떤 거물이 데리고 온 여자인지도 모르는데 우리가 함부로 잡을 수도 없잖아."

미노루는 웃으면서 농담처럼 말했지만 얼굴은 곧 어두워졌다. 여자가 잡혔다면 미노루가 모를 리 없었다. 아득하게 안도의 감정이 올라왔다. 반면에 미노루는 불안스러운 듯 성냥을 계속 분지르다가 무의식적으로 어깨를 움찔거리곤 했다.

"조선철도호텔에 친구 둔 덕 좀 보면 안 될까? 빈방이 있으면 좀 쓸수 있을까?"

하루키는 속내를 들키지 않으려고 시선을 깔며 물었다. 잡히지만 않았다면, 미프헬이 여기에 다시 나타나지 말라는 법도 없다. 다시 나타나지 않는다 해도, 그녀의 호흡이 남아 있는 이곳에 한동안 머물고 싶었다.

"전국을 뒤져서 태항아리를 조사하자면 기동력이 필요할 것 같아. 조선철도호텔에 베이스캠프를 세웠으면 해서."

그 말을 하면서도 미프헬의 얼굴이 떠올라 낯이 간질거렸다. 조선철도호텔에서 그녀를 다시 만날 가능성은 없어 보였다. 하지만 최소한 그녀 가까이에 있는 느낌이 들 것이다. 그런데 뜻밖에도 미노루가 그의 제안에 대해 긍정적인 표정을 지었다.

"이런, 잘됐네. 그렇잖아도 한 달 정도 만주 쪽으로 출장을 가게 되어서 말이지. 내가 없는 동안 호텔 돌아가는 분위기를 좀 체크해줄 사람이 필요해서 만나자고 했네. 감시를 하라는 것도, 기록으로 남겨서 보고를 해달라는 것도 아냐. 그냥 손님으로 지내면서 호텔에 대한 느낌 정도만 말해주면 되니까 부담을 가질 것까지는 없을 것 같고. 자네만 좋다면 최근에 비게 된 게스트 하우스를 빌려주겠네. 그 게스트 하우스는 총독부에서 상시 쓸 수 있도록 예약되어 있는 곳이야. 그러고 보면 자네도 쓸 자격이 있다고 볼 수 있지. 연애하기에 아주 적절한 곳이야. 여자들이 좋아할 분위기로 잘 꾸며져 있으니까."

"연애는 무슨. 일 때문이지."

일은 의외로 쉽게 풀렸다. 하지만 웬일인지 평소 미노루에게서 풍겨오던 쾌활한 분위기는 읽을 수 없었다. 출장 가는 것에 대해 석연치 않은 느낌이 감지되고 있었지만, 왜 만주에 가는지 모르기 때문에 이야기는 변죽만 울리고 있었다. 미노루는 문득 고마워라는 말을 했다가, 미안해라는 말을 하기도 했다. 뭔가 머릿속이 복잡한 모양인데, 하루키와는 상관없는 일이었다. 그때 사람을 찾는 작은 종을 울리며 보이가 두 사람 곁을 지나갔다. 미노루는 데스크에 가서 전화를 받았다. 잠시 후 미노루가 금방이라도 쓰러질 듯 하얗게 질려 하루키 앞으로 돌아왔다.

"왜, 누가 죽기라도 했나?"

김 지관

사람보다 명당을 잘 찾아내는 새가 있다. 바로 꿩이다. 아니, 꿩이 명당을 찾아다니는 것은 아니고 꿩이 알을 낳은 장소를 가보면 명당인 경우가 많다. 꿩은 민가 부근이나 산간 혹은 숲에 사는 텃새다. 사람들은 꿩이 명당을 잘 찾는다고 하지만 실제로는 꿩이 풍수를 알아서가 아니라 본능적으로 그런 장소를 찾아내는 능력이 있을 뿐이다. 수컷 한 마리에 암컷 여러 마리가 무리를 짓고 사는 탓에 생기가 있는 혈을 찾는 모양이었다. 털을 뽑아 둥지를 만들고 알을 품는 장소를 보면 거의 명당자리이다. 김 지관은 근처에서 장끼가 높은 소리를 내는 것을 들으면서 집으로 돌아오고 있었다.

집 앞에 장정 몇이 서성대고 있었다. 얼핏 보아하니 모르는 사람들인데, 그중에 김시얼이 눈에 띄었다. 김 지관은 의아한 가운데 반가운 듯 인사를 건넸다. 하지만 김시얼은 꽁꽁 얼어붙은 얼음처럼 차가운 기색이었다. 장정들은 다짜고짜 욕을 해대기 시작했다.

"말라빠진 지관 주제에 뭐가 잘나 그렇게 의를 저버리느냐 말이지."

김 지관은 도대체 영문을 몰라 자초지종을 알려달라고 사정했다. 그랬더니 김시얼의 형이라는 자가 나섰다.

"동생에게 좋은 땅 찾아준다고 설레발이더니, 감히 사람이 못할 짓을 해?"

"동생에게 정착할 만한 땅을 일러주긴 했소만, 그곳에 정착하건 말건 그건 그 사람 마음이오. 강요한 적 없소. 못할 짓을 했다니, 무슨 뜻이오?"

김시얼의 옛집은 산이 끝나고 평평한 땅이 열리는 지점에 있었다. 뒤에 산이 있고 앞에 논밭이 있고 논밭 사이로는 물이 흘러, 보통 사람들이 보기에는 더없는 명당자리였다. 하지만 그런 산골짜기의 목은 어느 지점보다 위험한 곳이다. 홍수 때는 산에서 깎여 나온 자갈이나 흙이 거센 물길을 따라 흘러내리기 때문에 산사태의 위험을 안고 있다. 홍수 때가 아니라도, 이런 지역은 밤낮으로 바람의 방향이 바뀌는 곳이어서, 사람이 살기에 적합하지 않다. 김시얼은 김 지관의 조언을 무시했고 결국 삼 년 전 홍수에 당하고 말았다. 닭, 돼지 등 가산은 물론 어린 딸까지 잃었다. 김시얼은 그동안 옆 마을 태봉리의 형에게 더부살이를 하고 있었다. 그런데 그가 형에게서 분가할 예정이라며 정착할 땅을 좀 봐달라고 했던 것이다. 그는 형이 살고 있는 태봉리 근방에 땅을 찾고 있다고 했다. 김 지관은 흔쾌하게 그러마 했고, 함께 땅을 보러 갔었다.

"당신이 우리 동네에 온 것은 동생 땅 때문이 아니라 딴 목적이 있었던 게요. 이 엄동설한에 땅을 봐준다는 것부터 수상한 일이었소."

물론 한겨울에는 눈 때문에 좋은 땅을 찾기가 쉽지 않다. 하지만 눈을 이용하여 찾을 수 있는 길지가 있으니, 겨울의 명당이라는 뜻으로 혼자서 동혈이라 이름 붙인 땅이다. 이런 동혈은 햇빛이 잘 들어 눈이 빨리 녹는 곳으로 땅속도 영양이 풍부해져 식물이 잘 자란다. 동혈을 찾아 집터로 낙점하자, 김시얼은 산에 나무를 하러 오가면서 쉬던 장소라고 반가운 기색을 띠었다. 그곳에 오면 편안한 기분에 깜박 잠이 든 적도 있다 했다.

"당신이 태실을 둘러보고 갔다더니만 뒤이어 곧바로 총독부에서 사람들이 들이닥쳤소. 태항아리를 걷어간다고 하더만."

"내가 태실을 둘러보긴 했소만, 총독부에서 태실을 보러 나온 것과 나와 무슨 상관이란 말인가? 태항아리를 걷어가다니 그건 또 무슨 말인가?"

태봉리는 이름 그대로 태실이 있어 태봉리가 된 곳이다. 태실이 있다는 것은 그 지역이 명당이라는 뜻이다. 이왕 간 김에 김 지관은 태봉리 태실을 둘러보고 싶었다. 김 지관이 태실을 둘러보는 사이, 김시얼은 그가 찾아준 땅을 어떻게 싼값에 구입하느냐를 고민하고 있었다. 그는 김 지관이 찾아준 동혈에 대해 동네 사람들이 알지 못하게 해달라고 했다. 그곳이 명당자리인 줄 알면 주인이 땅값을 비싸게 부를 것이기 때문이다. 김 지관은 그러마 약속했다.

"모르는 척 마오. 요새 경성을 오며 가며 한다는 거 다 알고 왔소. 이곳 토지 정보를 빼내어 총독부에 준다는 걸 삼척동자도 알고 있소. 김 지관이 동생에게 점지해준 집터도 총독부에서 사용하겠다고 나섰소."

김 지관은 전혀 알지 못하는 일이었다. 하지만 그들이 매우 분노하고 있어서 설명을 해도 소용이 없을 것 같았다.

"한 가지만 묻겠소. 최근에 총독부에 들른 적이 있소, 없소?"

김 지관보다 나이가 한참 아래인 김시얼의 형이 거의 반말에 가깝게 그를 다그쳤다. 잘못하면 그들의 주먹질이라도 받아야 할 상황처럼 보였다.

"다녀온 적이 있소."

그들은 서로 눈빛을 주고받더니, 그럼 그렇지 하는 비웃음이 가득한 눈빛으로 그를 바라보았다.

"땅 때문에 다녀온 것이 맞소, 맞지 않소?"

"땅 문제 때문에 다녀온 것은 맞지만, 태실이나 자네 동생의 집터와는 아무런 관련이 없네."

"뭐가 어쩌고 어째. 내 뭐 모를 줄 알아. 땅을 찾아준다며 총독부 드나드는 것 다 알아. 그럼 무슨 땅을 찾는다는 말인가. 정확하게 밝힌다면 믿겠지만 그렇지 않다면 내 가만두지 않을 것이니."

김 지관은 사태가 왜 이렇게 돌아가는지 도무지 이해할 수 없었다. 총독관저를 지을 땅을 찾기 위해 총독부에 드나든다는 말을 할 수도 없는 노릇이었다. 다들 우르르 달려들어 집 안의 물건들을 내팽개치기 시작했다. 김 지관은 우두커니 서서 장독 뚜껑이 박살나는 소리, 그릇들이 박살이 나면서 사금파리들이 비명 지르는 소리를 듣고 있었다. 섬돌 위의 반쯤 해어진 짚신 한 짝이 담장 너머로 날아갔다. 잠이 덜 깬 마누라가 버선발에 산발이 된 채 구석에서 벌벌 떨고 있었다. 급기야 날아가던 대야가 마누라의 옆구리를 덜컥 쳤고, 나 죽소! 마누라의 비명에 이은 대성통곡을 시작으로 사내들은 잠잠해져갔다. 그들은 널브러진 가재도구들을 발길로 차면서 돌아갔다. 그들 중 제일 뒤에 가던

키 작은 작자가 가던 길을 홱 돌아섰다.

"빼앗긴 땅을 또 뺏으려고. 매국노!"

그는 침을 퉤, 뱉고 돌아섰다. 김 지관은 가슴에 비수가 꽂힌 듯 숨을 제대로 쉴 수 없었다. 매. 국. 노. 급하게 오르락내리락하는 가슴을 진정시키느라고 한참을 마당에 우두커니 서 있었다. 마누라는 마당에 퍼질러 앉아 그의 눈치를 살피며 울었다. 어질러진 마당이 마치 김 지관의 심경 같았다. 김 지관은 섬돌 위에 신발을 벗고 사랑방으로 들어갔다.

과거 세종대왕 시절에는 풍수가 과거 시험의 시험 과목일 만큼 중요한 학문이었다. 과거를 치러 한번 지관이 된 사람은 퇴직 후에도 계속 지관으로 남을 수 있었다. 그래서 과거 지관이나 민간 풍수사의 업은 재물을 크게 모을 수 있는 직업은 아니었지만, 나름 인정받고 사람들에게 도움을 주는 사람으로 인식되었다. 풍수사는 인간의 복과 무관하지 않은 존재였다.

일제 치하가 되자 상황이 심하게 나빠졌다. 일본은 풍수를 온전히 미신으로 치부하면서 지관이나 풍수사의 공식적인 활동을 인정하지 않았다. 일본의 단속을 피해 암암리에 민간 풍수사를 찾는 조선인들의 마음에도 그 영향이 나타났다. 마을 사람들은 도움을 필요로 하면서도 은근히 풍수사를 얕잡아 보았다. 집안에 나쁜 일이 생기면 무덤을 잘못 앉혀서 그런 것 같다며 풍수사에게 은근히 딴죽을 걸거나 암암리에 다른 풍수사를 찾아 묘지 터를 다시 살펴보는 것이었다. 그러면 열에 열은 그 새로운 풍수사의 사술에 걸려 트집을 잡거나 아예 이장을 하기도 했다. 그러다 보니 풍수사들 사이에서도 이해관계나 인간관계가 복잡해지고 신뢰가 없어졌다. 아무리 그렇다 해도 명망이 높던 아버지의 아들로 한때 마을의 자랑이었던 지관을 이렇게 함부로 짓밟은 적은 없었다.

운명처럼 이어받은 가업이 이렇게 고달프고 무참하게 느껴지기는 처음이었다. 지관으로서의 자존심이 깔아뭉개져 다시 일으켜 세울 수도 없을 것 같았다. 더구나 마누라 앞에서도 철저하게 무시당하고 말았다. 총독부의 부름에 단호하게 거절하지 못했으니 자업자득이었다. 머릿속에 구더기가 스멀스멀 기어다니는 느낌이었다. 그 오싹하고 더러운 느낌이 일자 온몸에 소름이 돋으면서 얼굴 근육이 각기 다른 방향으로 분열이라도 하는 듯 일그러졌다. 감당할 수 없는 열패감이 온몸을 휘저었다. 그는 자신을 모독한 이들의 표정을 떠올리면서 깊은 신음을 내뱉었다. 심장을 파먹히는 것 같았다.

시간이 얼마나 흘렀을까. 어둠이 깔리자 마음도 조금씩 가라앉고 있었다. 그는 총독부에서 태실을 조사하러 왔다던 불친절한 방문객의 말을 떠올렸다. 태실은 과거부터 백성들의 기쁨과 고통의 대상이었다. 장태지로 선정되면 그 마을은 행정구역상 승격하기 때문에 좋아하기도 하지만, 장태지 주변 지역에 거주는 물론 농사도 지을 수 없었기에 피해를 호소하는 사람들도 허다했다. 하지만 일단 왕실의 탯줄이 마을에 묻히게 되면 왠지 왕실과 가까운 유대감을 느꼈고, 마치 탯줄에 의해 왕실에 연결된 아기 같은 마음이 되어 평온과 안정감을 느끼게 되었다. 그런데 그것을 일제가 파내려고 한다. 총독관저를 세우는 일과 태실의 태항아리를 거두는 일이 무슨 상관이라도 있다는 말인가. 적어도 조금 전 찾아왔던 장정들에게는 동일한 일로 이해되고 있지 않았던가. 김 지관에게도 이 두 가지에서 느껴지는 한 가지 공통점이 있었으니, 그것은 명당과 관련이 있는 일이었다.

그는 어둠 속에서 맹수처럼 눈을 굴렸다. 밥을 먹으라는 마누라의 소리가 두어 번 들렸으나 대답이 없자 조용해졌다. 그는 호롱에 불을 밝혔다. 아버지의 유품을 헤집어 두루마리를 꺼냈다. 그 기록은 벽장의 비밀 틈새에 들어 있었다. 그 기록을 그렇게 깊숙하게 숨겨놓은 것은 자칫 다른 이의 손에 들어갔다가 아버지의 신변에 변고가 생길까 염려해서였다. 아버지는 흔히 말하는 도참에 관심이 많았다. 왕조의 명운과 어우러진 풍수였다. 한 개인이나 집안의 집터나 묏자리를 찾는 것이 아니라, 나라를 잡을 터와 왕가의 묏자리를 찾아 나라의 명운을 일으키는 일이었다. 하지만 도참은 하늘의 도움이 있어야 그 뜻을 펼칠 수 있을 뿐, 자칫 입을 잘못 놀렸다가는 도리어 벼슬을 잃거나 심지어 목숨을 잃을 수도 있었다. 아버지도 처음에는 이런 세상의 이치를 잘 알고 있었기에 함부로 입 밖에 내지 않았다.

일본의 풍수에 대한 배척이 심해지면서 아버지는 세상과 완전히 담을 쌓았다. 당신의 지식이나 경륜을 세상을 향해 펴지 못한 대신 가슴에 담고 있는 뜻을 종이 위에 풀어놓았던 것이다. 도참이란 원래 예언적인 성격이 강해서 시대적 상황과 맞지 않은 경우가 허다한 법이었다. 자칫 역모나 반역의 빌미를 줄 수 있기에 입 밖으로 내지 않는 것이 최선이었다. 그런데 어느 날부터 아버지가 횡설수설하기 시작했다. 아마도 경복궁의 앞부분이 헐리고 새로운 총독부 청사가 건립되기 시작할 즈음이었을 것이다. 아버지는 그 일에 심하게 분노하고 있었다. 총독부라는 말만 들으면 몸을 부르르 떨곤 하셨다. 그 분노는 종내 화가 되어 그의 몸과 정신을 할퀴고 말았다. 아버지는 가슴속에 담아두었던 위험천만한 생각들을 함부로 입 밖으로 내뱉기 시작했다. 아들로서 아버지를 살리기 위해 어쩔 도리가 없었다. 실제 약간의 노망기가 있었던 것도 같았지만, 아버지가 어떤 말을 해도 실성한 입에서 나온 말이라고 믿게끔 몰아간 사람은 자신이었다. 멀쩡한 아버지를 실성한 노인으로 모는 불효 중의 불효였지만, 그것만이 아버지를 살릴 수 있는 방법이었다. 나중에는 아버지가 실제로 온전했는지 아니면 진짜 노망난 상태인지 분간이 되지 않았고 사람들도 아버지가 어떤 말을 내뱉건 귀를 기울이지 않았다. 김 지관은 아버지의 두루마리를 펼쳤다.

달빛 아래서, 나라님의 사랑을 얻으려 하거나 벼슬을 탐하지 않고 혹여 생길 수도 있는 후환에 대한 염려함도 없이 생각하는 바를 이렇게 적을 수 있게 되었으니 더없이 좋은 날이다.

내가 이 글을 남기는 이유는 지난날 우리 민족의 잘못을 되짚어보고 새로운 날을 준비하기 위해서이다. 단지 지금은 이런 생각을 나눌 벗조차 없으니, 이 글을 나와 같은 일을 하고 있으나 출사조차 제대로 하지 못한 아들에게 남긴다. 때가 되어 내가 적은 말이 무슨 뜻인지 이해할 수도 있으리라.

우리 백성이 가지고 있는 한 가지 염원은, 일본의 어두운 지배가 물러나고 새로운 시대가 열리는 것이다. 만일 일본의 지배가 계속된다면 우리나라는 영원히 사라져버릴 것이다. 그러므로 한갓 풍수로 이 나라를 지키는 법을 적어보고자 한다.

이 나라를 일본으로부터 지키기 위해서는 무엇보다 천지교합의 장소를 이해할 줄 알아야 한다.

조선은 삼 면이 바다로 둘러싸이고 한 면은 육지에 이어진 땅이
다. 대륙에서 바다 쪽으로 좁다랗게 돌출한 육지이기에 자칫 일반 사
람들은 말할 것도 없고 심지어 어리석은 풍수사조차 돌출된 모양만
보고 이 땅을 남성으로 이해하는 경우가 많다. 하지만 조선의 땅은
천생 여성(女性)이다. 왜냐하면 한양(漢陽)은 사신(四神)이 감싸고 있
는 여인의 생식기 모양을 하고 있기 때문이다.

반면에 중국은 대륙으로 남성의 뿌리를 지니고 있다. 중국의 거대
한 남성이 조선으로 뻗치기를 끊임없이 시도해왔으나, 여성인 한양
이 너무나 당당하여 난공불락 결국 물러갈 수밖에 없는 긴 세월의
역사가 이어져왔다. 중국의 거대한 남성도 백두대간에 막혀 온전하
게 이 땅을 침입하지 못하게 되어 있으니 중국에 의해 조선이 사라
지는 법은 만세토록 없을 것이다.

일본은 온 땅이 바다로 둘러싸인 섬이다. 홋카이도[北海島]·혼슈
[本州]·시코쿠[四國]·규슈[九州]의 네 섬과 몇천 개의 작은 섬들
이 열을 지어 만들어진 열도(列島)이다. 남성인 중국과 여성인 조선
이 통(通)할 때, 일본은 곁에서 질투하고 짝사랑하는 제삼자로만 머
물려 하지 않는다. 일본은 활모양의 땅으로 중국과 조선의 접근을 금
하기 위해 공격의 화살을 날리는 방해자 혹은 침략자이기도 하다. 일
본이 조선을 차지하려는 자들을 상대로 청일전쟁이나 러일전쟁을 일
으킨 것도 그 때문이다.

일본은 청일전쟁과 러일전쟁에 이겨 결국 조선을 병합했다. 일시

적인 병합인가 영원한 병합인가. 1910년 그 수치스러운 해에, 일본은 한일병합 조약문을 발표하면서 대한제국을 조선으로 개칭했고, 수도인 한성을 경기도의 중심지인 경성으로 격하시켜버렸다. 이는 단순히 이름만 바뀐 것이 아니라 풍수의 방향이 온전히 바뀐 것이다.

조선의 도읍지인 '한양'의 한자를 '韓陽'이 아니라 '漢陽'이라고 쓴 이유가 무엇인가. 지리적으로 한수(漢水)의 북쪽 기슭에 있는 도시라는 뜻이지만,[8] 풍수적으로는 한나라(漢)로부터 양기(陽)를 받는다는 뜻이기 때문이다.[9] 여기서 한나라는 진나라 이후에 세워진 한나라만을 의미한 것은 아니고, 예부터 우리나라(韓)를 지칭하는 개념과 대조적으로 중국을 지칭하는 것으로 사용되기 때문이다. 일본은 조선의 수도인 한양을 경성으로 바꾸면서 행정상으로 그 의미를 격하시켰을 뿐만 아니라, 풍수적으로도 중국에서 오는 양기를 나름으로 차단한 셈이다.

일본은 풍수적으로 조선이 중국과 가지고 있던 양과 음의 관계를 끊어버리고 자국과의 새로운 천지교합의 가능성을 마련해가고 있다. 더 참을 수 없는 것은 경복궁 앞에 조선총독부를 세우고 있는 일이다.

뒤쪽 주산인 백악산과 함께 경복궁은 많은 왕손과 나라의 번영을 위해서 선택된 천하제일복지이다. 단순히 일본이 경복궁을 훼손

---

8 한수, 즉 한강은 큰 물이라는 뜻의 아리수에서 유래한 말로, 큰 물을 한자음을 가차해 옮겨 적어 한('큰'의 옛말)수('물'의 한자)가 된 것이다. 어떤 강의 북쪽에 있으면 양(陽), 남쪽에 있으면 음(陰)을 붙였다.

9 우리나라는 삼한(三韓) 때부터 한족(韓族)으로 인식되었다. 중국은 춘추천국시대 그리고 통일국가 진나라를 거칠 때까지도 오랑캐라고 불렸으나 한나라(漢) 때부터 한족(漢族)이라는 분명한 정체성을 확립하게 되었다. 자국이 세계의 중심(中國)이라는 중화사상도 이때 형성된 것이다.

하거나 궁궐을 그 거대한 일본 건물로 막아버리는 것을 한탄하는 것이 아니다. 조선의 수도인 한양은 전형적인 명당인 여성의 생식기 형상을 하고 있다. 조선총독부 청사가 일(日) 자 모양으로 남성이 되어 경복궁 앞에 세워졌으니 남성이 여성의 생식기 앞에 놓인 것이나 다름없다. 건물이 완성되면 음부를 침입하는 형태가 될 것이다. 말 그대로 혼연일체가 될 수 있는 입구를 완전히 장악하게 된 셈이다.

일본은 우리의 풍수를 무시하고 파괴하는 쪽으로 몰아왔다. 하지만 앞으로는 달라질 것이다. 지금보다 더 위험한 것은 일본이 조선 풍수의 의미와 원리를 제대로 알아차리는 것이다. 그리고 그것을 이 나라를 지배하는 데 제대로 이용하는 것이다. 조선총독부만으로 끝나지 않을 것이다. 특히 경복궁의 입구만이 아니라 그 안을 깊숙이 정복하고 그 안을 영원히 차지할 방법을 찾아내고자 할 것이다. 총독이 경복궁 안을 깊숙이 차지하고 그곳에 조선의 왕처럼 자신의 잠자리를 두려는 때가 올 것이다.

김 지관은 앉은 자리에서 소스라쳤다. 총독이 경복궁을 차지하고 그곳에 조선의 왕처럼 잠자리를 두는 것, 이것이다. 아버지는 총독이 경복궁 안에 새로운 관저를 마련하리라 예견하고 있었던 것이다. 마지막에 아버지는 그런 미래가 펼쳐질 때의 조선이 어떻게 대처해야 할지에 대한 자구책을 짧게 적어놓았다. 그 자구책의 첫 줄은 이렇게 적혀 있었다.

아들아, 비책은 경복궁의 금원(禁苑), 금지된 정원이다.

아버지의 유언 같은 글귀를 읽는 김 지관의 입에서 신음이 저절로 나오고 어깨가 내려앉았다. 금지된 정원에 대한 글을 읽어내려갈수록 아버지의 두려움과 고통이 그대로 전해져 가슴에 통증이 왔다. 아버지는 새 총독부 청사가 경복궁을 까뭉개며 세워질 때부터 자신의 집이 헐리는 것처럼 불안정해지기 시작했다. 하지만 그의 불안은 총독관저 문제가 이어서 불거지리라는 것을 내다보고 생긴 것이었다. 《정감록》이 어머니 배 속처럼 편안한 자궁터를 명당이라고 한 것은 알고 있었다. 하지만 아버지의 여자 생식기 운운에는 수치심과 안타까움을 느꼈을 뿐 그의 속뜻은 전혀 꿰뚫어 보지 못했던 것이다. 아버지의 머릿속에 이렇게 비극적인 미래가 정확하게 예언되어 있을 줄이야! 이전에도 여러 번 읽어본 글이었지만 시대를 잃어버린 고수가 노망나서 횡설수설 남겨놓은 유언으로 받아들여 안타까워했을 뿐이었다. 낮에 들이닥쳤던 반갑지 않은 손님들의 행패 앞에서도 덤덤하던 눈이 아버지의 글귀 앞에서 마침내 터져 눈물이 흥건하게 흘러내렸다.

생전에 아버지에게 느끼던 연민이 죄송한 마음으로 수그러들었다. 조선인의 자존심과 지관의 자아라는 갈림길 사이에서 여태 헤매던 자신의 모습을 떠올리자 김 지관은 가슴이 막혀 숨을 쉴 수 없을 정도였다. 아버지를 괴롭힌 것은 일본이 조선을 차지했다는 정치적이고 민족적인 시각뿐만 아니라 그의 삶의 뿌리였고 전부였던 풍수상으로도 하릴없이 예견되는 조선의 패망이었던 것이다. 이미 총독이 조선의 정궁에 보금자리를 틀 것임을 예견하고 있었던 것이다. 아버지의 두려움은 바로 이것이었다. 총독이 정궁인 경복궁을 차지하고 자손 대대로 조선을 지배하며 살아가는 것이었다. 조선 총독이 경복궁을 차지하는 것은 정복자가 정복지의 노획물을 누리는 것 이상의 의미가 있다. 그것은 풍수적으로 일본의 조선에 대한 영원한 지배였던 것이다.

김 지관은 어룽어룽해진 눈으로 아버지의 글귀 중에서 한곳을 뚫어지게 바라보며 오랫동안 앉아 있었다.

아들아, 비책은 금원(禁苑), 금지된 정원이다.

지바 사코루

"특고에 별일 없나?"

지바 사코루 형사는 술이나 한잔하자며 특고의 고문장을 불러냈다. 특고는 항일 운동과 관련된 범인을 다루는 특별고등경찰과를 줄인 표현이다. 특히 미행하고 검문하고 고문하고 심지어 죽음에까지 이르게도 하는 곳이기에 특고라고 하면 조선인들은 치를 떨었다. 특고는 조선인들 사이에서 비밀리에 사용되던 표현이었는데, 요즘은 일본인들도 전염된 듯 사용했다.

기생 담당 형사가 보자고 하니까 여자 향응을 기대했는지, 특고 고문장은 만나자마자 고맙다는 말부터 했다. 얼굴에 숨길 수 없는 기대감이 움실움실 피어올랐다. 단둘이 마주 보고 앉자, 그는 급격하게 실망한 기색을 보였다.

"기생들을 곁에 두고 나눌 대화가 아니어서 말이지. 하지만 나를 좀 도와주면 회포를 풀게 해주겠네. 일주일 전쯤 잡혀들어온 여자 있지?"

"일주일이 아니라 최근 한 달 동안 특고에 들어온 여자는 없는데요."

"없다니? 신사적으로 나에게는 제대로 알려주게."

지바 사코루 형사는 콧수염을 신경질적으로 쥐어뜯었다.

"혹시 자네가 모르는 것 아닌가? 젊고 예쁜 여자인데."

"하아, 총독부 경무국 특별고등 경찰과의 고문장이 모를 리가 없지요. 특고에 드나드는 것이라면 사람뿐만 아니라 개미까지도 샅샅이 알고 있는데요. 예쁘고 젊은 여자가 들어왔으면 모두 신나서 안이 발칵 뒤집어졌을 텐데요. 뭐, 독립운동하다가 잡힌 여자는 어떤 식(고문장은 눈을 찡긋했다)으로 고문해도 상관없으니 신났겠지요. 그런 영화 속의 이야기는 일어나지 않았어요."

짐작대로, 뭔가 잘못 흘러가고 있었다. 지바 사코루 형사는 보름 전에 한 여성을 찾아내라는 명령을 은밀히 받았다. 상부에서는 몽타주만 건네주었다. 몇 년 전 사라진 조선 기생이라고 했다. 친일 기생은 시킨 대로 소리 소문 없이 몽타주를 닮은 기생들을 찾아왔다. 두 여성이 명단에 올랐다. 한 여성은 명월관에서 사라진 호련이었고, 다른 한 사람은 세린이라는 여자였다. 세린은 기생도 실종 인물도 아니었다. 몽타주를 보여주자 상당히 많은 사람들이 세린의 이름을 언급해서 그렇게 적어 올린 것이었다. 몽타주의 주인공은 수년 전 경성에서 사라진 호련이라는 기생으로 좁혀졌다.

지바 사코루 형사는 호련에 대해 탐문하는 과정에서 흥미로운 사실을 알아냈다. 호련에 대해서 알고자 하면, 사람들은 한결같이 명월관의 두린을 언급했다. 두린이 호련을 기다리고 있다 했다. 명월관에서 안 사장을 따라 태화관 요릿집이나 식도원으로 일자리를 옮기지 않은 것도 호련 때문이라고 했다. 세상에 둘도 없는 친구여서 애타게 기다린다는 말도 있고 돈 문제로 얽혀 있어 빚을 받으려고 독하게 남아 기다린다는 말도 있었다. 지바 사코루 형사가 태화 회관 바자회에 간 것도, 만일 호련이 두린과 접촉을 시도한다면 그보다 더 좋은 장소가 없기 때문이었다.

예감은 적중했다. 몽타주의 주인공을 그대로 닮은 여인을 태화 회관 바자회에서 발견했다. 지바 사코루 형사가 다가가자 여자는 눈치를 챈 듯 달아나기 시작했다. 훈련된 비밀경찰이 기생 하나 잡지 못해서야 어디 밥벌이를 하겠는가. 그녀를 멀지 않은 곳에서 낚아챘다. 문제는 그다음이었다. 순간, 앞을 가로막는 남자들이 있었다. 그들은 신분증을 내보였다. 특고에서 나왔다고 했다. 지바 사코루 형사는 총독부 특고 형사들 앞에서 자신의 활약상을 그대로 보여준 것 같아 들뜨고 흥분했다. 그들은 그 여자가 '거물급 반일 투쟁자'라고 했다. 사라졌던 기생년 한 명을 잡은 것이 아니라 대어를 낚은 셈이었다. 뿌듯한 감정과 과시욕에 휩싸여 보란 듯이 여자를 넘겨주었다. 그들은 그가 보는 앞에서 여자를 당당히 데려갔다.

"지난 15일 날 특고에서 나온 형사에게 분명 내 손으로 여자를 인계해주었다네."

"무슨 뚱딴지 같은 소리인지 잘 모르겠습니다. 기생 담당 형사님이 어떻게 반일 독립운동 투쟁자를 잡아 특고에 넘겼단 말인가요?"

대단한 공적을 세운 듯한 흥분이 순식간에 사라졌다. 본능적으로 뭔가 잘못된 기분이 들었다. 지금 생각하니 아무도 그의 공적을 치하하지 않았을 뿐만 아니라, 도리어 이 일에 더 이상 관여하지 말라는 명령을 접했다. 아무리 그래도 큰일을 해낸 사람에게 너무나 무심한 상부의 처사였다. 특고 고문장의 말이 사실이라면, 여자를 빼내간 자들은 특고 사람들이 아니었다. 그렇다면 닳고 닳은 형사계의 경계심을 풀고 감쪽같이 여자를 빼내간 자들은 대관절 누구였단 말인가. 뒤끝이 이렇게 찝찝하다니, 특고가 아니라면 어디로 데려갔다는 말인가. 지바 사코루 형사의 초조함을 눈치 챈 특고 고문장은 비웃듯 입술을 씰룩거리며 말했다.

"반일 운동이 죄목이었다면 무조건 잡아들여야 한다는 뜻이에요. 반일 운동을 했건 안 했건 상관없이 말이지요."

지바 사코루 형사는 그 말뜻을 알고 있었다. 반일이라는 꼬리표만 붙이면 조선인을 어떻게 다루어도 상관이 없다. 장소와 시간을 가리지 않고 끌고 갈 수 있기 때문이다.

"특고에 오지 않은 것으로 보아하니 독립운동하는 여자는 아닐 겁니다. 만약에 독립운동가였으면, 특고에 올 수 없는 또 다른 이유가 있었겠지요."

"무슨 뜻인가?"

"특고에서 고문을 하다 보면 이쪽에서 도리어 똥을 뒤집어쓸 때가 있어요. 여자가 정보를 빼낼 목적으로 사람을 잠자리에 일부러 끌어들였거나, 사랑놀이 비슷한 뭐 그런 것을 했을 수도 있지요. 여자 문제뿐만 아니라 돈과 관련되어 있어도 마찬가지예요. 형사님도 반일 기생들을 키우지만, 그년들이 이중 스파이 노릇을 안 한다고 누가 단언할 수 있나요. 은밀히 만나는 관계였는데, 어느 날 그녀가 형사님을 통해 정보를 빼내는 독립운동가였다면 어떻게 처리하겠습니까? 그런 경우 빼돌려 다른 방식으로 죽일 수밖에 없지요."

"하필이면 그런 가정을……. 무슨 죄목이었을까?"

"결국은 일본의 치부를 들여다본 여자일 겁니다."

치부? 그 말을 듣자, 지바 사코루 형사는 정신이 번쩍 들었다. 기생 담당이었기에, 그는 조선 여성의 치부를 들여다보는 쪽이 항상 일본이라고 생각했다. 한데 조선 여성이 일본의 치부를 들여다보았다니까 선잠이 깨는 듯했다. 서로가 서로의 치부를 들여다볼 일이 뭐 있을까. 어쩌면 말 그대로 남녀의 치부를 서로 들여다보았을 수도 있었다.

그는 타고난 동물적 직감이 발동했다. 권력의 숨겨진 여자다! 그 생각을 하자, 흩어져 있던 조각들이 순식간에 화르르 제자리를 잡으면서 이가 서로 들어맞았다. 그 여자는 독립운동을 할 정도의 거친 외모나 눈빛을 전혀 갖고 있지 않았다. 어쩌다 실수로 둥지 밖으로 떨어져 내려갈 바를 잃은 무방비 상태의 새였다. 체포 당시에는 뻔뻔할 정도로 솜씨 좋게 위장을 한 것이라고 여겼다. 하지만 수많은 기생들을 곁에 두고 감시하고 회유하던 경험으로 본다면, 그 여자는 폭포같이 쏟아지는 남자의 사랑이 지겨워 달아날 생각밖에 없는 여자였던 것이다. 빼어난 미모의 여성은 많으나 그런 우아함을 지니기는 쉽지 않다. 그러고 보니 최고 권력이 좋아하는 조건들은 다 가지고 있는 여인이었다. 지바 사코루 형사는 속으로 외쳤다. '새끼손가락!' 그녀는 아마도 최고 권력의 정부였을 것이다. 여자에 대한 구체적인 정보를 숨긴 것이나 기생 담당에게 그녀를 찾으라고 한 것도 밝혀져서는 안 되는 은밀한 부분이 있었기 때문이다. 지바 사코루 형사는 뜯어져 나온 콧수염 털 하나를 손가락 위에 올려놓고 바라보며 히죽 웃다가, 후 불어 공중으로 날렸다.

"그런 경우 어떻게 되는 거야?"

"특고에서 모른다면 쥐도 새도 모르는 것이지요."

수년간 주변에서 사라졌던 여인이다. 그렇다면 어딘가에서 숨겨진 상태로, 감금된 상태로 사랑받았을 가능성이 크다. 여자를 감금할 정도라면 그것은 독점욕이다. 사랑 없이는 불가능한 일이다. 최고 권력이라면 조선 기생 몇 정도야 공공연하게 불러들일 수도 있다. 그런데도 그렇게 몰래 숨겨두었다면, 사랑이라는 이름으로 행해진 잔인한 애정의 치기였다. 기생 신분이니 사람들의 눈을 피할 필요도 없는 여인이었다. 그렇다면 진심으로 사랑한 여인이다. 감금했다면 완전히 소유하지 못했다고 느꼈기 때문이다. 그 여자가 달아났을 때 어떤 기분을 느꼈을까. 무엇이든지 소유할 수 있다고 믿는 최고 권력의 애증이 얼마나 컸을까. 지금 어디에 있건, 그녀가 잡힌 것은 확실하다. 권력의 품으로 돌아갔다면, 그녀는 영원히 탈출이 불가능한 상태가 되거나 그도 아니면 최악의 대가를 치렀을 것이다.

지바 사코루 형사는 한때 권력들에게 미인들을 확확 뽑아 올려주던 일을 떠올렸다. 그런 시절에는 권력들이나 여인들에게나 양쪽 모두에게 인기가 있었다. 권력들 사이에 흘러다니는 여자들의 흐름을 안다는 것은 비밀의 정점이었다. 권력들과의 관계도 돈독해서 마치 형제 같았다. 지바 사코루 형사의 결정에 따라 신분을 오르내리게 하는 상대를 만났을 수밖에 없으니 여인들에게서도 인기가 하늘을 찌를 듯했다. 그런데 어느 순간부터 최고 권력은 여인들을 원하지 않았다. 그 영향은 급속도로 그 아래로 퍼져 공무원이건 군인이건 공공연한 계집질이 조심스러워졌다. 그에 따라 지바 사코루 형사의 인기도 시들해져갔다. 도리어 과거의 비밀을 알고 있는 꺼림칙한 인물 정도로 여기고 가까이하지도 않았다. 마치 그를 조선 기생들의 기둥서방처럼 보는 시선도 있었다.

지바 사코루 형사는 절호의 기회라고 생각했다. 이렇게 기생 뒤치다꺼리나 하면서 남은 생을 보낼 수는 없었다. 과거의 화려한 인기와 존재감을 되찾고 싶었다. 권력을 쥐고도 완전히 여자를 소유하지 못한 사내의 심정이라니! 무엇이든지 할 수 있다고 믿는 사내가 여인으로부터 버림을 받았을 때의 낭패감이라니! 지금은 아주 위험한 순간이자 절호의 기회이기도 하다. 실연의 상처에 괴로워하고 있는 이에게 가장 위로가 되는 것이 무엇인지 알고 있다. 그 어떤 것보다 값진 선물을 줄 수 있다. 지바 사코루 형사는 한 여자를 떠올리며 혀로 입술을 핥았다.

아까부터 뭔가 계속 기대하며 눈치를 보는 특고 고문장에게 선심 쓰듯 기생 하나를 붙여주고 길을 나섰다. 식도원의 안 사장을 만나야 할 것 같았다. 안 사장은 이전에 호련이 머물렀던 명월관의 사장이었고, 지금은 식도원을 운영하고 있다. 잡혀간 여인에 얽힌 전후 사정을 알아보기 위해서나, 그가 떠올리고 있는 새 여인에 대한 정보를 알아보기에도 가장 적합한 인물이었다.

인력거에서 내려 걸으며, 안 사장에게 어떻게 접근해야 할지 궁리를 했다. 만만한 사람은 아니었다. 천한 새끼 머슴에서 시작하여 주막 잡부로 전전하다 궁중 찬방 잡일꾼으로 들어가 훗날 정삼품 벼슬까지 올랐던 사람이다. 궐에서 나와 명월관을 차렸고 사업 수완이 뛰어나 많은 친일파들을 단골로 끌어들였다. 명월관에 불이 난 것을 계기로 안 사장은 태화관을 다시 열었다. 태화관 시절에도 친일 명사들과 친분이 두터웠으나 그곳에서 독립선언서가 낭독되는 등 알 수 없는 일들이 꼬리를 물었다. 도무지 그가 친일인지 반일인지 분간이 되질 않았다. 독립 만세 사건 때문에 상황이 불리해지자, 그는 지체 없이 태화관을 버리고 식도원을 차린 사람이었다. 미꾸라지 같은 인간이었다.

"아이고, 나리께서 직접 행차를 하시다니요. 필요한 것이 있으면 저를 부르시면 될 것을."

안 사장은 온순한 얼굴로 허리를 깊게 굽혀 인사를 했지만, 뜬금없이 찾아온 그의 의도를 간파하려 신경이 곤두서 있는 것이 틀림없었다.

"최근에 기생들이 독립운동 자금을 모아서 보내고 있다는 소문이 있소. 기생들이 독립군 연락망 역할을 한다는 소문도 있는데, 신사적으로 말하건대, 식도원이 개입되어 있지 않기를 바라오."

지바 사코루 형사는 갑자기 생각해낸 변명을 까칠하게 말했다. 만약에 식도원이나 명월관의 기생이 이런 일에 개입되면 앞으로 조합원 자격을 박탈하겠다고 엄포를 놓았다. 안씨는 전혀 흔들림이 없어 보였다. 그는 그런 기생은 아예 식도원에 발을 들여놓지 못하게 하겠다고 응수하더니, 그런 기생이 발각되면 자신이 직접 내쫓을 테니 걱정하지 말라고 했다. 여태 살아남은 자답게 그의 대답은 능수능란했다. 하지만 본심을 알기 어려운 자였다. 3·1 독립선언의 장소를 제공하고도 여태 살아남은 자가 아닌가.

"최근 혹시 호련의 소식을 들은 적이 있소?"

"호련이? 어떤 호련이? 아! 호련이. 혹시, 무슨 소식이 있나요?"

"그런 것은 아니고, 그냥 기생들의 현황을 파악하고 있는 중이오."

"소식이 있으면 부리나케 나리께 알렸겠지요."

"호련이라는 기생이 두린이라는 주방 여자와 친했다고 들었는데, 사실이오?"

"네. 한때 명월관에 같이 있었으니까요."

"두 사람 사이가 특별한 거요?"

"서로 외로우니까 친했던 모양입니다. 그런데 호련이 소식이 있습니까?"

"그런 것 아니래도. 그 기생이 사라진 후로 한 번도 본 적이 없단 거지요?"

"여부가 있겠습니까."

지바 사코루 형사는 안달이 나서 수염을 손가락으로 꼬기 시작했다. 세린에 대해 물어보고 싶었지만 섣불리 덤벼들었다가는 여우 같은 안 사장이 눈치를 채고 말 것이다. 지바 사코루 형사는 안 사장의 원칙을 알고 있었다. 기생들이라면 몰라도 여염의 여자들을 넘보는 것을 결코 용납하지 않았다. 그래서 자칫 안 사장이 방해꾼으로 작용할 수도 있었다.

"두린이라는 여자는 가족 없이 혼자인가?"

"세린이라는 여동생이 있습니다."

"세린?"

너무 반가운 듯 이름을 외쳤기 때문에 혹여 안 사장이 눈치를 챈 것이 아닌가 싶어 신경이 쓰였다. 지바 사코루 형사가 이곳에 온 것도 세린에 대해 알고 싶어서였다. 몽타주를 보고 호련과 같이 이름이 올라온 여자였다.

"이름이 예쁘구먼. 뭐 하는 처자인가?"

한순간 이마의 주름이 심하게 잡히면서 안 사장의 눈알이 위로 치솟았다가 내려앉았다. 경계의 빛이 완연했다.

"글쎄, 그 애는 기생이 아니니 제가 잘 알지 못합니다. 한때 극단에 나간다고 들었는데, 배우가 되고 싶어 하는 모양입니다."

"예쁜 모양이구먼."

"명월관 두린의 얼굴은 보신 적이 있지요? 그녀의 여동생이니 대강 짐작할 수 있지 않습니까. 얼굴은 비쩍 말라 각이 지고 주근깨도 한 됫박이나 들이부어놓았고. 세린이 두린보다 조금 낫다고는 해도 세월이 갈수록 언니를 닮아가니 한두 해만 지나면 그 얼굴이나 저 얼굴이나 비슷비슷하게 볼품이 없어질 여자지요. 뭐 그렇게 탐낼 여자는 아닙니다."

"허, 이 사람. 내가 지금 여자를 탐하기 위해서 여기 들른 줄 아나."

지바 사코루 형사는 시침을 뗐다. 사실 그가 아니라 최고 권력이 탐할 여자를 찾고 있는 중이다. 지바 사코루 형사는 최고 권력의 취향을 잘 알고 있었다. 더구나 실연과 손상된 자존심의 상처로 괴로워하고 있을 최고 권력에게 무엇이 가장 필요한지 잘 알고 있다. 알고 있을 뿐만 아니라 그 필요를 채워줄 수도 있다. 호련을 빼닮았으나 더 젊고 매력적인 여자가 부활하듯 다시 나타난다면 최고 권력은 저항할 수 없게 될 것이다. 그 생각을 하니 희열이 차오르고 몸이 근질거렸다. 안 사장은 그의 얼굴 표정을 살피며 세린에 대한 어떤 질문을 해도 요리조리 잘도 피해갔다. 잡힐 듯 잡힐 듯 빠져나갔다. 안달이 났지만 어떤 식으로도 안 사장의 정곡을 찌를 수 없었다.

"어느 극단에서 일하고 있는 거요? 그 세린이라는 처자 말이오."

"글쎄, 저도……. 제가 두린에게 알아보도록 하겠습니다. 더 궁금하신 것이 무엇인지요?"

"음, 세린이 아니라, 호련이 정말 그동안 어디 있었는지 모른단 말인가?"

"정말 아시는 것이 있으시면 이놈에게도 좀 알려주십시오."

안 사장을 통해 세린에게 접근하는 것은 아무래도 어려울 것 같았다. 호련에 대해 더 알아내는 것도 불가능해 보였다. 이상하리만큼 호련과 세린이 이어질 듯 이어질 듯 이어지지 않았다. 뭔가 접점이 있는 듯도 하였으나 그것이 무엇인지 가늠이 되지 않았다. 안 사장은 무엇이든지 도와주겠다는 굴종의 자세로 서 있었다. 뺨이라도 한 대 갈기고 싶을 만큼 교활하고 정중했다.

하루키

하루키는 조선철도호텔에서 간단한 여행 가방을 들고 나와 기차를 탔다. 의자에 기대어 창밖으로 홍수처럼 흘러가는 풍경을 바라보았다. 바깥 날씨는 아직 차가웠지만, 창문을 열어젖혔다. 동장군의 기세를 잃어가는 투명한 공기가 코를 간질이며 들어왔다. 차가운 공기가 달뜬 얼굴을 식혔다. 태항아리들을 거두어들이기 위해 전국 각처의 태실을 순방하는 것은 이왕직의 전사(典祀) 이원승과 유해종의 일이었다. 하지만 직접 가보아야겠다고 마음먹은 것은 어제저녁 예기치 못한 일이 터졌기 때문이다. 조선의 마지막 황제였던 이왕의 태실에서 사체가 나온 것이다.

"암장시의 상태가 기상천외하다고 합니다."

어젯밤 그 소식을 접했을 때, 하루키는 기겁을 했다. 태화 회관 태항아리 판매 사건도 그러려니와, 그의 책임하에 진행되고 있는 일들이 불길한 방향으로 흘러가고 있었다. 총독이 그를 당장 불러들일 것이라고 초조하게 기다렸으나 아무런 기별이 없었다. 총독부의 반응도 기대와 달랐다. 태실이 명당자리인지라, 자손의 번영을 위해 사체를 암매장한 것이라 판단한 모양이었다. 하루키는 사체의 상태에 대해 보고를 받고 놀라움을 넘어 문화사적 관점에서 매우 큰 흥미를 느꼈고, 아예 기차를 잡아타고 현장에 가보리라 마음먹은 것이다.

　하루키는 총독부의 태항아리 수거 목적에 조금씩 감을 잡아가고 있었다. 조선 왕실의 경우 아이가 태어나면 명당을 골라 그 태를 묻었다. 겉으로 보면 아기의 복을 바라는 것이지만, 내심에는 왕권을 강화하려는 측면이 있었던 것이다. 태실을 전국 도처에 조성해서 왕실과 백성들을 탯줄로 연결하려는 의도가 있었다. 즉 왕조와 백성 간의 유대감을 강화시켜보자는 일종의 통치 이념이 들어 있었다. 총독부에서는 그런 유대감을 끊어버리고 싶은 것이다. 이왕이 죽은 시점에, 일본이 조선 왕조와 백성들 간에 형성되어 있는 유대감을 완전히 끊어버리려는 것이다.

　지금 하루키가 찾아가는 곳은 이왕(순종)의 태봉이 있는 곳이다. 충남 홍성군 구항면 태봉리였다. 하루키는 전국에 묻혀 있는 태항아리 관련 자료들을 들여다보았다.

태조 고황제 태실 - 전북 금산군[10]

정종대왕 태실 - 경북 기먼군 대항면

태종대왕 태실 - 경북 성주군 용암면

세종대왕 태실 - 경남 사천군 곤양면

문종대왕 태실 - 경북 영주군 상리면

예종대왕 태실 - 전북 전주군 구이면

10　현재 충남에 해당한다.

성종대왕 태실- 경기도 광주군 경안면

중종대왕 태실 -경기도 가평군 내면

인종대왕 태실 - 경북 영천군 청도면

명종대왕 태실 - 충북 서산군 운산면

선조대왕 태실 - 충남 부여군 충화면

숙종대왕 태실 - 충남 공주군 목동면

경종대왕 태실 - 충북 청주시 엄정면

영조대왕 태실 - 충북 청원군 낭성면 산성리

정조 선황제 태실 - 강원도 영월군 하동면

순조 숙황제 태실- 충북 보은군 속리면

헌종 성황제 태실- 충남 예산군 덕산면

순종 효황제 태실 - 충남 홍성군 구항면

막상 도착해서 보니, 순종 태실의 위치가 기대와 달랐다. 평지에 무덤처럼 자리 잡은 것이 아니라, 거의 산의 정상쯤에서 모습을 드러냈다. 태항아리를 묻은 산을 태봉이라고 부르는 이유를 알 것 같았다. 현장에 가니, 태실 주변의 석물들은 제거된 상태였다. 태실은 왕으로 등극하기 전에 만드는 아지태실과 왕으로 등극하고 나서 만드는 가봉태실이 있다. 순종의 태실은, 아지태실의 석물은 그대로 두고 대석(臺石) 위에 구형(求形)의 중동석과 옥개석을 얹어 가봉태실로 만든 모양이었다. 이들은 대부분 해체된 상태였고, 아지태실의 봉토도 파헤쳐져 태지석이 발굴된 상태였다. 태지석에는 순종이 1874년 2월 8일 탄생했으며 1874년 6월 8일 태가 묻혔다고 기록되어 있었다. 하루키는 사체를 발견했을 당시의 상황을 물었고, 인부들 중 책임자는 고개부터 절레절레 흔들었다.

"태실을 열자마자 뒷간보다 열 배는 족히 독한 기운이 코를 찌르는 거여유. 도대체 무슨 구린 냄새가 나나 했더니 암장시 때문이었어유. 다들 연장이고 뭐고 다 팽개치고 혼비백산했다니께유."

"암장시가 누구의 것인지는 아직 모른다지요? 사체의 상태는 어땠어요?"

"끔직했시유. 여자가 아랫도리가 없었으니 참말로."

"듣고 오긴 했지만 아랫도리가 없다니, 어떻게 그런 일이 있을 수 있습니까?"

"우리가 손댄 것은 결코 아니에유. 하늘에 맹세해유."

인부가 사체에 손을 댔을 리는 없다. 태실에서 사체가 나왔는데, 그가 누구인지, 왜 아랫도리가 사라지고 없는지, 마땅히 해야 할 조사가 이루어지지 않고 있는 것이 이상했다. 그래서 지역 담당 일본 형사를 불렀다.

"이 마을에는 사라진 여인이 없습니다. 다른 마을에서 몰래 가져와서 파묻은 모양인데, 어느 마을과 손을 잡고 범인을 잡겠습니까? 몰래 파묻었으니 자수를 하지도 않을 것이고."

"사체의 아랫도리가 없다고 하지 않는가? 살인 범죄일 가능성도 있지 않은가?"

"살인이라 가정하면, 이 높은 태봉까지 끌고 와서 묻을 이유가 어디 있겠습니까? 죽인 것이 미안해서 명당에 묻어준다고 그런 수고를 했겠습니까?"

"그렇다면 아랫도리가 어디로 갔단 말인가?"

"아마도 태실에서 꺼낼 때는 멀쩡했는데, 꺼내놓은 뒤 산짐승이 와서 파먹어버렸는지도 모르죠. 최근 사라진 일본 여성은 없으니 조선 여성이 분명합니다. 총독부에서 오신 분이 이런 하찮은 일에 신경 쓰실 필요 없습니다."

"꺼낼 때부터 여성의 하복부가 없었다고 들었네."

"태항아리에만 신경 쓰십시오. 이런 사체는 저희에게 맡겨놓으시면 됩니다."

태실 부근은 백 보 혹은 이백 보의 금지 구역이 설정되어 있다. 사실 살인한 뒤 죽은 자의 번영을 위해 명당을 찾아 묻어줄 것 같지는 않았다. 정황상으로 보면 살인이라기보다 명당을 노린 암장시임에 틀림없었다. 담당 경찰은 한마디 덧붙였다.

"이 나라에서는 아들만 낳을 수 있다면 못 하는 짓이 없습니다. 아들을 잘 낳는 여자가 입던 더러운 속곳도 서로 입으려고 훔친다고 들었습니다. 여자의 아랫도리를 짐승이 뜯어가지 않았다면, 그 비슷한 인간이 훔쳐가지 않았겠습니까. 너무 신경 쓰실 것 없습니다."

하루키는 자신의 임무에 몰두할 수밖에 없었다. 경찰 업무까지 개입하고 나설 수는 없는 노릇이었다. 인부들이 막 토함에서 태항아리를 꺼내고 있었다. 태항아리는 본래 외항아리 안에 내항아리가 들어 있게 되어 있다. 내항아리는 백자 항아리였다. 어깨 부분은 배가 불렀고, 아래로 내려갈수록 좁아졌다. 고리는 C 자형으로 동체부 하단에 달려 있었고, 바닥은 안굽으로 모래 받침으로 번조한 것이었다.

하루키는 항아리를 보자 심하게 갈증을 느꼈다. 산에 올라오느라고

에너지를 소모한 까닭이다. 인부가 마실 물이 든 통을 가져오는 동안, 하루키는 태항아리에 대해 수첩에 정리했다. 내항아리 뚜껑은 넓은 접시를 엎어놓은 형태로 보주형에 가까운 손잡이가 달려 있었다. 손잡이 목에는 원형의 구멍이 네 개나 뚫려 있었다.

하루키는 인부가 준 물을 마시기 위해 한쪽으로 비켜 앉았다. 물병을 열면서 머릿속으로는 현장을 정리했다. 이왕의 태항아리는 관요가 설치되기 전 지방 요장에서 제작되어 왕실로 공납된 것이었다. 최근 일본의 산업화된 도자기가 대량 생산된 것과는 전혀 달랐다. 이런 물건이 전국 명산에 흩어져 있다면 총독부에서 욕심을 낼 만도 했다. 물통을 옆에 세워두면서, 그는 조선 전국의 태실들이 모두 이런 상태라면 되도록 파내지 않고 그대로 보관하는 것이 더 바람직하다는 생각을 다시 했다. 이것들을 거두어들인다면 더 이상 태실로서의 의미가 없어질 것이다. 문화적인 관점에서 보면 조선인들에게는 태를 명산에 묻는 것이 중요한 것이지, 태를 그릇 속에 보관하는 것이 중요한 것은 아니기 때문이다.

세워놓은 물통이 비스듬히 쓰러지더니, 아! 쏟아져버렸다. 높은 지대인지라 인부들에게는 귀한 물이었다. 서둘러 물통을 똑바로 세워보았지만, 물은 거의 다 쏟아지고 난 뒤였다. 낭패스러운 마음으로 물이 땅속으로 흘러드는 모습을 바라보았다. 그런데 너덜너덜해서 포대기인지 종이인지 분간도 되지 않는 어떤 것 쪽으로 물이 흘러 스며들어갔다. 하루키는 물이 그것에 흡수되는 광경을 무심하게 보고 있었다. 그것은 파헤쳐진 흙에 덮여 반쯤만 밖으로 삐져나와 있는 상태였다. 하루키는 조심스럽게 그것을 파냈다. 종이에 적힌 글자가 보였기 때문이다. 매우 튼튼한 종이로 물이 묻은 곳에 'ㅇ왕ㅇ실용ㅇㅇㅇ'라고 적혀 있었다.

왕실용? 하루키는 그 수상한 물체를 찬찬히 살펴보았다. 어디서나 쉽게 구할 수 있는 그런 종류가 아니었다. 천보다 더 튼튼한 특수 재질의 종이였다. 종이의 글자는 연필이나 일반적인 필기도구로 쓴 것이 아니었다. 고적 조사과에 있는 만큼, 그는 여러 가지 비밀문서의 글귀를 찾아내는 법을 익혀 알고 있었다. 화학 비사법 중의 하나였다. 지금처럼 물이 묻었을 때 글씨가 나타나는 것은 명반수로 종이에 글을 쓴 경우이다. 보통 사람들은 볼 수 없도록 글자를 적을 때 사용하는 처리법이다. 글자가 물을 만나 나타난 것이다. 그사이에 비라도 와서 명반수가 씻겨나갔다면 보지 못했을 것이다.

하루키는 특수 종이에 남아 있는 글자의 의미와 글자체를 추리하기 시작했다. 누군가의 손으로 써진 것이니 관청의 공식 절차를 거친 것은 아니지만 화학 비사법을 쓸 정도면 전문가들의 솜씨였다. 하루키는 물통을 더 달라고 했다. 인부는 너무 많은 물을 요구한다고 생각했는지 불만스러운 표정으로 물통을 건네주었다. 하루키는 종이를 더 적셔보았지만 글자는 더 이상 나타나지 않았다. 새겨진 글자들 중에서 '왕'은 순종 황제에서 강등된 '이왕'을 의미하는 것은 아닐까. 빠진 글자들을 채워넣다 보니, '이왕 태실용○○○' 정도가 만들어졌다.

그 특수 종이에 대해 인부에게 물어보았으나, 아는 바가 없다고 했다. 외지에서 사람이 온 적이 있었느냐고 물어도, 그런 적이 없다고 했다. 현 상황으로 짐작해본다면 개인이 아니라 어떤 전문 기관에서 매우 과학적으로 그러나 비밀리에 처리한 사체였다. 운반 용기의 뒤처리를 용이하게 하기 위해 특수 종이에 싸서 왔을 것이고, 육안으로는 쓴 글자가 보일 리도 없고, 비라도 오면 이러나저러나 다 사라져버릴 글자이기에 별로 신경 쓰지 않고 땅에 묻었을 것이다.

"암장시를 옮겨 묻은 곳으로 안내해주십시오."

인부는 미간을 잠시 찌푸리더니 앞장서서 그를 안내했다. 뭔가 할 말이 있는 듯 보였다. 형사 앞에서는 무심한 태도를 취하던 인부가 단둘이 되자 친근한 태도로 비밀스럽게 속삭였다.

"아까 짐승이 파먹은 것 같다고 하던데, 전혀 그렇지 않아유. 누군가 아주 솜씨 좋은 사람이 잘라낸 것이었어유."

"무엇으로 잘라낸 것 같았어요?"

하루키는 펄쩍 뛰며 물었다.

"모르지유. 우리 같은 일꾼도 그렇게 잘 자르지는 못할 거구만요. 전문적인 칼잡이 아니면 어려운 일이어유."

"오래된 사체였나요? 아니면 최근 것이었나요?"

"최근 것이었어유. 처음에는 황제의 여자인가 했지유. 황제가 최근 승하하셨으니 여자를 같이 묻었나 했어유."

"태실에도 여자를 같이 묻나요?"

"아니유. 왕릉이라면 몰라도 이런 태실에 그럴 리 없잖아유. 왕릉에는 황제나 왕이 사랑하던 여자를 함께 묻었다고 들은 적은 있지만 그것도 옛날 호랑이 담배 먹던 시절 이야기고, 태실은 아기씨가 태어날 때 묻는 것인데 어떻게 여인을 같이 묻겠시유?"

"그런데 왜 황제의 여자일지 모른다고 생각했나요?"

"아니, 그냥 사체의 느낌이 호리호리하고 가냘픈 것이 살아 있을 적에는 꽤나 보기가 좋았을 거라는 생각이 들었시유. 머리채도 단정하고 그렇게 아름다운 사체는 처음 보았시유. 아마 아랫도리가 있었다면…… 사체를 보고도 인부들이 탐을 냈을 정도였시유. 이상하게 생각하지는 말아유. 사채를 많이 만지다 보니 살아 있을 때의 모습을 짐작하는 일이 어렵지 않시유."

하루키는 정신이 번쩍 들었다. 자궁이 제거된 아름다운 여인의 사체라니, 사연 많은 사건임에 틀림없었다.

"혹여 이 나라에도 남자의 머리와 여자의 자궁을, 혹은 여자의 사지와 남자의 몸을 함께 묻은 경우가 있는지요?"

하루키는 문화적 관점에서 궁금해서 물었다. 하지만 하루키의 표현에 문제가 있는지, 인부가 말을 잘 이해 못하는지 의사소통은 제대로 되지 않고 마주 보고 더듬더듬 한참을 헤매었다. 하루키는 선사 시대 영국의 무덤에서 아주 특이한 사체를 발견한 자료를 접한 적이 있었다. 남자의 머리에 여자의 자궁 그리고 다른 여러 사람들의 팔다리를 잘라 하나의 사람으로 완성시켜 묻은 것이다. 인류의 가장 우수한 부분들을 모아 붙여 완벽한 인류를 만들어보고자 했던 소망의 표현이었을 것이라고 해석들을 했었다. 몇 번의 설명 끝에 인부는 겨우 그의 말을 이해하였다.

"웬걸. 우리나라에서는 죽은 자를 건드리는 것은 부관참시라 해서 매우 큰 죄로 여겨유. 죽은 자를 어떻게 다시 잘라 죽이겠시유. 살아 있는 자를 죽이는 것보다 더 큰 죄가 될 텐디유."

앞서 걷던 인부는 흙 색깔이 달라 보이는 봉긋한 땅을 가리켰다. 하루키가 고개를 끄덕이자, 인부는 땅을 파기 시작했다. 마침내 역한 냄새와 함께 사체가 나타났다. 하루키는 비위가 약하기는 했지만 문화재를 취급하다 보면 사체를 보는 일은 피해갈 수 없는 일이었다. 중요한 문화재는 사체가 있는 장소에 위치하는 경우가 태반이었다. 그는 문화적인 정신으로 마음을 강하게 먹었다.

사체는 여성의 것이었고, 형태를 맞추어보니 정말 자궁 부분이 아예 없었다. 허리에서부터 윗부분과 다리는 있으나 골반 부분이 없는 여성 사체였다. 명당을 탐내 묻은 것이라면 그 가문의 남자를 묻는 것이 보통이었고, 여자를 묻는다 해도 이렇게 조각내어 묻지는 않는다. 더구나 후손을 위해 묻었다면 자궁을 제거하고 묻을 리가 없지 않은가. 시취가 지독해서 오래 바라볼 수도 없었다. 막 사체를 덮으려는 인부가 말했다.

"아, 저 손끝들 좀 봐유. 처음부터 손가락 끝이 모두 파여 있었시유."

"처음부터? 그렇다면 지문을……."

하루키는 정신이 번쩍 들었다. 이는 분명 암장시가 아니다. 이 사체는 누군가에 의해 고의적으로 손상된 상태로 의도적인 장소에 묻힌 것이다. 조선인들은 지문으로 사람의 신분을 판단한다는 사실을 알지 못한다. 한일병합이 되고 일본이 제일 먼저 한 일이 이 나라의 땅을 조사하고 이 나라 사람들의 지문을 수집하는 일이었다. 조선 사람들은 토지 조사에는 매우 커다란 거부 반응과 반대 의사를 보였지만, 지문을 찍는 일에 대해서는 그다지 저항하지 않았다고 들었다. 지문이 어디에 사용되는지 몰랐기 때문이다. 그들은 지문을 찍는 이유를 인구 조사나 실종된 사람을 찾기 위함이라는 구실을 그대로 받아들였고, 조선인들을 잠정적인 범죄자의 후보군으로 간주한다는 것을 알지 못했다. 지문을 파버린 것은 사체가 발견되었을 때 그 주인이 누구인지 모르게 만들기 위한 수단이었다. 범인은…… 일본 전문 기관일 가능성이 높다.

순종의 태실에서 사체가 나왔다고 보고했을 때, 총독부는 전혀 놀라는 기색이 없었고, 이를 문제 삼지도 않았다. 도리어 총독부는 오늘 아침 암매장한 사체가 나왔다는 사실을 공표했다. 조선인들이 풍수를 맹신하여 왕가의 태실까지 망치려든다고 경고하면서, 이 사건을 계기로 전국의 태항아리를 거두어들이겠다고 공공연하게 선포하였다. 하루키는 사체를 다시 묻도록 인부에게 이르면서, 어쩌면 태항아리를 수거하는 과정에서 이 사체가 발각되도록 일부러 묻은 것은 아닐까 하는 생각이 들었다. 태항아리를 거두어들이기 위한 명분이 필요했는지도 몰랐다. 하지만 의문은 풀리지 않았다. 단순히 명분을 만들기 위해서라면 객사한 주인 없는 사체를 묻으면 그만이었다. 굳이 자궁까지 제거해가면서 여자의 사체를 묻을 이유가 없었다.

하루키는 태봉을 내려오면서 자신을 감싸고 도는 여러 가지 감정에 착잡했다. 태항아리를 거두어들이라는 명령과 함께 가장 최근에 죽은 순종의 태실부터 살펴보라는 지시도 받았다. 그 태실 안에는 암장시가 들어 있었고, 총독부에서는 이를 빌미 삼아 공공연하게 태항아리를 거둬들이겠다고 천명하였다. 하루키는 기분이 언짢았다. 왠지 알지도 못하는 살인에 말려든 기분이었다. 하루키는 구토감을 느꼈다.

그때 하루키는 태봉을 휘감고 도는 작은 메아리 같은 소리를 들었다. 그 소리는 산을 돌고 물을 돌아 그의 마음속으로 파고드는 한 여인의 애절한 목소리였다.

헬프 미, 헬프 미.

김 지관

아버지가 남긴 글을 읽은 후, 김 지관은 경복궁 주변을 다시 샅샅이 살펴보았다. 경복궁 안을 언제든지 마음대로 살펴보도록 허락받은 상태라 김 지관은 총독관저 땅을 살피는 척하면서 금지된 정원의 위치를 파악하려고 애썼다. 사실 경복궁이 앉은 방향에는 비밀 아닌 비밀이 숨겨져 있었다. 일본이 조선의 풍수에 관심이 있었다면 그 비밀을 쉽게 눈치 챘을 것이다.

백악산을 주산으로 삼은 경복궁은 정남이 아니라 서쪽으로 비스듬히 배치되어 있었다. 즉 계좌정향이다. 계좌정향이란 북북동 방향으로 틀어 앉아서 남남서쪽을 내다보는 방향이다. 백악산에서 내려와 경복궁의 가장 깊숙이 있는 교태전 그리고 강녕전 이어서 사정전 그리고 경복궁 가장 앞쪽의 근정전에 이르기까지 비스듬한 방향으로 이어져 있다. 경복궁의 정문인 광화문도 같은 방향으로 비스듬하게 세워져 있다. 백악의 봉우리에서부터 평지의 광화문에 이르는 자연 지형의 방향과 흘러내림을 그대로 연결한 결과였다. 자연 본래의 생김을 존중함으로써 땅의 생기를 살린 풍수의 지혜였다.

그런데 조선의 풍수를 잘 이해하지 못한 일본은 조선총독부 청사를 경복궁 앞에 '똑바로' 세웠다. 백악산과 경복궁과 광화문으로 이어지는 선이 비스듬한 것은 맥이 끊기지 않게 그대로 살린 것인데, 일본은 이 비스듬한 선을 부정확한 조선인들의 선(線)으로 보고 앞에 똑바로 세웠던 것이다. 총독부 청사가 경복궁의 방향과 어긋난 각도는 겸지 한 마디 정도였다. 김 지관이 실사를 해본 결과였다. 이로써 총독부 새 청사는 경복궁의 중심선과 맞지 않게 자리를 잡은 것이다. 아버지가 그렇게 걱정하던 일이 이나마 틀어져서 천만다행이었다. 일(日) 자 모양의 조선총독부 청사가 정남형이 아니라 경복궁의 계좌정향을 따랐다면 그 건물은 음부를 온전히 침입한 형태가 되고 말았을 것이다. 말 그대로 혼연일체가 되고 말았을 것이다. 다행스럽게도 그 건물이 음부를 침입하기에는 각도가 약간 어긋났다. 우리 풍수를 제대로 이해했다면 그런 결정은 하지 않았을 것이다. 불행 중 다행이었다.

금지된 정원은 이 비스듬한 경복궁의 방향과 관련하여 눈에 띄지 않게 교묘히 자리 잡은 땅이 아닐까 여겼지만, 그 어디에도 그런 숨겨진 땅은 보이지 않았다. 아버지의 유서와 이런저런 단편적인 기록들을 몇 번이고 뒤졌지만 정작 금지된 정원의 내용이나 위치에 대한 언급을 찾을 수 없었다. 금지된 정원이 아버지 머릿속의 상상의 정원이지 싶다가도, 다른 이들의 손에 들어갈까 봐 그 위치를 적어놓을 수 없었던 상황이라든가, 적어놓지는 않았지만 아들이 찾아낼 수 있으리라고 믿었던 아버지의 심중에 가까스로 도달하게 되면, 결코 포기할 수 없는 땅, 반드시 찾아야 하는 땅이 되고 마는 것이다.

경복궁은 대부분의 전각이 일본에 의해 약탈된 채 텅텅 빈 상태에다 제대로 돌보지 않아 자연적으로 훼손이 더해져, 더 이상 과거의 정궁이 아니었다. 과거에 정원이 있었을 법한 장소를 찾아가보아도 땅이 파헤쳐져 있거나 잡초 무성한 쓸모없는 땅으로 변해버려 그 어떤 땅도 금지된 정원의 기색을 지니고 있지 않았다. 금지된 정원을 찾아내는 것도 급선무이지만 그 땅이 왜 이 위기 상황의 해결책인가도 알아내어야만 했다. 그래서 일단 금지된 정원에서 '금지된' 것이 무엇인지에 초점을 맞추고 땅을 찾아보기로 했다. 궁궐 내에서는 전염병을 염려하여 짐승을 키울 수 없었고, 왕과 환관 외 남자들은 머물 수 없었다. 그러므로 궁녀들만 들어갈 수 있는 곳이거나 환관들만 들어갈 수 있는 곳이거나 아예 그 누구도 들어갈 수 없는 특정 목적의 정원이었을 수도 있었다.

약속 시간에 늦을 것 같아 서둘러 인력거를 탔다. 김 지관은 인력거 안에서 아버지의 유품 속에 남겨진 글귀를 떠올리고 떠올리기를 반복했다. 大韓帝國(대한제국), 漢陽(한양), 景福宮(경복궁), 禁苑(금지된 정원)······. 인력거는 종묘 쪽으로 향하고 있었다. 사람을 만나기 전에, 아버지의 유언 내용을 제대로 정리하기 위해서였다. 아버지 생전에는 그 내용을 절대로 발설하지 못하도록 안간힘을 다해 막았다. 그런데 지금에 와서 스스로 그 비밀에 대해 입을 열게 된 것이다. 총독의 관저를 지을 땅을 찾아야 하는 다급한 작금의 상황이 있기 전까지는 아버지의 생각이 터무니없고 위태롭고 애처롭기까지 했다. 그 생각들을 타인에게 뱉어야 하는 상황에서, 자칫 아들이 아버지에게 그랬듯이 타인들도 김 지관을 반쯤 미친 사람으로 볼 수도 있을 것이다. 아니 열에 아홉은 그러할 것이다. 머리가 혼란스러웠다.

인력거가 종묘 앞에 멈췄다. 종묘는 왕실의 신이를 모시고 제사를 지내는 곳이다. 종묘 정문의 현판에는 '창엽문(蒼葉門)'이 걸려 있다. 우연이라고 하기에는 정말 기이한 일이라고 세간 사람들이 말하는 현판이다. 왜냐하면 창엽문의 글자를 풀이하면 '창'은 이십팔군(二十八君)이 되고 '엽'은 이십팔세(二十八世)가 된다고들 한다. 이조가 27대 임금과 마지막 왕세자인 이은으로 막을 내린다는 뜻을 함유하고 있다는 것이다. 이(李)씨 왕조는 글자상으로 나무 밑에 아들이 있는데, 아들이 없으면 더 이상 왕조는 이어지지 않는다는 것이다. 정말 이조는 27대 혹은 불완전한 28대로 끝이 날 운명일까. 고종의 막내아들이자 순종의 동생인 이은 왕자가 살아 있으니 왕조를 이어갈 가능성이 있는 것일까. 정말 이대로 조선은 끝나고 말 것인가. 영원히 일본에 병합되어 사라져 버릴 것인가.

저쪽에서 한 노인이 천천히 걸어오고 있었다. 허약한 무릎 때문이기도 하겠지만, 그의 걸음걸이는 신중함과 조심스러움을 위장한 형태이기도 했다. 김 지관은 섣불리 달려나가지 않고 사람들의 눈에 보이지 않는 쪽으로 천천히 발걸음을 옮겼다. 노인도 같은 방향으로 무심한 듯 따라왔다. 자칫 비밀경찰에게 말려들 수도 있기 때문이다. 총독부를 드나드는 이상 이전처럼 무방비 상태여서는 안 될 일이었다. 약속 장소로 일부러 종묘를 택한 것도 그 때문이었다.

비로소 사람들의 눈이 닿지 않는 지점에 왔을 때 김 지관은 노인에게 달려가 넙죽 땅에 엎드렸다. 어릴 때 한두 번 뵙고 거의 뵌 적이 없는데도 마치 돌아가신 아버지가 살아 돌아오신 듯 반가웠다. 그 유명한 양풍공 지관 어른이셨다. 선친과 양 지관은 같은 스승에게서 풍수를 배웠고 '풍수계의 양대 산맥'으로 이름을 떨쳤다. 두 분은 절친한 사이였지만 풍수에 대한 이견이 생길 때면 첨예하게 반목했다. 그런 이유로 항상 사이가 좋지만은 않았다. 그런 친구 아들의 요청에 양 지관 어른이 기꺼이 응해준 것이다.

"총독관저를 지을 땅을 찾으라는 명을 받았겠지."

사람들의 시선뿐만 아니라 들을 귀도 없는 지점에 왔을 때, 양 지관 어른은 어려워하는 김 지관의 마음을 읽기라도 한 듯 먼저 입을 뗐다. 양 지관 어른도 같은 입장에 놓인 모양이었다.

"내가 아닐세."

"아니, 총독부에서 어르신께 도움을 요청하지 않았다면 도대체 누구를……."

"총독부의 부름을 받았다고 곤혹스러워하면서도 은근히 그것을 자랑한 이가 있었네. 자네 집에서 기거하던 손덕이 기억하는가?"

"손덕 아제요?"

"대인[11] 밑에서 풍수를 잘 배웠지. 하지만 심덕이 나빠 대인이 멀리하다가 결국 집에서 쫓겨난 것으로 아는데, 어쩐 일로 나를 찾아왔더란 말이지. 조선 지관들이 여러 명 부름을 받은 것 같다고 하더군."

"손덕 아제가 어르신을 찾아온 이유가 무엇이었습니까?"

"말로는 내 도움을 받고 싶다고 했지만……."

"그래서 어떤 조언을 주셨습니까?"

---

11 돌아가신 남의 아버지를 일컫는 표현이다.

"다리에 힘이 없는 늙은이라 경복궁에 발길도 하기 어려운데 어떻게 땅을 찾을 수 있겠느냐며 돌려보냈지. 그랬더니 다시 한 번 오겠다고 하더구먼."

"어르신, 저도 아예 거절하지 못하고 꾸역꾸역 총독부에 드나들었으니, 손덕 아제와 별반 다를 바 없는 속물입니다."

"자네에게서 서찰을 받고 올 것이 왔구나 했지. 조선총독부가 완성되었으니 일본이 그다음 무슨 일을 꾸밀지 훤히 알 수 있는 것일세. 그래 나를 보자고 한 이유가 무엇인가. 손덕이 놈과 같은 질문인가? 어느 땅을 골라야 하는지 물어보러 왔는가."

"그렇지 않습니다. 땅을 고를 때 지관으로서 골라야 하는지 조선의 백성으로 골라야 하는지 아직도 마음이 정해지지 않아서 어르신께 지혜를 구하기 위해 왔습니다."

"어떻게 둘을 따로 생각한단 말인가."

"지관으로서 땅을 골라야 한다면 총독의 관저라 할지라도 당연히 명당을 골라주는 것이 맞는 것이고, 이 나라 백성으로서 조선 총독을 위해 땅을 골라야 한다면 흉지를 내밀어야 하는 것이 맞지 않습니까?"

"어떤 쪽을 따라야 한다고 생각하나?"

"지관으로서 땅을 골라야 한다고 생각했는데, 이제는 잘 모르겠습니다."

"대인께서 이에 대해 이미 꿰뚫고 있었을 텐데, 생전에 아들에게 이야기하지 않으셨다는 말인가?"

김 지관은 눈가에 뜨거운 기운이 올라와서 금방 대답할 수 없었다.

"……선친께서는 경복궁 안에 결코 총독의 잠자리를 만들어서는 안 된다고 하셨고, 그 해결책으로 금원을 제시해놓았는데, 아마 다른 사람들의 손에 들어갈 것을 염려해서 그랬는지 그 땅이 어느 지점인지 적어놓지 않으셨습니다. 오늘 경복궁 안을 샅샅이 살펴보았지만 그런 땅은 눈에 띄지 않았습니다."

"대인께서 지관이 아니라 조선의 백성으로서 그 땅을 선택했다고 보는가? 조선 총독에게 불행이나 죽음을 안겨주겠노라고 흉지로 금원을 제시해놓았다고 믿는가?"

"조선이 일본의 지배에서 벗어날 방법으로 제시한 땅이니 조선 총독의 번영보다 쇄망 쪽에 무게를 두고 고른 땅이라 여겼습니다."

"대인의 인품을 그 정도로 보았단 말인가. 조선 최고의 지관이 그 정도밖에 되지 않는다고 생각했는가. 대인은 결코 지관의 임무를 저버릴 사람이 아니네. 금원을 찾게 되면 그 땅은 분명 명당 중의 명당일 걸세. 하지만 대인은 조선 백성으로서의 임무도 저버릴 사람이 아니네. 일본을 이 땅에서 물러나게 할 흉지일지도 모르지."

김 지관은 갑자기 아버지 생전에 느꼈던 혼란을 다시 만난 듯했다. 지관과 조선 백성의 본분도 저버리지 않고 명당 중의 명당이면서 흉지 중의 흉지를 찾아야 한다니, 갑자기 죽은 아버지가 양 지관 어른으로 부활하여 다시 횡설수설하는 듯한 느낌이 들었다. 단지 그 횡설수설에 귀를 기울이고 있다는 점이 이전과의 차이였다.

"대인께서 경복궁 안에 총독의 잠자리를 마련해서는 안 된다고 했다면 금지된 정원은 당연히 경복궁 바깥이 아니겠는가?"

"경복궁 밖의 땅이라면 무슨 소용이 있겠습니까? 지금 총독은 경복궁 안에 관저를 찾으려고 하고 있습니다. 설령 경복궁 밖에서 제가 그 땅을 찾는다 해도, 총독은 쳐다보려 하지도 않을 것입니다."

"……."

"무엇을 금지하던 정원인지 알면 찾기가 쉬울 것 같은데 그것조차도……. 아무래도 경복궁 안에 금지된 정원이 있을 것 같은데……."

"중국의 자금성(紫禁城)도 '자주색의 금지된 성'이라는 뜻이 아닌가. 중국의 황제를 하늘의 아들인 천자(天子)라 하여, 천자의 위엄을 세우기 위해 백성들의 자금성 접근을 금한다네. 하지만 조선의 임금들은 스스로를 백성의 어버이로 여기니 그런 권력의 금기가 아닐 것이네. 어버이라……. 음, 그렇지. 아버지와 자식의 관계이니 후손과 관련된 금기가 아니겠는가. 경복궁 안에 총독관저를 두면 안 되는 이유는 알고 있나?"

"그야 조선의 정궁에 조선 총독이 들어가 산다는 것은 조선인이라면 그 누구나 분개할 일이 아니겠습니까?"

"대인이 미치광이 취급을 받은 이유가 무엇인가?"

"……."

"지금 자네 머릿속에 떠올린 것을 입에 담았기 때문이지. 한양은 여자의 하복부에 해당하고 경복궁은 자궁의 깊숙한 번식의 땅이네. 경복궁은 조선 왕실 후손들의 번영을 위해 선택된 천하제일복지라네. 그 안에 총독의 잠자리가 들어가면 풍수상으로 조선의 후손을 절단 내는 일이라네."

"어르신, 무엇을 금지하던 정원일까요?"

"왕의 후손과 관련해서 최고의 금기가 무엇인가?"

"다른 이가 왕의 여자를 건드리는 것이지요."

"바로 그것이네. 그 다른 이가 우리 땅을 강탈한 총독이라면? 일본인 총독이 조선 땅의 자궁을 차지하면 그것으로 왕실의 후손은 영원히 끝나는 것이지."

"그렇다면 금기라는 것은……."

"땅 중에서 왕만이 차지할 수 있는 땅이 있지. 그 땅을 찾으면 되는 것이라네."

"경복궁 내에서 왕만이 들어갈 수 있었던 곳은 중전이 살던 교태전이나 후궁들이 거처하는……."

"금원이 여인들을 탐하는 비밀의 정원이라도 된다는 말인가? 그런 뜻은 아닐 걸세. 금지된 정원은 왕만이 차지할 수 있는 땅을 의미하는 것일세. 모든 것에는 금기가 있는데 여염집에도 마당이나 마루까지는 들어가도, 주인의 허락 없이 방에 들어가면 도둑이 되지 않나. 인간도 서로 손잡고 스치지만 몸의 어떤 부위는 허락되지 않은 이는 범접할 수 없는 곳이 있지. 땅도 마찬가지라네. 주인 외에는 함부로 손을 대면 안 되는 부분이 있지."

"학문이 모자라 감히 질문을 드리면, 땅의 어떤 성격 때문에 그런 것인가요?"

"현실적으로는 왕을 보호하기 위해 정한 구역이겠지만, 그 땅을 빼앗기면 더 이상 왕의 위상을 유지할 수 없는 상징적인 구역일 걸세. 풍수적으로는 왕 정도는 되어야 이겨낼 수 있는 강한 생기가 흐르는 땅이라는 뜻도 있을 것이고."

"경복궁 안에서 생기가 가장 강한 지점은……."

"경복궁 안은 안 된다고 했던 대인의 말을 잊었는가? 경복궁 안에 총독관저를 찾겠다는 총독의 말에만 신경을 쓰고, 총독의 관저를 경복궁 바깥에 두어야 한다는 아버지의 말에는 왜 신경을 쓰지 않는 것인가?"

"어르신…… 용서하십시오."

"금지된 정원과 관련해서 아버지가 남겨놓은 다른 언급은 무엇인가?"

"금지된 정원에 대한 어떠한 다른 언급이 없습니다. 이유를 알 수 없는 묘도(墓圖) 한 장이 있을 뿐입니다."

"묘도? 묘의 터를 잡는 그림이란 말인가?"

"네, 어르신."

"총독관저라면 산 자의 집이니 양택해야 하는데, 죽은 자의 집을 위해 음택하는 묘도라니. 대인이 틀렸을 리는 없고, 자네가 잘못 본 것 아닌가?"

"그림은 산 자의 명당자리를 찾는 양택의 풍수지리도인데, 그림 위의 제목이 묘도라고 적힌·것입니다. 그림과 글이 서로 맞지 않으니 풍수지리도라고 일컫기도 뭐합니다만, 한번 보시겠습니까? 혹시나 해서 가지고 왔습니다."

김 지관이 선친의 노망을 확신하게 된 것도 이 엉터리 그림 때문이었던 것이다. 묘도를 앞에 놓고 한참이나 들여다보던 양 지관의 얼굴이 갑자기 변하기 시작했다. 노인의 찌그러져 있던 주름이며 얼굴 살이 일제히 흔들리는가 싶더니 갑자기 웃음보가 터져 나왔다.

"하하하하! 하하하하!"

너무나 쾌활하게 웃는지라 한순간 그의 얼굴이 젊은이의 생기를 되찾은 듯 젊어 보였다. 웃음은 폭포처럼 멈추어지질 않았고, 김 지관은 머쓱한 상태에서 웃음이 끝나길 기다렸다. 명당 중의 명당인데 일본을 물리칠 수 있는 흉지라는 것이 도대체 무엇을 뜻하는 것일까. 겉으로 보기에는 명당이지만 고수라면 알아볼 수 있는 가짜 명당을 일컫는 것일까. 그렇지만 양 지관 어른이나 선친은 그런 얕은 속임수를 쓸 분들이 결코 아니었다.

"그림만 보면 산 자의 명당자리를 찾는 양택의 풍수지리도인데, 선친은 왜 죽은 자의 묘도라고 적어놓았을까요?"

"참, 그것 묘한 자리로군. 묘도가 참 묘해."

"……."

"하하하, 금지된 정원의 비밀이 바로 그것이구면."

"아니 그럼 금지된 정원이 무엇인지, 어디에 있는지 아시겠는지요?"

다소 민망하게 묘도를 내려다보던 김 지관은 고개를 번쩍 치켜들었다.

"그렇다면 혹시……. 그러면…… 그것이."

3부

두린

두린은 말없이 명월관을 나섰다. 식도원에 간다는 말을 굳이 못 할 것도 없었지만 괜히 의심을 사고 싶지 않았다. 그녀는 탑골 공원 앞 큰길에서 전차를 탔다. 사장이건 '차부'건 '요리사'건 명월관 식구들 눈에 띄고 싶지 않아 서둘렀다.

남대문 쪽으로 갈 수 있는 가장 가까운 지점에서 내려 총총 걷기 시작했다. 하늘이 꾸물꾸물 금방이라도 빗방울이 떨어질 것 같아 마음이 조급해졌다. 옛 주인을 만나러 나서자 과거 일들이 주마등처럼 스쳐 지나갔다. 명월관의 첫 주인인 안씨는 대한제국 시절 궁내부에서 일했다. 선진화 바람으로 궐 밖으로 밀려 나오게 되자, 당시 마찬가지 이유로 출궁한 궁중의 요리사들과 관기들을 모아 요릿집을 열었다. 궁중의 요리사들과 관기들이라면 그 분야에서 최고 중의 최고였으니 명월관은 유명해질 수밖에 없었다. 명월관은 조선 요리뿐만 아니라 서양 요리까지 만들어 조선의 고위 관료는 물론 일본인들과 서양인들까지 끌어들였다. 장사는 번창하여 그곳에 밥줄을 매고 사는 사람이 안팎으로 줄잡아 수백 명이었고, 하루 매상도 어마어마했다. 명월관 하면 조선 팔도에 모르는 사람이 없을 정도였다.

안씨가 그렇게 명성이 자자한 명월관을 다른 사람에게 넘겨주고 태화관을 만든 일이나 태화관을 포기하고 식도원을 차린 과정에는 수많은 일들이 얽혀 있었다. 명월관에 비하면 식도원은 그 절반이나 될까 말까 한 규모였다. 두린은 식도원으로 들어가 먼저 주방으로 향했다. 그녀가 알고 있는 옛 식구들이 대부분 주방 안에 모여 있었다. 그녀를 제일 먼저 알아본 것은 국화 아줌마였다. 국화 아줌마는 명월관 본점 시절 거의 같은 시기에 들어와 일하면서 가장 친한 사람이었다.

국화 아줌마와 주방을 나와 뒤쪽의 연못 쪽으로 가서 자리를 잡았다. 국화 아줌마는 그녀의 두 손을 잡으며 눈가가 촉촉이 젖어들어갔다. 몇 년 사이에 많이 늙은 느낌이었다. 두린은 그녀의 안부를 물으며 사장 안씨를 만나러 왔다고 했다. 국화 아줌마는 지금은 시기적으로 좋지 않으니 그러지 않는 것이 좋겠다는 말을 두 번이나 했다. 무슨 일이 있느냐고 물어도 국화 아줌마는 시선을 피하며 말을 하지 않았다.

"호련에 관한 소식 듣지 못했어요?"

"소문이야 이리저리 듣지. 하지만 소문은 소문일 뿐이지. 양반 첩으로 들어갔다는 이야기도 있고, 일본에 가서 환쟁이랑 결혼했다는 이야기도 있고, 일본 놈들에게 끌려가서 조사받다가 고문으로 죽었다는 이야기도 있고……."

"죽다니요, 아무리 소문이라지만…… 너무하네요."

"차라리 죽었다는 소문이 나을 정도야. 그보다 더 심한 소문도 있는데 뭐."

"죽은 것보다 더 심한 소문이 뭐예요?"

국화 아줌마는 진저리를 치며 대답하지 않았다. 식도원에 도는 소문이라면, 드나드는 손님에게서 흘러나온 것이다. 자리를 같이했던 기생들의 입이 옮겼을 것이고 주방까지 흘러들어간 것이다. 식도원 손님들은 일본 고위 관직들이 대부분이니 근거 없다고 무시할 수 있는 소문만은 아니었다.

"끔찍해서 입에 담기도 싫은 말인디……. 개만도 못한 놈. 입에 담으면 입이 더러워질 거야."

"무슨 소문인데 그렇게 화가 나셨어요?"

"그 소문이 진짜건 가짜건 입에 담는 것부터가 비위가 틀어져서 말 못 혀. 그런 소리 하는 사람들 주둥이를 찢어놓고 싶으니까."

순한 국화 아줌마를 저토록 분노케 한 호련의 소문이 무엇인지 궁금했지만, 짐작이 가지 않는 것은 아니었다. 분명 '명월'과 관련된 소문일 것이다. '명월'이라는 이름은 애초에 명월관에서 일하는 기생들의 통칭이었으나, 기가 막힌 사건을 계기로 한 기생만을 지칭하게 되었다.

한 일본인이 조선 기생이랑 정을 나누다가 명월관에서 죽어나가는 일이 생겨 장안이 발칵 뒤집혔다. 그 일본인이 옷을 홀딱 다 벗은 채 실려 나갔는데 복상사를 한 것이었다. 사건에 대한 소문은 일파만파로 번져 나갔는데, 소문의 관심은 죽은 일본 남자가 아니라 명월이라는 기생의 성적 능력에 관한 것이었다. 남자를 죽일 정도로 강한 여성에 대한 호기심이 말의 홍수를 이루었고, 명월은 일약 최고의 '명기(名妓)'가 되었다. 그 후 명월은 모든 일본 남성들의 환상이 되어버린 듯했다. 일본에서 온 조선 총독뿐만 아니라 헌병 대장이나 재산가, 야쿠자, 식민 조선에서 힘깨나 쓰던 일인들이라면 한결같이 그녀를 보기 원했다. 당시 호련은 연모의 마음을 품은 남자가 있어 다른 사내를 원하지 않고 있었으나, 사람들은 전혀 그 사실을 모르고 있었다. 사정이 그렇다 보니, 명월의 얼굴도 모르는 남자들이 그녀와의 하룻밤을 위해 수천금을 썼다는 소문이나 명월과 잠자리를 해보는 것이 일본 남성들의 가장 큰 소원이라는 소문이 떠돌아다녔다. 명월관으로 오다가 사고로 죽어도 명월의 '명기' 때문이라 했다. 소문은 점점 부풀고 왜곡되어, 나중에는 명월이 의도적으로 일본인들과 성관계를 가져 수십 명의 일본인을 죽이는 '명기 독립투사'라는 말이 나올 정도였다. 그러다가 어느 날 명월이 온데간데없이 사라져버린 것이다.

국화 아줌마는 소문의 내막을 알려달라고 다그치는 두린에게 화를 내더니 휑하니 주방으로 가버렸다. 죽음보다 더 끔찍한 소문이 무엇이기에⋯⋯. 호련에 대해 예사롭지 않은 말들이 퍼지고 있는 것이 분명했다. 두린은 뒤뜰을 돌아 식도원 앞뜰로 나갔다. 사장 안씨의 거처는 안뜰을 가로질러 건너편 뒤쪽에 있었다. 그때 두린은 식도원 앞뜰에 서 있는 두 남자를 보게 되었다. 먼저 눈에 들어온 것은 키가 큰 서양 남자였고, 그 뒤로 사장 안씨가 서 있었다. 그녀를 보자 안씨가 큰 소리로 말했다.

"국화 아줌마 보러 온 모양이구먼."

사실 식도원에 온 것은 안 사장이 한번 들르라는 전갈을 보내왔기 때문이었다. 반드시 주방에 먼저 들렀다가 자신을 보러 오라는 주의가 있었기에 그대로 따른 것이다. 아마 사람들의 눈 때문이리라. 안 사장을 뒤따라 식도원의 살림집으로 들어가자마자, 안 사장이 뜬금없이 물었다.

"세린은 잘 지내?"

"머리도 자르고 치마도 짧게 입고, 완전히 모단 걸이 되었어요. 요즘 그 애가 나서면 동네 애 어른 할 것 없이 다 쳐다볼 정도로 예뻐요. 게다가 양코 예수쟁이들 물이 들어서 너무 많이 달라져가고 있어서…요."

"극단에서 뭐 연극인가 무언가 한다고 들었는데?"

"극단에서 일한다니까 사람들 사이에서 배우가 되었다고 소문이 난 모양이더라고요. 그곳에서 〈춘향전〉 공연 준비한다고 하니까 또 세린이 기생 역을 맡았다느니 이상한 소문까지 돌았잖아요. 그때 그 애는 그곳에서 청소를 했어요. 왜 무슨 일이 있어요?"

"음, 그것이 말이지, 그냥 좀 궁금해서. 그쪽 명월관은 요즘 어때?"

"서울 명월관이 워낙 유명하니까, 앞으로 도쿄에도 명월관 분점을 만든다고 들었어요. 식도원은 어때요?"

"명월관 이름을 팔아버린 것을 이제 와서 후회한들 무슨 소용 있겠어. 명월관은 애 어른이건 조선 팔도뿐만 아니라 왜놈 서양 놈 할 것 없이 이름만 대면 다 알잖아. 하지만 식도원은 그에 못 미치지. 태화관에서 또 자리를 옮겼잖아. 일본 쪽이 의심을 하는 눈치이기도 하고, 그러다 보니 점점 굵직굵직한 손님도 사라져가더라고. 요즘엔 요리나 기생을 보러 오는 부자들보다 일제에 항거하는 조선 지식인과 우국 기생들이 더 많이 드나드는 것 같아. 그런 상황이니 감시를 위해 친일 기생들이 몰래 섞여 들어오는 것 같고. 요즘 식도원 안에서는 서로를 감시하는 습관이 생겼어. 마음 놓고 사람을 만나기도 어렵고 또 속내를 함부로 이야기할 수도 없어."

"친일 기생요?"

"왜 있잖아. 문화 정치 한답시고 기생이건 무당이건 친하게 지내는 척하면서 그 사람들을 이용하는 거······. 반일 감정을 가진 사람들에 대한 정보를 수집하고 색출하는 데 사용된다고 하잖아. 식도원 내에서 일어나는 일이 곧장 일본 사람들에게 보고되고 있다는 소문도 있고 해서 내부 분위기가 흉흉해."

"그래서 모두들 조심하는군요."

"나는 자네가 괜히 감시의 대상이 될까 봐 그러는 거야. 자네는 그냥 부엌의 국화 아줌마를 보러 온 것으로 해."

"그런데 저를 부른 이유가 무엇인지요?"

"최근에 혹시 호련을 본 적이 있나?"

"어떻게 아셨어요?"

"그랬군. 어디서 어떻게?"

"태화 회관에서요. 세린이 바지회인지 바리회인지······. 뭐, 장사 비슷한 행사를 진행하는데 도와달라고 하더라고요. 세린이 어떤 사람들과 일하는지 한 번은 봐야 할 것 같아서 그러겠다고 했지요. 그 행사에 호련이 모습을 드러냈어요."

"어떻게 된 거래? 어디서 어떻게 살았대?"

"만나지는 못했어요. 얼굴은 서로 봤지만, 제가 다가가자 달아나듯이 가버렸어요. 이유는 몰라요. 그 뒤로 나타나지 않아요. 그렇지 않아도 사장님을 한번 찾아뵙고 혹시 무슨 소식이라도 있는지 알아보려 했어요. 혹시 무슨······."

"일본 비밀경찰이 뒤를 캐고 다니는 것 같아서, 뭔가 불길한데······."

"그 일본인 화가를 따라 일본에 간 것은 아니었을까요?"

호련은 조선에 두 차례 들렀던 한 일본 화가에게 마음을 빼앗긴 적이 있었다. 하지만 그 화가는 이미 결혼을 한 상태여서 호련의 사랑은 진전을 보지 못했다.

"나도 처음에는 사랑의 행각이라고 생각했지. 알아본 바로는 그 환쟁이와는 무관한 게 분명해. 한때 불장난은 해도 자유로운 영혼들이 어디 한데 묶여 살 수 있겠어."

"아, 국화 아줌마가 호련에 대한 이상한 소문이 있다고 하던데, 무슨 소문인지 말은 하지 않고……. 호련이에게 무슨 일이 있는 것이지요?"

입을 굳게 다물고 있던 안 사장의 얼굴도 일순간 분노로 일그러지는 듯했다.

"소문은 소문인데 알려고 하지 마라. 입에 담으면 내 입이 더러워질 테니."

"잘못된 소문이라면 바로잡아야지요."

"잘못된 것인지 진짜인지 어떻게 알겠어. 복상사시키는 그곳이 어떻게 생겼는지 아주 높은 사람이 어디 가두어놓고 매일 들여다보고 만지고 즐긴다는 소문이야. 그뿐 아니라 가두어놓고 수십 명의 남자를 차례로 들여보내 정말 명기인지…… 알아본다고……. 그러니 왜 자꾸 물어봐서…… 퉤."

두린은 눈을 질끈 감았다. 명월관이나 식도원이나 고급 요릿집은 주요 관직의 남자들이 드나드는 곳이어서 세상 사람들이 모르는 은밀한 소식과 정보의 요충지였다. 과장될 수는 있어도 무근한 이야기가 아닐 수도 있다. 호련을 가두어놓았다면, 그녀가 어떻게 태화 회관에 나타

난 것일까? 도망을 나온 것일까? 아니면 그날 얼핏 본 여자가 호련이
맞기나 한 것일까? 멀리서 본 눈빛은 호련이었지만, 외모는 이전보다
말라 보여서 단정할 수도 없었다. 그녀를 만나러 태화 회관까지 찾아
왔다면 그렇게 가버릴 리도 없었다.

"명월이 소문이야 한두 번 들어본 것도 아니잖아. 일본 쪽발이들이
기분 내키는 대로 갖다붙여서……. 죽일 놈들이지. 하지만 그 내용이
무엇이건 이렇게 다시 명월이 소문이 도는 것이나 지바 사코루 형사가
설레발을 치는 것도 심상치 않아. 뭔가 불길해. 자네도 조심혀."

식도원을 나오면서, 두린은 팔아버린 반지를 되찾게 되면 세린에게
진실을 말해주어야겠다고 마음먹었다.

하루키

창경원 담장을 따라 수백 그루의 벚나무들이 일제히 꽃을 피워내고 있었다. 하얀 거품꽃으로 둘러싸인 궁궐 같았다. 하루키는 일본 땅에 돌아와 있는 착각이 들었다. 처음 조선에 왔을 때는 벚나무 구경조차 힘들었으나, 요즘엔 거리마다 벚꽃이었다. 특히 창경원에 생긴 밤 벚꽃놀이는 연인들 사이에서 낭만의 대명사였다. 몇 년 전 설치된 수백 개의 전등이 한꺼번에 켜지는 장관을 보려고 매일 창경원을 찾아드는 인파가 장사진을 이루었다. 어둠이 내리면 연인들과 전등과 벚꽃이 한 덩어리로 빛을 발할 것이다. 하루키는 마치 데이트하러 나온 젊은이처럼 안절부절못했다.

약속 시간은 한 시간 반쯤이나 남아 있었다. 시간이 흐르는 것이 아니라 시간이 도리어 증식되고 있는 것은 아닐까. 하루 스물네 시간을 온전히 사용하는 것이 한 세월을 보내듯 길게 이어졌다. 아침부터, 아니 며칠 전부터 모든 신경이 한 시간 반 후에 펼쳐질 만남에 집중되어 시간을 보통 때처럼 제어할 수 없었다. 더구나 세린을 만나 반지를 건네주어야 한다는 상황 자체가 숙명적인 힘에 이끌리고 있는 느낌이었다. 세린의 반지가 아니라, 직접 마련한 사랑의 증표를 건네주고 싶은 설렘이 하루키를 시달리게 했다.

조용히 그늘에서 쉬고 있으면 좋으련만, 남는 시간에 창경원 안을 한번 돌아볼 생각이었다. 산책을 시작하니, 발이 저절로 빨라졌다. 천천히 산책을 즐길 수 없을 만큼 마음이 들뜬 것이다. 창경원은 성종이 정희왕후, 소혜왕후, 안순왕후를 위해 건립한 궁궐이었다. 창경원은 더 이상 옛 왕조의 권위와 위엄을 지키지 못하고, 문과 행각은 이미 헐려 일반인에게 불하되어 사라져버렸고, 코끼리나 사자, 원숭이 등의 동물들이 왕의 집에 분노를 뿜어내고 있었다. 조국의 처사지만 비문화적임을 자인할 수밖에 없다. 남아 있는 조선의 다른 궁궐들도 상황은 비슷하다. 특히 경복궁처럼 아름다운 궁궐이 훼손되는 것을 보면서 그 자신조차 조바심이 날 때가 있었다. 진정 아름다운 것은 이념이나 국가를 떠나 그 자체로 존재하도록 내버려두는 것이 상책이다.

덜컥 태항아리 수거 작업이 마음에 걸렸다. 그런 식으로 따지자면 태항아리들을 땅속에서 파내는 것부터 비문화적인 처사였다. 태항아리들을 가장 잘 보호하는 방법은 있는 그대로 땅속에 두는 것이다. 태항아리는 단순히 태를 담는 용기가 아니라 이 나라의 관습과 정신을 담는 그릇이기 때문이다. 땅에서 파내는 순간, 그것들은 무엇인가를 담는 여러 종류의 용기들 중 하나가 되어버릴 것이다. 그런 의견을 총독 앞에서 내비치기는 했지만, 결과는 마찬가지였다. 그도 꼼짝 못 하고 총독의 명령에 따르고 있었다. 그는 요즘 갈수록 한계를 느꼈다. 최소한 정치적인 영향을 받지 않는 영역에서 일하고 싶었다. 그런데 일을 하면 할수록 문화가 정치를 피해갈 수 없었다. 갑자기 이왕직 예식 과의 은밀한 부탁을 재고해봐야겠다는 생각이 들었다. 그들은 태실 하나를 자신들이 책임지고 수거할 수 있도록 해달라고 요청했다. 경기도 광주군에 있는 태실이었다.

"그 많은 태실 중에 왜 하필 성종대왕의 태실을?"

"성종대왕은 창경궁을 만든 임금입니다. 창경궁은 사랑하는 여인을 위해 지은 궁궐이 아닙니까. 그의 태실을 이곳에 옮겨주면 죽어서도 사랑하는 이를 만나실 수 있지 않겠습니까."

당시 하루키는 긍정적인 대답을 줄 수 없었다. 그런 식으로 하나둘 예외를 두게 되면 태항아리들은 속수무책으로 빠져나갈 것이기 때문이다. 문제가 생길 가능성이 많았다. 그런데 이제 와서 생각하니, 차라리 그들을 도와주는 것이 문화재를 보호하는 방법이었다. 총독부는 태실에 있는 석물들은 방치하고 오로지 태항아리만 거두어들이는 실정이었다. 남은 석물들은 빠른 속도로 훼손될 것이 분명했다. 성종대왕 태실 하나 정도는 온전하게 그대로 보존하도록 해야겠다.

약속을 떠올리며 시계를 보니, 가슴이 퍽퍽 소리까지 내며 뛰었다. 심장의 요동이 너무 심해서, 호흡이 제대로 되지 않는다. 벚나무 아래에 멈춰 서서 온몸으로 깊게 숨을 들이쉬어본다. 창경원의 여러 가지 혼재된 문화재들처럼, 그의 마음속 생각들도 뒤죽박죽이다. 중국에서 건너온 팔각칠층석탑이나 절간에나 있어야 할 오층석탑이 왜 이런 곳에 있을까? 저쪽 벤치에서 조선어 신문을 읽고 있는 사람은, 현 총독이 부임한 이래 금지되었던 조선어 신문이 세 개나 발행되고 있다는 것을 알까? 그 일을 주도한 것은 하루키 자신이었다. 그런데 여기가 어딜까?

시야가 갑자기 어두컴컴해졌다. 태양이 온데간데없어져버렸다. 하늘이 어두운 장막을 친 듯 시커멓게 변해 있다. 금방이라도 머리 위로 비가 쏟아질 모양새다. 너무 빠르게 걸었기에 약속 장소로부터 제법 멀리까지 걸어온 것 같았다. 그는 발길을 돌렸다. 비가 내리기 전에 약속 장속 장소에 도착해야만 했다. 검은 구름과 서늘한 기운이 온몸을 감싸듯 내려앉는다. 오늘 총독부 안보과 부검실에서 느꼈던 꺼림칙함이 되살아났다. 자궁 절단에 대한 정보를 얻어볼까 하고 친분이 있는 부검의를 찾았던 것이다.

"사체를 절단하는 경우가 있어?"

"필요에 따라 할 수도 있겠지. 주로 죄를 짓고 죽은 자들에게 행하지만 말이야."

"그 말은…… 범인들의 죄에 대한 벌로 몸을 절단한다는 말이야?"

"그렇게 말하면 죽은 자들에게 섭섭한 표현이야. 살아서 못된 짓을 많이 했으니 죽어서라도 좋은 일을 해보라는 것이지."

"무슨 말이야?"

"죽어 영원히 누워 있거나 썩는 것보다 일부분이라도 세상에 남아 유용한 일에 사용되는 것이 낫지 않겠어?"

"혹시 이곳에서 여자의 자궁을 떼어낸 적은 없나?"

"전혀. 누가 여자 자궁 적출 실험을 했단 말이야?"

"아니 그냥 예를 들어본 것뿐이야. 만약에 자궁을 떼어내었다면 어떤 연구가 가능한 거야?"

"여러 가지 실험이 가능하겠지. 어떤 자궁이 아이를 잘 만드는가, 어떤 자궁이 보기가 좋은가, 어떤 자궁이 남자에게 기쁨을 주는가 등."

"그렇게 담담하게 말하다니, 잔인하기는."

"잔인하다고? 우리는 최소한 인류의 미래를 위해서 일해."

"인류의 미래를 위해 인간의 몸을 절단한다고?"

"자네들은 죽은 자들의 집을 파헤치면서도 문화재를 발굴하고 보호한다고 온통 난리를 치잖아. 자랑스러워하지. 흔히 우리보고 잔인하다고 하지만, 잔인한 것은 도리어 자네들일 거야. 자네들이 뒤집어엎는 사체들은 대부분 살았을 때 대단한 명예를 지녔던 사람들이잖아. 우리가 다루는 사체들은 살아서 정말 보잘것없을 뿐만 아니라 대부분 인간 쓰레기들인데 이제 죽어서 세상에 주목할 만한 업적을 남기기도 하거든. 자네와 나 둘 중에 누가 더 문화적인 직업을 가졌을까?"

"……미, 미안해. 그런 뜻은 아니었어."

"괜찮아. 역사가 강자에 의해서만 바뀌는 것은 아냐."

"실험에 쓰고 남은 신체는 모아서 땅에 묻는 거야?"

"과학 실험용이나 의학 실험용으로 쓰인 사체는 대부분 화장하지. 실험을 하고 나면 사체 형상이 처참하니 말이지. 손상된 채 고스란히 묻었다가 사람들에게 발각되면 걷잡을 수 없는 결과를 가져올 수도 있으니 말이지. 차마 그대로는 땅에 묻을 수 없는 상태가 되지."

"그냥 땅이 아니라 무덤에 묻혔다면?"

"말 그대로 무덤이지. 무덤을 만들어준 거지."

"무덤이 아니라 태실에 묻혀 있다면?"

"자궁을 제거한 사체를 태실에 함께 묻었단 말이야?"

"이상하지? 어떻게 생각해?"

"태는 아이의 생명을 보호하는 것인데, 음, 자궁을 제거한 여자를 묻었다. 보통 명당에 암장시키는 것은 많은 후손을 보기 위한 것인데, 자궁을 제거했다면 거꾸로 생명이 생기지 못하게 한 주술이 아닐까? 그 태의 주인인 남자가 누구냐에 따라 그 의미가 달라지겠지."

"황제였다면?"

"황제의 후손을 절단하겠다는 의도네."

너무 간단한 대답이었다. 하루키는 태항아리를 제거하는 의도와 자궁 없는 사체를 묻은 것이 같은 맥락에 의해 이루어진 것이라는 생각이 들었다.

"여긴 확실히 잘려나간 자궁이 없단 말이지."

아! 갑자기 눈앞이 번쩍 했다. 순간, 하루키는 눈을 질끈 감았다가 떴다. 천지가 전광석화처럼 밝아졌다. 아, 창경원 안에 설치된 수백 개 전등의 불이 한꺼번에 켜진 것이다. 밤하늘에 수많은 꽃들의 잔치가 벌어졌다. 사람들이 언제 들어왔는지 삽시간에 물결처럼 흐르고 있었다. 이 인파 속에서 세린을 놓치게 되지는 않을까.

약속 장소인 왼쪽에서 열여덟 번째 벚꽃나무까지 인파를 헤치고 다가갔다. 생각에 빠져 경복궁 안을 헤매고 다니는 사이 시간은 이미 십오 분이 지났다. 세린은 보이지 않는다. 왔다가 벌써 돌아가진 않았겠지. 이리저리 뛰면서 인파 속에 그녀가 섞여 있는지 살펴보았다. 세린의 모습은 보이지 않는다. 안타까움에 목이 말랐고, 어리석음에 후회가 더해졌다.

수많은 인파가 벚꽃 아래로 미끄러져가고 있었다. 시간은 계속 흘러갔다. 문득 하늘을 보니 가는 빗방울이 떨어지고 있었다. 눈에 보일 듯 말 듯, 연인들 머리 위로 축복처럼 쏟아져내렸다. 연인들은 벚꽃 구경을 포기하지 않고, 하루키 앞으로 경쟁이라도 하듯 행렬을 이루며 지나갔다. 소외감과 부끄러움, 불안감이 엄습했다. 하루키는 십오 분이나 늦게 약속 장소에 도착했다. 며칠 전부터 밤을 새우다시피 기다린 약속이었고, 오늘은 몇 시간이나 일찍 나와 일부러 부검실까지 들러가며 시간을 끌었지만 한 시간 삼십 분이나 일찍 도착했는데, 도리어 약속 시간에 늦어버린 것이다. 그녀가 왔다 간 것일까? 약속 시간은 이미 삼십 분이나 지났다.

빗방울이 점차 거세지고 있었다. 우산 없이 벚꽃놀이를 계속하기는 어려워 보였다. 고스란히 비를 맞던 축도 황급하게 비를 피하기 위해 뛰어다니고 있었다. 그는 어디로도 갈 수 없었다. 열여덟 번째 벚꽃나무 밑에 못 박힌 듯 서 있었다. 가족들이나 친구끼리 온 사람들은 귀가를 서두르고 있었고, 그래도 아직 여유를 부리고 있는 축은 우산을 가진 연인들이었다. 그들은 우산 하나 속에 같이 들어가 되도록 접촉하지 않으려고 애쓰면서도 서로 가까워지고 있었다. 그는 우산을 살 만한 곳이 없을까 하여 둘러보다가도, 혹여 자리를 비우면 그녀를 놓칠까 봐 그럴 수도 없었다. 우산을 사와도 별 소용이 없을 만큼 옷은 이미 젖어버렸다.

장대비와 함께 천둥이 치기 시작했다. 연인들도 작게 비명을 지르며 도망가듯 사라져갔다. 장대비를 맞으며 견디는 여린 벚꽃 꽃잎들처럼, 그도 꿋꿋하게 서 있었다. 이렇게 돌아갈 수는 없지 않은가. 더구나 게스트 하우스로 돌아가서 혼자 견딜 수 있을 것 같지도 않았다. 빗물인지 땀인지, 물기가 손안으로 배여든다. 세린이 지금이라도 나타나면 빗속에라도 땅에 무릎을 꿇고 반지를 건네주고 싶었다. 프러포즈할 여자를 기다리면 이렇게 애가 탈까. 아득히 그립고 무한히 슬펐다. 헬프 미. 하루키는 입만 달싹거렸다. 가슴이 얼얼했다. 세린을 만나, 벚꽃이 하늘거리며 떨어지는 이곳에서 반지를 돌려줄 수 있으면, 남은 생애 동안 여자에게 프러포즈할 기회를 전혀 갖지 못한다 해도 감수할 것이다. 초조한 탓인지 손톱이 벚나무 둥치 속을 파들어가고 있었다.

점점 굵어진 장대비가 양동이로 들어붓듯 쏟아진다. 이제 주변에는 아무도 보이지 않았다. 이런 빗속을 뚫고 누가 올 수 있을까. 몸이 차가워지고 있다. 삼월이라지만, 한 시간 이상 비를 맞았으니 한기가 몰려온 것이다. 포기하고 싶지 않다. 포기할 수 없다. 만날 수만 있다면 얼마든지 기다릴 수 있다. 한기에 휩싸여 이가 저절로 부득부득 갈렸다. 여자가 이 세상에 같이 있다는 것만으로 지독하게 행복하다. 눈에서도 코에서도 입에서도 물이 흘렀다.

저쪽에서 한 여자가 달려온다. 아니, 달려왔으면 좋겠다. 젖은 옷 그대로 그의 품 안에, 조선철도호텔에서처럼, 달려들어오면 기뻐서 기절이라도 할 것 같다. 지금의 현실은 안타깝고 슬퍼서 기절할 것만 같다. 비에 젖은 연한 분홍색 꽃잎들이 떨어져 바닥은 눈이 온 것처럼 하얗게 변해버렸다. 사랑해. 그는 소리 내어 말했다. 사랑하고, 기다리고 있으니, 어떻게든 나타나만 줘. 하루키는 상대 없이 내뱉고 있었다. 오늘 하루가 꿈처럼 달콤하고 고달프고 행복했다. 세린이 나타나지 않았다고 생각하면 절망했고, 세린도 어딘가에서 그를 찾아 헤매고 있다고 생각하면 더 절망했다. 몸이 열리면서 그와 똑같은 열 개 스무 개의 분신들이 튀어나와 경쟁적으로 창경원 구석구석을 돌아다니며 그녀를 찾는 환상에 빠졌다. 다시 정신을 차리니, 그 자리에 생쥐처럼 홀딱 젖어 서 있었다.

세린을 다시 만날 수 있어. 누군가가 귀에 속삭였다. 소리가 나는 오른쪽으로 고개를 돌렸으나, 곁에는 아무도 보이지 않았다. 세린을 다시 만날 수 있어. 그 속삭임은 그의 귀 안에서 들리는 것 같았다. 환청 같기도 했다. 그 내면의 소리를 듣자, 비로소 세린이 미프헬처럼 어디론가 완전히 사라진 것은 아니라는 생각이 들었다. 그 생각을 하자 다시 만날 가능성이 엿보였고, 비로소 제대로 앞을 분간할 수 있었다. 돌아가. 속삭임이 다시 들렸다. 비가 쏟아지는 창경원의 넓은 산책길을 걷기 시작했다. 모두 사라진 텅 빈 세상에 혼자 온 것 같았다. 화려한 꽃들만이 비에 젖어 유일한 관람객에게 떨며 환호를 보내는 듯했다. 만날 수 있으리라. 만날 수 있으리라. 내면의 소리인지 자신의 생각인지 알 수 없는 중얼거림도 몇 번이나 반복되었다. 젖은, 물이 고인 땅 위로 꽃잎들이 켜켜이 비늘처럼 떨어져내렸다.

세린

　세린은 잡혀온 곳이 어디인지 알고 있었다. 선교사들과 자주 들렀던 종로 사거리 YMCA 건물, 그 왼쪽에 있는 건물이었다. 한때 한성전기 사옥이었으나, 지금은 그 무시무시한 종로 경찰서이다. 두 명의 남자에 의해 강제로 이끌려오다시피 한 후, 거의 한 시간 이상 취조실에 혼자 남겨져 있었다. 신발이 젖어 발이 시렸고, 초봄의 약속을 위해 꺼내 입은 얇은 원피스 사이로 파고드는 찬 공기와 두려움 때문에 이를 딱딱 마주치며 바들바들 떨고 있었다. 잡혀온 이유를 짐작조차 할 수 없었다. 그때 한 남자가 들어서더니, 그녀의 원피스를 힐끗힐끗 훑다가 시선이 가슴께에 멎었다.

　"이름이 김세린 맞지?"

　"아니요. 제 이름은 강세린인데요."

　"언제부터 강세린이라고 불렸지?"

　"제 이름은 처음부터 강세린인데요."

　"그럴 리가 없다. 너는 본래 김씨였다."

"저는 강세린이에요."

세린은 이 알 수 없는 상황이 혼란스러웠고 목소리가 가늘게 떨려 나왔다. 아무래도 경찰이 사람을 착각한 모양이었다.

"도대체 저를 이리 데려와서 그런 질문을 하는 이유가 무엇인가요? 제가 무엇을 잘못한 것인가요?"

"무엇 때문에 경찰서에 잡혀온 것 같나?"

"글쎄, 저는 무슨 일 때문인지…… 상상도 할 수 없어요."

세린은 놀라고 목이 메어 말이 잘 나오지 않았다.

"어디로 가던 중이었나? 누구를 만날 예정이었나?"

약속이 있으니 풀어달라는 말을 하려는 차에, 그 질문이 도리어 조개처럼 입을 꼭 다물게 만들었다. 세린이 잡혀 들어온 이유가 만나려고 했던 사람과 관련이 있는 듯했기 때문이다. 언니 두린이 잡아놓은 약속 장소에 가던 중이었다. 사람을 만나 물건을 받아오라는 부탁을 받았다. 처음에는 명월관에서 일하는 주방 아주머니들이겠거니 했고, 아니면 기생들 중의 한 명일 것이라 여겼다. 한데 막상 약속 날이 되니 언니는 만날 사람이 남자라고 귀띔했다. 식도원의 안 사장이냐고 물었을 때, 언니는 묘한 웃음을 띠며 가보면 안다고 했다.

"만나보면 아주 기쁜 일이 있을 거야. 그 물건을 찾아오면 떠나갔다고 생각했던 사람이 다시 돌아올지도 몰라."

처음에는 그 말을 빈말로 받아들였다. 막상 약속 장소에 가려고 하니 창경원이라는 장소가 여러 가지 상상을 하게 만들었다. 언니가 남자에 대해 준 '힌트'가 그녀에게 한 가지 사실을 환기시켰다. 떠나갔지만 간절하게 돌아와주었으면 하는 사람이 정말 있었기 때문이다. 정라정! 이몽룡의 역할을 했던 극단 배우였다. 정확하게 말하면 그가 그녀를 떠난 적은 없다. 두 사람이 제대로 이야기를 나눠본 적도 없다. 정라정은 그녀의 존재조차 모를 수 있다. 하지만 그녀에게 그는 햇빛처럼 밝고 눈부신 존재였다. 청소를 마친 그녀가 극단 뒷좌석 어둠 속에 앉아 있으면, 그는 무대 위에서 하얀 조명을 받아 환하게 빛났다. 그녀는 객석에서 몸을 말고 혼자 앉아 있었지만, 그는 무대 위에서 여러 사람들에 둘러싸여 있었고, 세린은 말없이 바라보고 있었고, 정라정은 배속에서 끌어올린 듯 중저음의 매력 있는 목소리를 무대 위 사람들을 향해 쏟아냈다. 때론 텅 빈 무대를 향해 길게 말하기도 했다. 춘향이를 그리워하는 그의 독백이 어두운 객석을 향할 때면 마치 그녀에게 하는 것처럼 들렸다. 그러면 자신도 어둠 속에서 이몽룡을 안타깝게 기다리는 춘향이 되었다.

"누구를 만날 예정이었어? 아니 빙긋이 웃다니. 이년이!"

정라정을 떠올리자 저절로 얼굴에 미소가 올라온 모양이었다. 형사는 사정없이 그녀의 뺨을 갈겼다.

"누굴…… 만나다니요. 일을 끝내고 집으로 돌아가는 길이었어요."

세린은 당황하고 무참해서 손으로 얼굴을 부여잡고 단호하게 말했다. 아마도 극단과 관련하여 사태가 생긴 모양이었다. 이틀 전에 길에서 〈춘향전〉의 월매 역을 맡았던 선숙 언니와 우연히 마주쳤다. 극단 사람들이 다시 모여 연극을 준비하고 있다고 했다. 형사는 물었다.

"그럼 왜 창경원 부근에서 서성였나?"

"창경궁 담장 위의 벚꽃들이 예뻐서 구경을 하고 있었지요."

"창경궁이 아니라 이제 창경원이다. 순순히 묻는 말에 대답하는 것이 좋을 거야. 극단에서 일한 적이 있지?"

"네. 그곳에서 소품 정리하고, 청소도 하고. 연극배우가 되고 싶었지만, 배우가 되려면 그렇게 시작해야 한다고 해서. 무대에 올라가볼 기회도 없이 그곳을 떠났어요."

선숙 언니는 새로 무대에 올릴 작품이 〈장한몽〉이라고 일러주었다. 《매일신보》에 연재되었고 혁신단에 의해 공연된 적이 있지만, 영화로 더 많이 알려져 조선 사람이라면 모르는 이가 없는 작품이었다. 세린도 그 영화를 본 적이 있었다. 심순애가 김중배의 다이아몬드에 반해 이수일을 배반하는 이야기였다. 선숙 언니는 연극 때 쓸 다이아몬드 반지를 구하러 다니는 중이라고 했다.

"그렇게 커다란 다이아 반지를 어디서 구하겠니. 가짜라 해도 다이아와 비슷하기는 해야 할 것 아냐. 알도 굵고."

이 영화가 그토록 유명해진 것은 이수일의 절규가 섞인 대사들 때문이었다. 영화가 상영될 당시 극장 간판에는 "김중배의 다이아몬드가 그렇게 좋더냐"라고 크게 박혀 있었다. 영화가 흥행하자, 사람들이 너나 할 것 없이 이 말을 입에 올리곤 해서 유행어가 되었다. 창경원에 가서 무슨 물건을 받아와야 하느냐고 물었을 때, 두린 언니는 반지라고 말했다. 그때 경찰서의 형사가 책상을 탕 쳤다.

"그동안 극단 사람과 연락을 하고 지냈나?"

"아니에요. 다들 뿔뿔이 흩어져 만날 수 없었어요. 그런데 극단에, 무슨?"

창경원에서 만날 사람이 정라정일 거라는 추측은 왜 하게 된 것일까. 선숙 언니는 다이아몬드 반지를 구하고 있었고, 두린 언니는 어떤 남자를 만나 반지를 받아오라고 했다. 선숙 언니가 다이아몬드 반지를 구했다손 처도, 정라정이 그 반지를 자신을 통해 언니에게 전해줘야 할 이유는 없었다. 그렇다면 도대체 누가 약속 장소에 나오기로 한 것일까. 떠난 사람이 돌아올 수도 있다는 표현 때문에, 정라정과 대면하기를 내심 바랐던 모양이었다. 한숨이 절로 입에서 새어 나왔다.

세린은 약속 장소인 창경궁 안으로 곧장 들어가지 않고 창경궁 문이 보이는 곳에서 지켜보고 있었다. 정라정이 온다면 어떻게 대면해야 할지 감당이 되지 않았기 때문이다. 여자로서 처음 가슴에 품은 남자였다. 나비 한 마리가 그녀의 가슴으로 날아들어 감정의 날개를 폈다 접었다 하는 것 같았다. 그가 사라지고 나서야 그런 감정이 연모임을 알았다. 열여덟 번째 벚꽃나무 밑에 가서 서 있을 용기가 나지 않았다. 정라정이 나타나면 뒤따라 들어갈 생각이었다. 그런데…… 정라정의 모습은 보이지 않았다. 약속 시간이 지났지만 그의 모습은 어디에도 없었다. 그녀가 알 만한 다른 어떤 남자도 나타나지 않았다. 언니의 심부름이 실패할 것 같은 예감이 들었다. 비가 너무 쏟아져 우산으로 감당이 되지 않을 즈음에, 약속 장소에 가서 마지막으로 한번 확인하고 자리를 뜰 생각이었다.

그때 경찰이라고 주장하는 남자 둘이 들이닥친 것이다. 약속 장소에 가지 않은 것이 천만다행이었다. 어쩌면 정라정도 눈치를 채고 몸을 숨겼는지도 모른다. 극단에서 공연이 금지된 적도 있고, 정라정이 연루되었다는 말과 연결해보니 대강 상황이 맞추어지는 것 같았다. 자칫 말을 잘못하여 일을 그르칠까 봐 그녀는 속으로 조바심을 쳤다.

"극단에서 어떻게 일자리를 태화 회관으로 옮겼어?"

세린은 극단의 공연 금지에서부터 미 선교사들의 공연 관람 예약 그리고 그들과의 만남 등 태화 회관에서 일하게 된 경위를 길게 설명했다. 경찰은 극단 단원들에 대해 집요하게 물었으나, 최근 그들의 근황에 대해 아는 것이 별로 없는 것이 다행이라면 다행이었다.

"그런데 제가 왜 잡혀왔나요?"

형사는 그녀의 가슴 쪽을 계속 흘깃거리다가 아무 말도 하지 않고 취조실을 나가버렸다. 극단에 대해 묻는 것으로 봐서 정라정에게 무슨 일이 생긴 것이 틀림없었다. 공연 금지를 당한 뒤 새로 시작한 연극 때문에 꼬투리를 잡힌 것일까. 혹여 다이아몬드 반지 때문에 예기치 못한 절도나 사단이 난 것인가. 언니가 받아오라는 반지가 그 다이아몬드 반지와 관련이 있는 것일까. 시간이 지날수록 점점 마음이 불안해졌다. 한순간 고개를 돌리니, 옆 의자 위에 놓아둔 성경이 보였다.

성경을 가지고 있었던 것은 오전에 에스더 선교사님을 따라 심방을 갔기 때문이다. 삼대독자가 만 가지 약이 소용없이 심하게 앓고 있다며, 그 가정에서 기도를 부탁했다. 그 아이의 어머니는 태화 회관에 드나들었지만 진정한 교인인지 아닌지는 알기 힘든 부류였다. 태화 회관에 오면 기도도 따라 하고 성경도 읽었지만, 집에 가면 예전과 같은 생활을 계속했다. 그녀는 어머님이 돌아가신 지 꽤 오래된 듯했으나 어머님의 옷을 막대기 위에 걸쳐놓고 그 옷에 절을 하곤 했다. 삼대독자가 태어날 때 삼신할미에게 바친 것이라는 쌀자루도 벽에 매달려 있었다. 선교사님은 그런 것들은 믿지 않는 사람들이나 하는 것이라고 치워야 한다고 했지만, 그녀는 들은 척도 하지 않았다. 선교사님이 방문해서 기도를 했지만 삼대독자의 병은 전혀 차도를 보이지 않는다고 했다.

그래서 아이의 병을 위해 다시 기도를 하러 갔더니, 굿판이 벌어지고 있었다. 굿을 하는 마당에는 이웃들이 몰려와 둥글게 구경을 하고 있었고, 에스더 선교사와 세린이 나타나자 구경꾼들은 길을 열어 통로를 만들어주었다. 세린은 조마조마했다. 에스더 선교사님은 관대하고 부드러운 분이지만 우상을 섬기는 일에 대해서는 매우 강하게 지적하곤 했다. 선교사를 보더니 무당은 열린 마당에서 여봐란 듯이 북과 바라로 굿을 했고, 사람들은 선교사가 어떤 반응을 보일지 눈치를 보고 있었다. 그런 분위기를 감지한 무당은 더욱 신이 나 머리를 흔들고 징을 치며 그야말로 난리법석을 떨었다. 무당 측 사람 한 명이 장옷을 입고 머리를 풀어헤친 채 사람들에게 돈을 거두러 다녔는데, 선교사 앞에까지 와서 손을 내밀었다. 사람들이 박장대소를 했다. 에스더 선교사님은 조용히 그곳을 빠져나왔다. 세린도 뒤를 따랐다.

선교사님은 알아들을 수 없는 이상한 말을 중얼거리더니, 세린의 손에 들린 성경을 보고 조선말로 "아차!" 하고 말해 세린은 웃었다. 아픈 아이를 위해 그 집에 건네주려고 가지고 간 것인데 굿판 때문에 차마 전해주지 못한 것이었다. 세린이 다시 돌아가서 전해주고 오겠다고 했지만, 선교사님은 지금 가지고 가봐야 별로 소용이 없을 것이니 후에 다시 가자고 했다.

"선교사님, 성경은 생명의 말씀이라고 하셨는데, 이것을 읽으면 생명을 구할 수 있나요? 조금 전 방문했던 삼대독자도 이 성경을 읽으면 생명을 구할 수 있나요?"

선교사님은 웃으시면서 성경에 얽힌 이야기를 하나 해주셨다.

영국이라는 저 먼 나라에 제임스라는 왕이 살았다.

그런데 그때, 철컹 문이 열리고 다리를 약간 절며 다른 형사가 들어왔다. 그는 조선인이라고 자신을 소개하더니 이재현이라고 이름까지 밝히는 것이었다. 조선인 형사라니 마음이 조금 놓였다. 그는 태화 회관에서 벌어지는 종교 활동과 사회적 행동에 대해 묻겠다고 했다. 극단 일 때문이라고 여겼는데, 태화 회관에 대해서도 묻겠다니 가슴이 더 철렁했다. 왠지 자신에 대한 모든 것이 파헤치는 것 같아 긴장이 되었다.

"태화 회관에서 일하느냐?"

"그렇습니다."

"이번 태화 회관 바자회용 물건들을 수거한 것이 바로 네 임무였느냐?"

"네, 제가 했어요."

"네가 수거한 물건들 중에 왕실의 태항아리가 들어 있었다는 제보가 있었다. 네가 스스로 했을 리는 없고 미국 선교사들이 혹시 시킨 것은 아니냐?"

"왕실의 태항아리? 그럴 리가요. 하기야 제가 왕실의 태항아리를 본 적이 없으니 물건들 중에 그것이 들어 있다 해도 알 수 없었을 거예요. 팔 물건을 기부 받는 입장이어서 이런저런 항아리를 따질 입장도 아니었어요. 어떤 항아리인지, 항아리는 쉰한 개 정도 있었던 것으로 아는데……."

"바로 이것이다."

이재현이라는 조선인 형사는 자기 발치에 놓아둔 항아리를 탁자 위에 친절하게 올려놓았다. 세린은 왕실에서 나왔다는 태항아리가 궁금해서 이리저리 살펴보았다. 아무리 기억을 더듬어보아도 그 비슷한 것도 본 기억이 나지 않았다.

"이 태항아리를 사갔던 아낙이 증인으로 있으니 발뺌을 해서는 오히려 불리해진다. 이 태항아리를 누구에게서 수거했느냐?"

세린은 도무지 무슨 소리인지 알 수 없었다.

"어떤 것이 태항아리인지도 모르는데 어떻게 빼돌릴 수 있는지요. 설령 제가 태항아리를 수거했다고 해도 그것을 주신 분조차 태항아리인 줄 몰랐을 거예요. 교회를 위해 써달라고 내놓은 것인데 어떻게 훔친 것을 내놓겠어요. 그것을 내놓았다면 모르고 한 일일 거예요."

"누구를 만나러 가던 길이냐?"

"이미 앞서 만난 형사님께도 말씀드렸지만, 일을 마치고 돌아가는 길에 창경궁의 벚꽃이 아름다워 넋을 놓고 한동안 구경한 죄밖에 없습니다."

순간, 상냥하던 조선인 형사가 갑자기 표정을 바꾸며 냉정하게 말했다.

"태항아리들은 조선 왕실의 귀한 태를 담던 그릇이다. 네가 조선 왕실을 모욕하는 범죄에 모르고 개입되었을 수도 있다. 태항아리를 도굴한 사람들은 어디 있느냐? 태화 회관은 어떻게 개입되어 있느냐?"

"저……."

"네가 태항아리 도굴이나 태항아리를 빼돌린 일당과 관련이 없다는 사실이 증명될 때까지, 언제든지 너는 다시 취조를 받을 수 있다. 수상하면 미 선교사님들도 잡혀 들어올 수 있단 말이다."

"결코 그런 일은 없어요. 선교사님들은 물건이 어디서 어떻게 온 것인지도 잘 몰라요. 물건은 제가 다 담당했지만 결코 이 태항아리를 본 기억은 없어요. 앞으로 다른 바자회 때 저런 비슷한 태항아리가 나오면, 제가 먼저 알려드리도록 할게요."

"아직은 증거가 없는 것 같으니 풀어주도록 하겠다. 하지만 의심이 풀릴 때까지 자중하고 있어야 한다."

"이 일로 태화 회관에 나쁜 영향이 미치지 않도록 해주세요."

"네가 어떻게 하느냐에 달렸다."

조선인 형사는 다시 부드러운 눈빛으로 그녀를 바라봤다.

"어떻게 하면 되겠어요? 태화 회관에 문제가 생기지 않게 해주신다면 무엇이든지 하겠어요."

"무엇이든지 한다?"

"네. 태화 회관에 나쁜 영향이 미치지 않게 해주신다면 무엇이든지 하겠어요. 저는 청소를 잘합니다. 경찰서를 청소해드릴 수 있어요. 다른 일은 별로 할 줄 아는 것이 없지만요."

"태화 회관 통역사라고 하던데 청소를 해주겠다고 덤비니, 네 신분을 속이려 드느냐? 너를 이 정도 대우하는 것도 네 위치를 생각해서 그러는 것이다."

"영어 몇 마디 할 줄 알지만, 통역을 할 정도는 아닙니다."

"태화 회관 바자회에서 통역을 아주 잘하는 것을 보았다. 그 정도면 충분히 된다."

"아, 그 바자회 때 오셨나요? 정말 감사합니다. 보셔서 아시겠지만, 그때는 통역을 한 것이 아니라, 파는 물건에 대해 잘 익혀 조선말로 말해준 것뿐이에요."

"상관없다. 통역이 어디 말이 필요하더냐, 몸이 필요한 것이지."

세린은 무슨 말인지 이해를 못해 가만히 있었다.

"네가 여기서 빠져나가는 방법은 대일본제국을 위해 봉사하는 것이다. 우리가 부를 때 와서 영어 통역을 해주어야겠다."

순간 세린은 '대일본제국'을 발음하는 그가 조선인이 아니라는 느낌을 받았다. 조선인은 저런 표현을 사용하지 않을 뿐만 아니라 저렇게 발음하지도 않는다. 영어를 배우면서 발음을 정확하게 듣는 법을 배웠기 때문에 분간이 가능했다.

"나중에 보면 아시겠지만 제가 알고 있는 영어는 코끼리처럼 큰, 창경원에서 코끼리 보신 적 있으세요? 코끼리처럼 큰 덩치에게 주는 비스킷 정도예요."

"같은 조선인이니 내가 노력해보겠지만, 말이 별로 필요치 않는 통역이니 걱정할 것 없다. 일단 통역할 기회가 있느냐 없느냐에 달렸지."

"……무슨 통역을?"

세린이 풀려난 다음 날 태화 회관에 갔을 때는 태항아리를 빌미로 일본 형사들이 그곳의 물건과 서류를 뒤져 쑥대밭이 된 뒤였다. 선교사님들은 세린에게 화를 내기는커녕 도리어 얼마나 놀랐느냐며 위로했다. 경찰서에서 뺨을 얻어맞은 이야기는 하지 않았다. 괜히 선교사님들의 가슴만 아프게 해드릴 것 같았다. 태화 회관이 이 상황에서 벗어날 수만 있다면 그들이 원하는 통역도 기꺼이 할 생각이었다. 누구를 위해, 무엇을 통역해야 하는 것일까.

지바 사코루

인적이 드문 작은 다방에 앉아, 지바 사코루 형사는 종이에 그려진 여자의 얼굴을 몇 번이고 살펴보다가 다시 입구 쪽을 바라보곤 했다. 오늘이야말로 여자가 어디에 있는지 그 행방을 알아내야 한다. 지바 사코루 형사는 초조함과 흥분이 섞인 목소리로 혼자 중얼거렸다. 조선 철도호텔에 게스트 하우스가 있음을 알게 된 것은 며칠 전이었다. 미노루 상의 자리를 노리는 후임자가 고급 정보를 알려왔던 것이다. 게다가 미노루 상은 출장에서 돌아오고도 호텔로 복귀하지 못하고 있다고 했다. 미노루 상이 그의 쪽지를 받았다면 나오지 않고는 배기지 못할 것이다.

조심스럽게 한 남자가 문을 열고 들어오는 모습이 보였다. 지바 사코루 형사는 얼른 몽타주를 탁자 밑으로 숨겼다. 주위에는 아무도 없었으므로 그는 지바 사코루 형사 앞으로 곧장 다가오더니 맞은편에 앉았다. 남자는 어떤 말도 건네지 않고 가만히 앞을 주시할 뿐이었다.

"미노루 상, 눈에 띄지 말라고 이쪽으로 오시라 했습니다."

"······."

"게스트 하우스에 오래전부터 한 여자가 있다고 들었습니다. 호텔을 지키는 여신이라는 말도 있다죠. 호텔에서 그 여자를 뒷바라지 한 것이 미노루 상이지요?"

미노루 상은 묵묵부답이었다. 조선철도호텔의 게스트 하우스에 한 여자가 오랫동안 머물렀는데 그 뒷바라지를 호텔의 책임자가 했다. 그런데 그 여자가 어떤 이유로 달아났고, 이 때문에 특별 단속반이 들이닥친 적이 있다. 미노루 상의 불충한 아랫사람이 알려준 정보였다.

"······."

여전히 반응이 없는 미노루 상을 보며 지바 사코루 형사는 빠르게 머리를 굴렸다. 특별 단속반이 여자를 잡지 못하자 그에게 사라진 기생을 찾게 만들었고, 그가 그녀를 잡자마자 인도해가버린 것이다. 미노루 상은 쉽게 입을 열 생각이 없어 보였다. 미노루 상은 총독부에서 수년간 근무한 경력에다 조선철도호텔의 관리 책임자로 일했으니 세상 물정을 꿰뚫는 자다. 일단 잡아서 인도해준 여자가 게스트 하우스에 머물렀던 여자인지 확인하는 일이 우선이었다. 입을 열게 만들려면 방심하게 만들어야 한다. 그 여자가 호텔에 숨어든 창녀라고 믿고 있는 것처럼 말해서 미노루 상의 입을 열게 해야 할 것 같았다.

"그 여자를 잡으려고 특별 단속반이 호텔을 샅샅이 뒤진 것까지 알고 있습니다. 아무도 게스트 하우스를 드나들지 못하는데 그날은 예외적으로 게스트 하우스까지 특별 단속반이 들어갔지요. 호텔에 '종삼'의 여자가 드나들게 한 것만 봐도 미노루 상은 업무 태만의 죄가 있지 않습니까?"

그제야 미노루 상의 눈에 초점이 돌아왔다. 지바 사코루 형사는 탁자 아래 숨기고 있던 몽타주를 내밀었다.

"이 여자가 맞지요?"

종이를 들여다보는 미노루의 고개가 한동안 올라오지 않았다. 조선철도호텔의 최고 책임자가 뒷바라지를 했다면 총독부의 '최고 권력'이 숨겨놓은 여자일 수밖에 없다. 그 여자가 사라진 시점에 미노루 상은 만주로 출장을 떠났고, 여자가 머물던 곳에는 하루키 상이 머물게 되었다. 추리가 맞다면, 하루키 상을 그곳에 들인 것은 최고 권력의 알리바이로 이용하기 위해서였을 것이다.

"미노루 상의 잘못이라기보다, 친구인 하루키 상이 총독부 권력을 남용하여 게스트 하우스에 여자를 끌어들인 것 맞지요?"

"……."

"친구의 잘못을 덮어주고 싶겠지요. 하루키 상이 누구요? 이번에 총독부 문화과장으로 승진까지 하지 않았소. 이 나라를 다스리는 총독부의 문화과장이 호텔에 창녀를 가두어놓고 무슨 짓을 했는지도 모르는데, 무조건 감싸준다고 능사는 아니지 않습니까."

미노루 상은, 경찰이 여자의 신분에 대해 모르는 것과 그 여자와 함께 있었던 남자가 '최고 권력'이 아니라 총독부의 문화과장이라고 알고 있는 데에 대해 다행으로 여긴 것이 틀림없었다. 그가 경계의 빗장을 풀고 드디어 이렇게 말했기 때문이다.

"무엇을 도와드리면 됩니까?"

"아이고, 그 입 한번 여시는 데 삼십여 분이 걸렸습니다. 내가 알고 싶은 것은 지금 그 여자가 어디에 어떻게 있는가 하는 것입니다."

여자가 있는 곳을 확인하려는 이유는 그 여자의 거처가 궁금해서가 아니었다. 정말 이 시점에 세린을 총독 앞에 들이밀어서 승산이 있는가를 가늠하기 위해서였다. 잡아들인 여자를 다른 은신처에 숨겨두고 계속 사랑하고 있다면, 아무리 예쁜 여자를 들이밀어도 소용없는 일이다. 이런 일은 신중하고 또 조심스럽게 해야 한다. 남자의 비밀과 자존심에 관련된 일이어서 자칫 돌이킬 수 없는 실수를 범할 수도 있기 때문이다.

"형사님이 왜 이 일에 관여하오?"

"그 여자를 내가 잡았습니다. 그런데 다른 자들이 거짓말을 하고 그녀를 낚아채듯 데리고 가버렸습니다. 죽 쑤어서 개 준 것도 아니고……."

"형사님이 그 여자를 잡았다고 했소?"

"그렇지 않다면 내가 어떻게 미노루 상을 찾아올 수 있었겠습니까?"

"내가 아무 말도 하지 않겠다면 어쩌겠소?"

"내가 왜 그 여자에 대해 묻고 있는지 아십니까? 그 여자를 데리러 온 사람들이 그녀가 반일 투쟁자라고 했습니다. 그것이 사실이라면 하루키 상은 물론 미노루 상도 무사하지는 못할 것입니다."

미노루 상은 지옥에 떨어진 얼굴을 하고 있었다. 어둡고 불안한 기색을 숨기지 못하는 것이 큰 충격을 받은 사람처럼 보였다.

"하루키, 미안하네."

지바 사코루 형사는 미노루 상이 무의식중에 내뱉은 말에 놀랄 수밖에 없었다. 극심한 정신적인 혼란 상태에서 무의식중에 입에서 튀어나온 말이었다. 미노루 상이 친구를 사지에 몰아넣고 양심의 가책에 괴로워하고 있는 것이 분명했다. 지바 사코루 형사는 풀릴 듯 풀리지 않는 수수께끼를 안고 다시 물었다.

"하루키 상이 창녀인 줄 알고 게스트 하우스에 끌어들여 재미를 본 여자가 정말 반일 투쟁하는 여자라면 어떻게 되겠소?"

"그럴 리 없소."

"나도 그럴 리 없기를 바랍니다. 그 여자의 행방을 알려주십시오."

"나는 모를 뿐만 아니라 알아도 그럴 수는 없소."

"미노루 상이 입을 열지 않겠다면 하루키 상을 직접 취조해야겠지요."

"그럴 필요 없소. 제발."

미노루 상의 눈이 갑자기 번뜩였다. 하루키 상을 걸고넘어지면 미노루 상도 어쩔 수 없다. 친구도 친구지만, 실상 하루키는 최고 권력의 알리바이라서 사태가 엉뚱하게 발전하는 것을 원하지 않을 것이기 때문이다. 그때 미노루 상이 그의 눈을 똑바로 쳐다보고 말했다.

"그 여자에게 더 이상 손을 대지 않는 것이 형사님의 신상에도 좋을 것이오. 이런 식이면 나도 가만히 있지 않을 것이오."

미노루 상이 이렇게 세게 나오면 상황이 곤란해질 가능성이 많았다. 긴장의 수위를 낮추기 위해 지바 사코루 형사는 부드럽게 말했다.

"기생들을 다루는 일이 사실 임도 보고 뽕도 따는 일이어서 호시탐탐 노리는 자가 적지 않거든요. 그 여자가 내가 아는 다른 비밀경찰에게 넘어가지 않았는지 확인만 하려는 것이오."

순간 지바 사코루 형사는 무당 담당인 카케노를 떠올렸다. 세린을 총독 앞에 데려가기 위해 사전 작업을 하는 과정에서, 세린이 최근 종로 경찰서에서 조사를 받은 사실을 알게 되었다. 더구나 그 건에는 무당 담당 형사인 카케노가 개입되어 있었다. 총독을 위한 여자를 준비하는 이 중대한 일에 그놈의 카케노가 초를 치고 있었던 것이다.

"내 두 눈으로 여자의 행방을 확인하게만 해주시오. 그러면 친구인 하루키 상도 건드리지 않고 그 누구에게도 비밀로 하겠소. 뿐만 아니라 오늘 미노루 상도 만난 적이 없는 셈으로 하면 되지요."

지바 사코루 형사는 다른 경찰과의 경쟁심 때문에 이 일에 개입된 것처럼 재차 강조했다. 미노루 상은 약간 마음이 진정된 듯 부드럽게 물었다.

"방금 한 말에 대해 약속을 지킬 수 있소? 여자의 행방만 확인하면 우리 주변에서 얼씬도 하지 않을 것이고, 우리를 만난 적도 본 적도 없는 것이오."

"신사의 명예를 걸고 그렇게 하겠소."

지바 사코루 형사는 미노루 상의 갑작스러운 변화에 놀라면서도 내심 실망감에 휩싸였다. 여자의 행방을 알고 있다면, 사랑의 은신처를 옮겨 미노루 상이 여전히 그 여자의 뒷바라지를 하고 있는 모양이었다. 그렇다면 세린과 관련된 계획은 수포로 돌아갈 가능성이 높았다.

"십 미터쯤 떨어져 나를 따라오시오."

믿기지 않는 반전이었지만, 지바 사코루 형사는 미노루 상을 따라나설 수밖에 없었다. 이래저래 일이 잘 풀어질 것 같지만은 않았다. 여자가 은신처를 옮겨서 여전히 사랑받고 있다면 세린을 들이밀 수도 없을 뿐만 아니라, 세린만 해도 경찰에서 조사받은 기록이 있으니 총독부 출입이 용이하지 않은 상태였다. 세린이 총독을 대면할 수 있는 장소는 총독부에서 주관하더라도 외부에서 하는 행사를 이용해야 할 것 같았다.

미노루 상을 따라 도착한 곳은 외관상 별 특이한 점이 없는 현대식 건물로 무엇을 하는 곳인지 간판 하나 보이지 않았다. 하지만 내부는 자물쇠로 계속 문을 열어야 하는 매우 비밀스럽고 특이한 구조로 되어 있었다. 복도를 따라 들어가던 지바 사코루 형사는 벽에 붙어 있는 사진들을 보며 발길을 멈추었다. 눈앞의 사진은 '특수 원심분리기에 사람을 넣어 점진적 속도로 돌리면 눈, 코, 입 등에서 얼마 만에 피가 터져 나오는지에 관한 실험'이라는 설명과 함께 붙어 있었다. 섬뜩하고 잔인한 사진들이 복도를 따라 계속 나타났다. 살아 있는 인간의 피 속에 동물의 피를 주입하는 인체 수혈 실험이라는 것도 있고, 여성에게 매독균을 주입하여 성병의 진행 과정을 살펴보는 사진도 있었다.

"이것들이 대체 무엇이오? 영화 장면들 같은데⋯⋯."

미노루 상은 아무런 대꾸 없이 앞서 걸을 뿐이었다. 사진에는 팔이나 다리를 꽁꽁 얼리거나 모닥불에 집어넣어 얼마나 고통을 견디는지를 실험하는 장면도 있었다. 미노루 상이 왜 그를 이곳에 데려왔는지 갑자기 두려움에 가까운 의문이 생겼다. 사람들을 밀폐된 방에 가두고 쥐와 벼룩을 투척해서 병이 어떻게 번져가는지 살펴보는 실험, 화약을 몸 군데군데 심고 불을 붙여 타들어가는 시간을 비교하는 실험, 조선인과 중국인에게 강제로 성관계를 갖게 하는 교잡배 실험이라는 것도 있었다. 복도를 지나, 마지막 문을 열고 들어가니 지하로 이어지게 되어 있었다. 이런 곳에 사랑의 은신처를 마련했을 리 없기 때문에 아무래도 함정에 빠진 것 같았다.

"미노루 상, 신사적으로 말하건대 서툰 짓 하면……."

순간 앞서 걷던 미노루 상이 휙 돌아섰다. 찌그러져 있던 미노루의 눈빛에서 차가운 광채가 넘쳤다. 유약해 보이던 미노루의 태도가 날선 칼처럼 예리해지더니 공격적인 말투가 튀어나왔다.

"두려워할 것 없소. 만주 하얼빈의 생체 실험실에서 조선인, 중국인, 아라사인 포로들을 대상으로 한 실험 장면들이오. 생체 실험자들로 마루타라고 부르지요."

"이곳이 어디요? 무엇 하는 곳이오? 왜 나를 이곳에 데려온 거요?"

"내려가겠소? 아니면 내려가지 않겠소?"

예상과는 다르지만, 여자가 정말 이곳에 있다면 이 시점에서 포기할 수는 없는 노릇이었다. 지바 사코루 형사는 미노루 상을 따라 지하로 향하는 계단을 내려갔다. 어두운 불빛 아래 수십 개의 유리병이 진열되어 있는 실험실 같은 곳이었다. 다른 곳은 불이 꺼졌는데, 한곳에만 좋은 구경거리가 있는지 여러 명의 연구원들이 들여다보면서 이야기를 나누고 있었다. 예외 없이 일본어로 이야기하고 있는 것으로 보아 일본인 전용 연구소쯤 되는 모양이었다. 미노루 상은 그들 앞에 동행자를 내보이고 싶지 않은지 몸을 숨기게 하고 자신도 그들의 대화를 엿들었다.

"이런 상태를 유지하기 위해서는 살아 있는 상태에서 잘라내야 한대."

"어떻게 그것이 가능하나?"

"마취 상태에서 그렇게 하는 경우도 있다지만, 마취해도 정신은 살아 있고 몸의 고통만 느끼지 않는 모양이야. 그러니까 자신의 몸이 잘

려나가는 것을 눈으로는 뻔히 보고 있는 경우도 있대. 더구나 마취제를 쓰면 생체가 변하는 경우가 있기 때문에 되도록 산 상태에서 인체를 해부한대. 산 채로 적출해야 그 표본이 더 생생하니 말이지."

전부 일본어인데도, 지바 사코루 형사는 타국어처럼 그들의 대화를 완전히 이해하지 못하면서 듣고 있었다.

"아, 글쎄, 신체 부위를 적출하는 기준이 뭔지 알아? 연구하고자 하는 부분이 가장 잘 발달된 사람의 그 부분을 적출해서 연구하는 거래. 가령 사이코 머리를 연구할 때는 가장 사이코적인 행동을 한 사람의 머리를 열어보는 것이지. 지난번에는 사이비 백백교 교주의 머리를 잘라냈다고 하더라고. 이번에 적출한 자궁은 조선 여성 중에 가장 강한 여자일 거야. 조선 여성 중에 가장 자궁이 강한 여자가 누구겠어, 당연히 명월이지."

"명월이? 그 소문에만 듣던 명월이? 그게 실제 인물 맞나?"

명월이. 기생계의 전설 같은 명기로 알려졌지만, 지바 사코루 형사는 그녀의 얼굴을 본 적은 없었다. 지바 사코루 형사는 곁에 선 미노루 상의 옆얼굴을 바라보았다. 미노루 상은 바깥에서 보았던 유약한 분위기와는 전혀 다른 차갑고 절도 있는 군인 같은 분위기로 연구원들을 지켜보고 있었다. 연구원들은 지켜보는 사람들의 기색을 느끼지 못하고 계속 대화를 이어나갔다.

"정말 명월의 자궁일까?"

명월이 실종된 지 수년이 지났는데, 어디서 명월을 다시 찾아 자궁을 적출했단 말인가. 그런 일이 있었으면 기생 담당 경찰인 자신이 모를 리 없었다.

"얼마나 대단했으면 생식기를 오려 이렇게 표본을 만들었겠어."

"명월의 것이라는 증거가 없잖아? 다른 여자의 것일 게야."

"아니면 어때? 명월이 아니더라도 조선 여성의 자궁이라는 사실 자체는 변함이 없잖아. 대단한 구경거리잖아."

그 순간 미노루 상이 발을 탕 구르며 일본 연구원들 앞으로 나섰다. 조금 전 벌벌 떨던 미노루 상은 어디에도 없었다. 둘러서 있던 연구원들이 혼비백산한 듯 미노루 상 앞에 나란히 섰다.

"소장님, 이 늦은 시간에 어쩐 일이신지요?"

미노루 상이 이 기관의 소장으로 새로 발령을 받은 것인지 알 수 없었다. 이런 기관이나 이런 직함의 발령에 대해서 들은 적이 없기 때문이다.

"자네들은 이 늦은 시간에 이곳에서 어쩐 일인가?"

"명월의 자궁을 보고 싶다고들 해서……."

"이것이 보고 즐기는 장난감인가? 이것은 일본 천황의 과업을 위해 보관하고 있는 귀중한 자료이다. 누가 이것을 보며 시시덕거리라고 했는가!"

미노루가 믿을 수 없을 정도로 잔인하게 연구원들의 뺨을 갈기고 상황을 정리하는 동안에도 지바 사코루 형사는 사람들의 눈에 띄지 않는 곳에 숨어 있었다. 혼비백산한 부하 직원들이 사라진 후, 미노루 상은 지바 사코루 형사에게 소리쳤다.

"나오시오."

어둠 속에서 빛 가운데로 나갔을 때, 눈앞에는 거대한 실린더 안에 포르말린에 잠긴 붉은 자궁이 둥둥 떠 있었다. 자궁은 액체 속에 담겨 크게 보이는 탓인지 큰 호박만 했다. 하복부의 절단 상태가 놀랍게도 너무나 깨끗했다. 분노나 원한에 의한 것이라면 아마 난장이 되었겠지만, 절단 상태는 둔중하지만 깨끗하게 잘라낸 형태였다. 피부의 탄력이 남은 젊은 여성의 둔부와 생식기뿐만 아니라 나팔관까지 이어지는 자궁도 도려내어져 있었다. 지바 사코루 형사는 이상한 예감에 사로잡혀 물었다.

"신사적으로 묻는 건데, 그, 그 여성이 도대체 어디 있다는 것이오?"

"하하하……. 신사적으로 대답하는 건데, 그 여성은 내가 이렇게 완벽하게 보호하고 있으니 안심하고, 다시는 내 주변에서 얼씬거리지 마시오. 나는 당신을 본 적이 없소. 당신도 이곳에 결코 온 적이 없소. 잘 기억하시오."

지바 사코루 형사는 복도를 돌아 나오면서 역한 구토감을 느꼈다. 하지만 세린을 총독 앞에 들이댈 수 있는 더없이 좋은 상황임을 확인한 이상 그 정도는 기꺼이 참을 수 있었다.

김 지관

문을 열고 들어가자, 실내는 팽팽한 침묵 속에 휩싸여 있었다. 가운데 큰 탁자 두 개를 두고, 토목국장이 상석에 자리 잡은 채 십여 명의 사람이 빙 둘러앉아 있었다. 죄에 대한 형량이라도 기다리는 것처럼 한결같이 침울하고 비장한 표정들이었다. 총독은 보이지 않았다. 여비서가 김 지관을 빈자리로 안내해주었다. 토목국장이 사람들을 둘러보며 말했다.

"그동안 땅을 잘 살펴보셨을 것입니다. 지금부터 총독관저로 어느 땅이 좋을지 이야기를 나눠보도록 하겠습니다."

김 지관은 여태 이렇게 많은 지관들이 같은 목적의 땅을 찾고 있다는 사실을 알지 못했다. 막연하게 그러려니 했지만, 막상 그들을 보니 혼자 무거운 짐을 짊어졌다고 생각했던 것이 어리석었다. 총독은 이 많은 사람을 한 사람 한 사람 만나서 의견을 들었단 말인가. 적지 않은 시간을 공들인 것이다. 지관들은 서로 눈치를 보며 아무 말도 하지 않았다. 손덕 아제는 어쩐 일인지 이쪽으로 고개조차 돌리지 않았다.

토목국장은 채근했다. 지관들과 풍수사들은 묵묵부답이었다. 이런 자리가 낯선 데다가 어떻게 자신의 생각을 내놓아야 하는지 잘 알지 못했다. 게다가 조선 백성으로서 매국노가 될 수도 있는 이 자리가 두려운 탓이기도 했다. 토목국장은 눈치 보지 말고 자신의 의견을 내놓으라고 종용했다. 그래도 아무 말이 없자, 시계 방향으로 돌아가면서 말들을 해보라고 했다. 하지만 시계에 익숙하지 않아서 다들 나침판을 생각하고 있는 듯했다.

토목국장이 황수리 지관을 지명하자 그제야 처음 의견이 나왔다. 황수리 지관은 총독부 청사가 자리 잡은 곳이 봉황이 있는 최고의 명당자리라고 했다. 그 한마디에 토목국장은 실소를 터뜨리며, 총독부 청사를 허물고 총독관저를 지으라는 말이냐고 물었다. 이제 막 지어서 들어온 건물을 허물라는 뜻이냐고 되물었다. 황 지관은 새 청사와 총독관저를 같이 쓸 수도 있다는 뜻을 내비쳤다. 토목국장은 황 지관에게 도대체 제대로 땅을 찾을 생각이나 하고 있었느냐며 핀잔을 주었다. 그러면서 두 번째 고연봉이라는 민간 풍수사를 지적했다.

"진짜 봉황의 자리는 지금 총독부의 박물관 자리입니다. 그곳을 관저로 사용하면 최고로 좋습니다."

"허, 이 사람들 참. 그럼 박물관을 총독관저로 만들라는 것입니까?"

지관이나 풍수사 들은 일제히 고개를 숙였다. 총독부 청사와 총독부 박물관은 경복궁 안의 고유 전각이 아니었고, 일본이 새로 지은 신식 건물이었다. 김 지관이 보기에 앞선 두 주장은 일리가 있는 것이었다. 두 자리는 모두 좋은 자리였다. 김 지관이 중간에 끼어들었다.

"앞서 말한 두 자리는 정말 명당입니다. 이 터들을 찾은 풍수사들은 누구입니까? 이 중에 그들이 있다면 먼저 물어보는 것이 좋을 것 같습니다."

토목국장은 총독부 새 청사를 지을 때는 풍수사들보다 외국 건축가들의 조언을 들었다면서, 알아들을 수 없는 외국인 이름들을 나열했다.

"그러면 총독관저는 왜 조선 풍수사들의 뜻을 물으려는 것이지요?"

토목국장은 짜증 섞인 얼굴로 김 지관에게 말했다.

"당신 차례가 오면 말을 하시오. 그다음 세 번째 앉은 손덕 지관."

김 지관은 손덕 아제의 말에 주목했다. 앞선 두 풍수사와는 다르게 손덕 아제는 풍수에 대해 서두가 길었다. 그는 누구나 아는 경복궁 위치의 주산 문제를 끌고 나왔다. 즉 주산인 백악산이 좌의 인왕산에 비해 너무 작아 조선 왕조의 역사에서 왕좌를 차자들이 차지하는 경우가 많았으며 여인네들의 기가 드세다고 주장했다. 이 말이 나오자 조용했던 풍수사들이 서로 말을 하려 들었다.

"그럼 무학대사의 말을 들었어야 한다는 이야기인가? 인왕산을 배경으로 경복궁을 유좌묘향했어야 한다는 것인가? 자고로 성왕들은 남형 터를 잡아 집권해야 천하의 모든 소리에 귀를 기울이는 법이다. 남쪽의 밝은 형상을 보고 밝은 정치를 해야 한다. 그러니까 주산을 걸고 넘어질 일이 아니다. 아무것도 모르는 이가……."

"아니, 선생이 정도전이 되기나 한다? 왜 정도전이 한 말을 되풀이함다?"

"아니, 그럼 자네가 무학대산가? 왜 무학대사가 한 말을 되풀이하는 것인가?"

갑자기 지관들은 편이 나누어지듯 무학대사의 인왕산을 주산으로 하자는 동향설과 백악산을 주산으로 하자는 정도전의 남향설을 중구 난방 주장하기 시작했다. 의외로 토목국장은 풍수사들이 떠드는 것을 참을성 있게 지켜보고 있었다. 그 옆에는 여비서가 손가락 끝으로 또각또각 쉼 없이 글자 단추를 눌러대다가 기계 손잡이를 좌우로 한 번씩 밀곤 했는데, 그럴 때마다 글자 기계가 찌링찌링 금속음을 내곤 했다. 그때 양수리 지관이 일어나 나직하게 좌중을 압도하는 목소리로 말했다.

"지금 총독관저의 터를 찾고 있는 마당에, 과거에 지은 경복궁이 잘못 놓였다고 논쟁하는 것은 어리석은 일이오. 경복궁은 이미 지어졌소. 정도전이 이미 이긴 것이오. 이미 일어난 일은 돌이킬 수 없는 법이오. 이제 일어날 일에 대해 논의해야 하는 것이오. 국장님께 한 가지 물어볼 말이 있소. 아까 앞의 두 사람이 의견을 내놓으니까 새로 막 지은 건물은 손댈 수 없는 것처럼 말하던데, 그러면 우리는 남아 있는 빈터 중에서 총독관저의 땅을 찾으면 된다는 이야기인가요?"

그 물음에 토목국장은 약간 당황하는 것 같았다.

"아니, 총독관저의 땅을 적합한 명당이 있으면 별 쓸모없는 전각은 제거할 것이오."

"새로 지은 총독부나 박물관은 안 되고, 경복궁의 다른 전각들은 어떤 것이든 허물 수 있다는 뜻이지요?"

양수리 지관의 질문이 묘한 의미를 함축하고 있어서인지 토목국장은 대답이 신중해졌다.

"그런 의미가 아니고……. 땅을 보라고 했지 건물을 보라고는 안 했는데, 하여간 이런저런 것 상관없이 좋은 땅만 말하면 되는 것이오. 그

다음, 말해보시오."

네 번째 아주 젊어 보이는 홍이라는 풍수사는 꼭 경복궁 안이어야 하느냐고 물었다. 토목국장은 화가 치밀어오르는지 얼굴이 벌게졌다.

"어째 의견을 내놓는 방법을 모르는 것이오? 경복궁 안의 땅을 찾으라고 그렇게 일렀건만, 이제 와서 경복궁 밖은 안 되느냐 질문을 하는 것이오?"

"음, 그러니까 청풍계천[12]은 서북쪽 부근에서 득수하여 동쪽 을진방으로 파구되나……"

젊은 탓에 책을 외듯 하던 홍 풍수사의 말을 끊은 것은 토목국장이 아니었다. 글자 단추를 두드리던 여비서가 쏟아지는 풍수 용어에 난감해져 손을 멈춘 것이다. 토목국장도 전혀 알아들은 눈치가 아니었다. 홍 풍수사는 결국 자신의 뜻을 철없이 주장하고 나섰다.

"경복궁 안은 좋지 않습니다. 차라리 경복궁 앞에 과거 육조 거리가 있는데, 그 왼쪽이 바로 명당자리입니다. 청사에 가까우니 출퇴근도 쉬울 것입니다."

마침내 토목국장이 폭발했다.

"그곳은 조선인들이 수없이 돌아다니는 곳이오. 사람들이 환히 들여다보는 곳에 집을 지어 언제 누가 또 폭탄…… 언제 누가 들이닥칠지 모르는 곳이 아니오. 더 깊숙한 곳이 좋을 것이오. 그다음 아까 앞서 설쳤던 김 지관, 이제 기회가 왔으니 제대로 말해보시오."

그때 김 지관은 손덕 아제의 번뜩이는 눈빛이 자신을 훑고 지나가는

---

12 조선 시대에는 청계천을 청풍계천이라고 불렀다.

것을 느꼈다. 김 지관은 손덕 아제와 좋았던 시간들을 많이 기억하고 있지만, 손덕 아제는 아버지에게 쫓겨났던 순간을 더 깊이 기억하고 있는 모양이었다.

"총독의 안전을 위해 깊숙한 곳을 원하신다면, 경복궁 신무문 밖의 후원이 어떻……."

"경복궁 후원? 아니, 지금 경복궁 바깥은 안 된다고 말하는 소리 듣지 못한 것이오?"

김 지관이 말을 꺼내기도 전에 토목국장은 언성을 높여 면박을 주었다.

"게다가 경복궁 후원은 임진년 전쟁 때 일본이 불태워 폐허가 된 곳이 아니오. 그곳이 명당이라면 어찌 그런 일을 겪는단 말이오."

그곳에 있던 모든 지관들이 토목국장의 발언에 뜨악한 표정들을 지었다. 그때 김 지관이 말했다.

"그렇게 치면, 이 나라에는 더 이상 명당은 없습니다. 이 나라의 모든 땅이 일본에 병합되지 않았습니까. 우리나라에 명당이 있다면 그런 일은 겪지 않았을 것입니다."

토목국장은 김 지관의 대담한 발언에 놀랐지만, 조선 지관들의 표정이 좋지 않다고 느꼈는지 말이나 태도가 신중해졌다. 명당을 찾을 때까지 조선 지관들의 신경을 거슬러 좋을 것은 없었다.

"경복궁 신무문 밖의 후원은 삼백 년이나 폐허로 있다가 고종 임금 때 흥선대원군에 의해 복원되었습니다. 명당의 기운이 높은 곳입니다."

그때, 눈을 내리깔고 있던 손덕 아제가 김 지관을 깔보는 듯한 표정으로 힐끔 일별을 하더니, 아예 반말로 지껄였다.

"경복궁 밖의 후원이 명당이라고? 그렇다면 경복궁 안은 천당인가?"

지관들 사이에서 작은 웃음이 올라왔다. 손덕 아제는 마치 과거 어린 김 지관에게 말하듯 거의 반말이었고, 그런 그의 조심성 없는 태도가 여태 긴장하고 있던 분위기를 풀어주면서 뜻밖의 호의를 얻는 듯이 보였다. 손덕 아제는 토목국장을 향해서 고개를 한 번 숙여 보이더니 비장하게 자신의 의견을 말했다.

"근정전 오른쪽, 조선 학자들이 서책을 연구하던 집현전의 땅이 적합하다고 감히 생각함."

토목국장은 손덕 아제의 제안에 솔깃한 표정을 보였고, 젊은 홍이라는 자도 손덕 아제의 주장에 동참하고 나섰다. 앞서 손덕 아제에 대해 반감을 지녔던 지관들은 묵묵부답이었다.

"경복궁 내의 집현전 터가 관저로 적당한 후보지인 것은 틀림없습니다만……."

손덕 아제가 내놓은 집현전 터와 달리 교태전 뒤쪽의 후궁터에 대해 주장하는 다른 무리가 있어 토론이 깊어지고 있었다. 김 지관이 제안한 경복궁 신무문 뒤의 후원은 더 이상 언급조차 하려 들지 않았다. 시간이 지날수록 토론이나 대화가 아니라 자기주장들만을 펼치기 시작했다. 갈수록 불리해진 손덕 아제가 깜짝 놀랄 이야기를 입에 담았다.

"내가 천거한 땅이 오로지 내 의견만은 아니라는 점을 알아주셨으면 함. 그 유명한 양풍공 지관이 참으로 힘들게 풀어낸 명당이니 말이오. 처음에는 도와주기를 거절했는데, 내가 삼고초려하니 그 정성 때문에 도와준 것임."

양풍공 지관 어른의 이야기가 나오자 일제히 장내가 조용해졌다. 김 지관도 정신이 번쩍 들었다. 손덕 아제가 양 지관 어른을 찾아왔다는 소리는 들었어도 그냥 돌려보냈다는 말만 들었기 때문이다. 삼고초려 했다면 그 뒤에 두 번이나 더 찾아갔다는 말이다. 양 지관 어른이 집현 전 터를 골라주었다는 손덕 아제의 말을 믿어야 할지 말아야 할지 알 수 없었다. 손덕 아제가 근거 없이 양 지관을 들먹이며 거짓말을 할 리 도 없다.

"양 뭐라는 자가 누군가?"

"이름은 풍 자, 공 자, 양풍공이라는 어른임다. 여기 있는 그 누구도 그 어른이 틀렸다고 말할 수 있는 사람은 없을 것임다."

토목국장은 종이에 이름을 적는 듯하더니, 남자 비서에게 뭐라고 지 시하고 있었다. 김 지관은 이 상황을 어떻게 이해해야 할지 알 수 없었 다. 그렇다면 양 지관 어른이 생각을 바꾸었다는 말인가. 아니면 양 지 관 어른이 나와 손덕 아제, 두 사람에게 서로 다른 땅을 일러주었다는 말인가. 그때 남자 비서가 빈 종이를 가져와 붓과 종이를 지관들에게 나누어주기 시작했다. 토목국장은 각자가 총독관저에 적합한 땅이라 고 여겨지는 명당을 적고 그 이유도 밝히라고 했다. 토론을 중지하고 각자의 의견을 들어보겠다는 것이었다. 이 분위기를 그대로 두면 손덕 아제 쪽으로 사람들의 마음이 기울 수도 있었다. 손덕 아제의 말대로 집현전 터는 인재를 키우는 땅이니 명당 중의 명당이다. 양 지관 어른 은 왜 그 땅을 손덕 아제에게 일러주었을까.

다른 지관들은 과거 시험이라도 치르는 듯 지면을 채워나가기 시작 했다. 김 지관은 백지 앞에서 감히 붓을 잡을 엄두를 내지 못하고 앉아 있었다. 그런 김 지관의 모습이 땅을 찾기를 거부하는 조선인의 반항으로 비치는지, 관원이 와서 종이에 적으라고 엄한 눈짓으로 채근을 하고 지나갔다. 김 지관은 마침내 붓을 들었다.

선택한 명당: 신무문 뒤 경복궁 후원

새 총독관저의 터를 경복궁 안에서 찾으라는 총독부의 명을 받았다. 물론 경복궁 안에서 명당을 찾으라는 지시에는 어긋날지 몰라도 작은 고집으로 큰 이득을 놓치지 않으려면 경복궁 북쪽 문인 신무문 뒤쪽의 경복궁 후원을 눈여겨볼 필요가 있다. 원래 경복궁 후원은 담장 안쪽과 바깥쪽에 걸쳐 있었으나, 안쪽이 전각들로 채워지면서 지금의 바깥쪽만 남게 되었다. 경복궁 담장 밖이긴 하나 경복궁의 연장선상에 있어 경복궁 안의 땅이나 마찬가지이다.

그 땅이 명당이라는 증거를 들라면 우선적으로, 고려 때 이미 한 나라의 수도로 주목받았던 곳이라는 점이다. 고려는 풍수지리설에 따라 개경과 함께 서경(평양), 동경(경주)을 삼경으로 삼았는데, 숙종 때는 동경인 경주 대신에 이곳을 남경으로 삼았다. 그 후 조선의 건국과 함께 수도를 옮기자는 논의가 본격화되면서부터, 이 땅은 다시 새 궁궐을 지을 후보지로 선정되었다. 하지만 새로 궁궐을 짓기에는 땅이 협소하여 좀 더 남쪽으로 이동해서 궁궐을 지었으니, 그것이 조선의 정궁인 경복궁이다.

경복궁 후원을 만든 이는 조선의 4대 왕인 세종이셨다. 조선의 왕 중에 가장 위대한 왕이 되신 것이나, 조선의 임금 중에 가장 많은 왕자와 왕자군 그리고 공주와 옹주를 생산한 왕이 되신 것도 풍수적으로 경복궁 후원을 만드시고 그 기운을 흠뻑 누리셨기 때문이라고도 풀이할 수 있다. 이곳은 왕의 휴식과 안락을 위해 사람들의 발길을 금한 곳이나, 왕의 배타적인 공간이라기보다는 손수 농사를 짓거나 양잠을 위해 뽕나무를 기르며 백성의 어려움을 이해하고 백성을 염려하고 사랑하는 마음을 키운 장소였다.

경복궁에서 후원으로 통하는 신무문은 항상 닫아두고 있는데, 이는 한성의 북쪽에 있는 숙정문을 항상 닫아두는 것과 같은 이치이다. 풍수설에 따라 여인들의 음란을 막기 위한 것이지만, 실제는 궁의 뒤쪽을 차단하여 궁과 임금을 지키기 위한 현실적인 방책이기도 하였다. 사람들의 발길을 금하다 보니, 사람들은 이곳을 신성시하여 신선들이 노니는 신들의 계곡이라고 칭하기도 하였다. 심지어 왜곡되거나 과장하여 인간이 살면 귀신에게 해를 당한다고까지 말하곤 한다. 하지만 그것은 인간들이 함부로 발길을 하지 못하게 하기 위해 만들어진 혀의 장난일 뿐이다.

이곳은 귀신의 땅도 아니고 사람의 땅도 아닌 오직 왕만을 위한 땅이다. 도참이란 풍수에 따라 한 개인이 아니라 한 나라의 명운을 일으키는 학문인데, 도참에서 금원이라고 칭하는 땅은 나라의 주인 이외에 누구도 생기를 누릴 수 없는 정원이라는 의미이다. 풍수적으로 그럴 수밖에 없는 이유는 천지교합의 비밀에 속한 것이니 이 종이에 감히 적지 못한다. 금원의 의미가 세월과 함께 확장되어 일반 사람들에게는 발길을 금하는 정원이라는 뜻으로 이해되었을 것이다. 하지만 근래 금원이 어디에 있는지 아는 이가 없는 이유는 금지된

정원이라는 표현조차 사용을 금지한 시기가 있었기 때문이다. 서양
열강과 외세가 이 나라에 발을 디디는 시점에 천지교합의 비밀을 지
키기 위해 어쩔 수 없이 취한 조치였을 것이다.

결국, 총독관저가 들어서기에 가장 좋은 땅은…….

김 지관은 자신이 적은 종이를 한참이나 들여다보고 있었다. 그러는
사이 지관들은 거의 빠져나간 상태였다. 김 지관은 의견을 적은 긴 종
이를 반으로 쭉 찢어버렸다. 멀찍이서 지켜보던 관원이 달려왔다. 김
지관은 찢어진 종이를 겹쳐 한 번 더 힘을 주었다. 관원이 김 지관의 한
팔을 잡았다. 한 팔을 잡힌 채 김 지관은 한 번 더 찢었다. 관원이 둘 더
달려왔고, 세 명은 김 지관을 꼼짝달싹 못하게 붙잡고 있었다. 찢어진
종이들이 사방에 흩어져내렸다. 고개를 숙이고 몰두해 있던 손덕 아제
가 이쪽으로 고개를 돌려 김 지관을 힐끗 보았다. 김 지관은 양팔을 붙
잡힌 채 침착하게 말했다.

"다시 쓰려고 그런 것인데, 왜 나를 이렇게 잡고 난리요?"

김 지관의 팔을 잡은 관원들은 양팔을 풀어놓아야 할지 계속 잡고
있어야 할지 망설였다.

"글을 잘못 썼으면 다시 쓰는 것이 당연하거늘 왜 글을 못 쓰게 이렇
게 막는단 말이오?"

얼굴에 검은 사마귀를 단 관원이 토목국장에게 가서 결정을 받아오
겠다며 나갔고, 두 명의 관원은 계속 김 지관의 팔을 잡고 있었다. 한참
후에 토목국장에게 갔던 검은 점의 관원이 돌아와서 말했다.

"새 종이를 주어 다시 쓰도록 해라."

양팔을 잡고 있던 관원들이 김 지관의 팔을 슬그머니 놓았다. 그때 손덕 아제가 글을 끝마쳤는지 종이를 쥔 채 비웃듯 김 지관을 쳐다보고 있었다. 김 지관 앞에는 새 종이가 놓였다. 검은 사마귀를 단 관원이 곁에 선 다른 관원에게 똑 부러지게 명령했다.

"그 찢어진 종이들을 하나도 남김없이 모아라. 본래대로 붙여서 토목국장께 가져갈 것이다."

4부

총독

총독은 일본 풍수사인 이시이와 함께 경복궁 북문인 신무문으로 향했다. 그동안 경복궁 북문 쪽으로 올 일은 거의 없었다. 거리상으로 멀기도 하지만, 심리적으로도 꺼림칙한 부분이 있었다. 경복궁의 가장 깊숙한 곳, 민비가 죽어간 건청궁이 가까이 있다. 조선인들이 명성왕후라고 부르는 여인. 본 적은 없는데, 들은 대로 떠올리면 죽은 노모와 닮아 있었다. 자존심 강한 여자들의 공통점 때문일까.

"십자통기형이라 믿게 만든 것입죠."

총독 곁에 바짝 붙어 따라오며 연신 머리를 조아리던 풍수사 이시이가 말을 붙였다. 조선 마지막 황제의 능을 조성하는 땅을 찾는 일을 맡았던 이시이는 최근 총독이 조선 풍수사들과 접촉이 잦은 것을 못마땅해하고 있었다. 총독이 조선 풍수사들의 의견에 따라 총독관저의 땅을 최종적으로 낙점하게 되면, 자존심이 상해 평생 갈 병을 얻거나 울음이라도 터뜨릴 위인이었다. 지금도 경복궁 북문 뒤의 후원으로 가는 것이 못마땅해서 볼이 복어처럼 부어 있었다.

경복궁 내에 총독관저를 세울 뜻을 철회한 것은 아니었다. 어제도 경복궁 내 유망한 후보지 두 곳을 둘러보았으나, 마지막 한 곳을 오늘 살펴보고 결정하기로 한 것이다. 경복궁 후원을 살펴보기로 마음먹은 것은 김 지관이라는 자의 금지된 정원에 대한 주장을 읽은 후였다. 김 지관의 생각이 어쩐지 생명의 집과 맥이 닿아 있다는 느낌을 지울 수 없었다. 그렇다고 계시를 푼 것 같지는 않았다. 심정적으로 포기할 수도 무시할 수도 없어, 야유회 겸 경복궁 후원을 둘러보기로 한 것이다.

"이왕의 능이 가짜 명당인 줄 누가 알겠습니까! 아무도 눈치를 못 챌 것입니다."

풍수사 이시이는 계속 이왕의 능을 조성하면서 세운 자신의 공적에 핏대를 올리고 있었다. 이시이는 십자통기형이라는 자손의 번영을 가져다준다는 땅을 골라왔었다. 도면상으로는 정확하게 명당 중의 명당으로 그려진 곳이었다. 하지만 실제로는 풍수 고수가 아니면 속기 쉬운 가짜 명당이었다. 이왕이 가짜 명당에 묻히게 된 과정은 매우 은밀하게 이루어졌다.

이왕가는 이왕의 장례를 치를 권한도 재력도 없었다. 일본 궁내성이 장례 비용을 지불한 가운데, 이왕의 능을 조성하는 과정에서 이왕가가 길지 선정에 목을 매기 시작했다. 명당이라는 자리에 황제를 묻으려고 안간힘을 썼다. 일본에서 능의 길지는 악령을 피하는 정도의 의미인데, 조선에서는 자손의 번영과 연결된다는 것이다. 펄쩍 뛸 수밖에 없었다. 조선 마지막 황제의 자손 번영이라니! 이왕가의 간절한 소망은 도리어 풍수를 무시하던 총독을 자극했다. 철저하게 이들의 풍수를 이용해 잔인하게 복수하고 싶었다. 명당을 통해 자손의 번영을 꿈꾸는 이왕가와 그 백성의 꿈을 철저하게 짓밟아주고 싶었다. 이전에는 어디건 원하는 곳에 묻어도 좋다고 여겼으나, 절대로 묻어서는 안 된다고 믿는 땅에 이왕을 묻어버리고 말겠다는 독한 마음이 생겨났다. 총독은 일본인 풍수사 이시이에게 조선의 풍수를 이용하여 겉보기에는 명당이나 가짜 명당인 흉지를 고르라고 일렀던 것이다.

"이왕의 경우, 진짜 명당과 가짜 명당의 차이가 무엇이었느냐?"

"언뜻 보면 명당이지만, 네 개의 산이 이지러지고 훼손되어 조선의 마지막 황제는, 아니 이왕은 무너져내리는 흉가에 잠든 형상이고, 후손의 번영은 꿈도 꾸지 못하게 되었습니다."

저 멀리 경복궁 북문인 신무문은 닫혀 있었다. 이시이는 끊임없이 떠들어댔지만, 총독은 신무문 위에 그려진 태극 문양에 시선이 갔다. 예전에는 그렇지 않았는데, 김 지관과 대화한 이후로 태극 문양이 눈에 속속 들어오곤 했다. 경복궁에 있는 문들은 물론이고, 며칠 전에는 근정전 답도의 봉황의 보주에도 태극이 맞물려 돌고 있는 것이 보였다. 양과 음이 조화를 이룬 문양이라 했지. 그런데 다가가서 보니 신무문 위에 그려진 태극은 달라 보였다. 이태극이 아니라 날개가 하나 더 합쳐져 삼태극이었다.

"여기를 좀 보거라. 이태극은 하늘과 땅을 의미한다고 들었다. 신무문은 왜 삼태극인지 풍수적으로 아는 것이 있느냐?"

"총독님, 태극기는 식민지 나라의 국기입니다. 신경 쓰실 일이 아닙니다."

총독이 태극기를 입에 담기조차 싫어한다는 것을 알고 있던 이시이 식의 아첨이었다. 총독은 이시이에게 확 짜증이 났다.

"신경 쓸 필요가 없는 것을 내가 물어보았겠느냐. 이태극은 하늘과 땅을 의미하지만, 삼태극은 하늘과 땅 그리고 사람을 의미한다. 천지인 말이다."

이시이는 감전된 듯 작게 몸을 솟구치더니, 고개를 떨궜다. 비로소 잠잠해진 이시이에게 총독은 일갈했다.

"왜 하필 북쪽 문인 신무문에만 삼태극이 그려져 있는지, 왜 항상 닫혀 있는 경복궁 북쪽 문에만 '인간'이 들어간 것인지 궁금해서 물었는데, 신경을 쓰지 말라니!"

"역시 총독님은 문화에 관해서는 구석구석 모르는 것이 없으십니다. 태, 태극 속에 '사람'이 들어 있는 것을 미천한 소인은 모, 모르고 있었습니다."

소심하면서도 자존심 강한 이시이는 꾸중을 듣자 말을 더듬기 시작했다.

"방금 무슨 이야기를 하다가, 그렇지, 사신이 어떻다고 했지?"

"조, 조선에서는 사신이라 하여 네 개의 산으로 푹 둘러싸인 곳을 명당으로 여깁니다."

언젠가 김 지관에게서도 사신이라는 표현을 들었던 기억이 있었다.

"조선의 명당은 배산임수의 형태라고 들었다. 그런데 산이 하나가 아니고 왜 네 개이냐?"

"배, 배산임수란 풍수를 잘 모르는 사람들에게 쉽게 설명하기 위한 것입니다. 산을 등진다는 것은 네 개의 산 중에 가장 큰 산인 주산을 의미할 뿐입니다. 주, 주산 외에 나머지 세 개의 산이 있어 반드시 중요한 부분을 다 감싸도록 되어 있습니다. 경성에서 주산은 백악산이고, 나

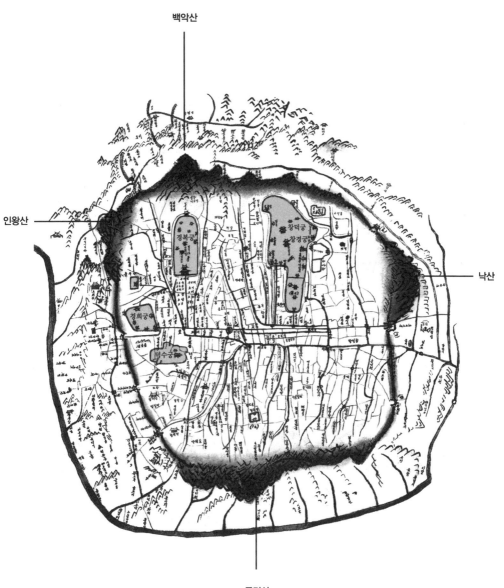

백악산

인왕산

낙산

목멱산

머지 세 개는 인왕산과 낙산과 목멱산[13]입니다. 여, 여길 보십시오. 가운데 옴팡한 곳이 경성입니다."

"네 개의 산으로 감싸인 곳이 왜 명당이냐?"

"산으로만 둘러싸인 조선의 명당은 철저하게 사람들의 왕래가 차단되고 있으니 사신이 감싸는 그곳을 지키겠다는 의미입니다."

"그것이 무엇이란 말인가?"

"생기를 잉태하는 땅의 자궁입니다. 여자로 치면 생명을 잉태하는 자, 자궁이지요."

총독은 걸음을 멈춰 섰다. 하루키가 생명을 잉태하는 여자의 자궁을 말한 기억이 떠올랐다. 순수하기 이를 데 없는 문화 담당자의 굽힘 없는 생각이었다.

"땅에도 여자처럼 자궁이 있다는 말인가?"

"네, 총독님. 정확하게 그렇습니다."

총독은 무엇인가가 머리를 치고 지나가는 것 같은 느낌을 받았다. 생기를 잉태하는 땅의 자궁이라니! 그 땅에 집을 지으면 무엇이 되는가. 생명의 집! 갑자기 몸 안을 관통하는 섬광 같은 것이 느껴졌다. 총독의 표정이 달라지자, 이시이는 들고 있던 가방에서 종이 묶음을 주섬주섬 꺼내더니, 그 속에서 그림을 펼쳐 보였다.

"이, 이…… 그림을 보십시오. 무, 무슨 그림인 것 같아 보이십니까?"

"조선 명당의 일반적인 형태라고 적어놓지 않았느냐?"

---

13 지금의 남산이다.

"네, 네. 그렇습죠. 그렇지만 얼핏 보면, 여자의 그, 그곳, 은밀한 그곳 같아 보이지 않으십니까?"

"……."

"조선의 명당은 여성의 음부 모양을 하고 있습니다."

"……."

"일본의 풍수도 그러하냐?"

"그, 그렇지 않습니다. 조선의 풍수가 네 개의 산을 사신이라고 한다면, 일본의 풍수는 하나의 산과 강(流水)과 연못(池)과 대로(大路)를 사신으로 칩니다. 산(현무), 강(청룡), 연못(주작), 대로(백호)를 일컫는 것입니다."

"두 나라의 사신이 다른 이유가 무엇이냐?"

"두 나라의 지형이 달라서 생겨난 개념이겠지만, 일본의 풍수는 육로(대로)와 수로(강)를 중요하게 여긴다는 것이 중요합니다. 섬나라이다 보니 고립되지 않기 위해 사통팔달로 서로 다른 지역과 연결하려 했을 것입니다."

"조선이나 일본이나 강물은 같이 들어 있지 않느냐."

"하지만 물의 의미가 다릅니다. 조선에서의 강물은 자궁에서 흐르는 물로 이해하는 것 같은데, 일본의 풍수에서 강물은 외국을 왕래하고 특히 세계 열강들과 함께 식민지를 만들기 위해 출정하는 수로나 다름없습니다."

"두 나라가 땅에 대해 다르게 이해하고 있는 이유가 무엇이냐?"

총독이 귀를 기울이자 자신감을 되찾은 이시이가 말을 더듬지 않고 대답했다.

"조선은 땅(地)을 생명을 품는 자궁(母)으로 이해하는 지모사상을 가지고 있습니다. 반면에 일본은 땅을 정복하고 차지해야 하는 여자의 자궁으로 여기고 있다고 할까요. 식민지나 속국을 많이 만들수록 여자를 많이 정복하는 것과 같은 이치가 아니겠습니까. 하하."

총독은 발길을 멈추었다. 너와 네 가족의 생명을 지킬 집을 지어라! 어디선가 죽은 노모의 목소리가 생생하게 들리는 듯했다. 놀람과 떨림이 한꺼번에 찾아들었다. 어머니의 마지막 당부가 몸 안으로 빨려들어 혈액 안으로, 호흡 속으로 누비면서 다니는 것 같았다. 말이 육화되는 체험을 겪는 것이다.

'어머니! 이제야 계시의 비밀을 풀었습니다.'

조선의 명당이 땅의 자궁을 의미한다면, 생명의 집이란 말 그대로 명당에 짓는 집인 셈이다. 이제 그 명당을 찾아 집을 지으면, 말 그대로 생명의 집이 될 것이다. 아, 기쁨과 후회가 한꺼번에 밀려왔다. 조선의 풍수에 조금만 더 일찍 관심을 가졌다면 계시는 더 쉽게 풀렸을 것이다.

총독은 순간 고개를 들어 태양을 바라보았다. 매일 운행하느라고 늙어빠져 지쳐 보이던 태양이 갑자기 젊음을 되찾듯 붉어졌다. 아, 저것은 폭탄이 터졌을 때 땅울림과 함께 본, 땅에 엎드려 보았던 바로 그 태양이 아닌가. 아니 눈에까지 전율을 일으키게 하는 저 태양은 검은 점이 일렁이는 붉은 알이 아닌가. 가운데 점이 있는 둥근 알 모양은……자궁의 형태가 아닌가. 그렇다면 이제 땅의 자궁만, 명당만 찾으면 된다. 총독은 신무문이 열리는 것을 새로운 세계가 열리듯이 감격에 겨워 바라보고 있었다.

안 사장

뒤로는 백악산 바위가 넓게 자리하고, 앞쪽으로 수정 같은 계곡물이 흘러내리고 있다. 산 쪽에서 불어오는 산들바람이 얼굴을 만지듯 스쳐 지나간다. 적당하게 그늘이 있어서 햇살에 시달리지 않는 것이 다행이다. 안 사장은 주방장이 야유회용 테이블 위에 고급스러운 테이블보를 깔고 있는 모습을 지켜보고 있다. 식도원에서 최상품 중의 최상품으로 골라온 하얀 식탁보는 백마의 등처럼 반질거린다. 일본 신문물과 함께 들어온 새로운 연회 필수품이다. 다시 경복궁에 들어와 궁중 요리를 하게 될 줄은! 아니 총독을 위하여 황제의 요리를 하게 될 줄이야. 경복궁 안은 아니지만, 경복궁 후원은 아무나 함부로 들어올 수 없는 곳이다.

서구식 야유회용 테이블 위에 놓일 음식은 조선 황제의 그것이다. 명월관 시절부터 지금의 식도원에 이르기까지 줄곧 궁중 요리를 해왔지만 가격과 식재료 문제 때문에 거의 약식 요리일 수밖에 없었다. 진정한 최고급 재료와 향신료와 격식을 갖춘 황제의 요리는 궁궐을 떠난 이래로 오늘에서야 처음으로 하게 된 것이다. 끊었던 담배를 깊게 빨아들이고 싶은 충동이 솟구쳤다. 구한말 궁내부 주임관 및 전선 사장을 지내면서 어선과 향연을 맡아 궁중 요리를 담당했지만, 궐을 떠난 지 어언 십수년이 지났다. 경복궁 후원에서 다시 황제 요리를 내놓으려니 저승에서 이생으로 돌아온 듯 새로운 감회가 물밀듯 올라왔다.

안 사장의 눈은 시종일관 식탁보 위에 은도금 포크와 나이프가 놓이는 것을 감독하고 있다. 일본인들은 젓가락으로만 식사를 했다. 국은 숟가락으로 떠먹는 것이 아니라 그릇째 들고 마셨다. 총독은 음식 종류와 상관없이 포크와 나이프를 즐겨 사용한다고 전달받았다. 예전 태화관에서 총독을 대접했을 때도 포크와 나이프를 준비했던 기억이 있다. 총독이 포크와 나이프를 사용하니, 그 아래 고관대작들도 한결같이 포크와 나이프를 사용하는 습관들이 생겼다. 안 사장은 식탁 위에 놓인 포크와 나이프가 햇살에 광채를 발하는 광경을 물끄러미 바라보았다. 다른 때와 달리, 젓가락 곁에 숟가락도 같이 놓으라고 일렀다. 궁중 요리를 제대로 먹으려면 숟가락이 꼭 필요했다.

평생을 음식을 위해 바쳐왔다. 음식은 그에게 직업이고 삶이고 세상이고 광활한 우주였다. 안 사장의 과거를 잘 모르는 사람들은 정삼품 벼슬을 하다가 시대가 바뀌니 궐 밖에 나와 명월관을 차려 성공한 사람으로만 알고 있었다. 하지만 어릴 적부터 머슴으로, 그것도 여의치 않을 때는 주막 잡부로 전전했었다. 배를 채울 수 있는 곳이면 어디든지 흘러다녔다. 궁중 찬방 잡일꾼으로 들어간 것이 그에게는 일생일대의 행운이었다. 먹을거리를 향한 숭배에 가까운 마음을 지닌 그의 태도가 궁궐 사람들에게 신뢰를 준 것 같았다. 그렇게 궁중에서 세월을 보내다 보니, 조선의 음식이라면 모르는 것이 없게 되었다. 머슴들끼리 한 양푼에 같이 숟가락을 넣고 퍼먹던 돼지죽에서부터 궁궐 안 임금님의 고급스럽고 다디단 후식에 이르기까지 음식이라는 음식은 전부 섭렵했다. 그의 솜씨나 음식에 대한 박식함에 사람들은 혀를 내둘렀다. 사람들을 제압하기에 충분했다.

안 사장은 나라의 일과 음식은 별개라고 받아들였다. 이 수상한 시절에 사람들은 반일하거나 친일하거나 선택해야 하는 입장에 놓이기 일쑤였다. 다행스럽게도 음식에는 친일도 없고 반일도 없었다. 음식에는 오로지 생명만이 존재했다. 궁궐에 있을 때는 임금님을 위해 요리를 했고, 궐 밖에서는 명월관이건 태화관이건 식도원이건 음식을 먹으러 오는 사람들을 위해 최선을 다해 요리했을 뿐이다. 지금에 와서 조선 총독을 위해 요리를 준비한다 하여 갈등을 겪을 이유가 없었다. 음식은 목숨을 위한 것일 뿐이기 때문이다. 그런 점에서 다른 어떤 직업에 종사하는 사람보다 스스로에게 정직했고 다른 이들에 비해 시대적인 갈등이 적었다. 일본인들의 음식에 독을 타지 않았다고 해서 조선인들의 배척을 당하거나 매국노가 되는 것은 아니었다.

테이블 위에 꽃봉오리 같은 투명한 유리잔들이 배열되고 있었다. 이번 행사에 기생들은 부름을 받지 못했다. 일본인들은 술과 음식을 앞에 두고 조선 기생을 불러들이는 것을 훈장처럼 여겼다. 기생을 불러들이지 않음은 보안이 필요하다는 뜻이다. 하지만 진작 보안의 문제라면 이렇게 야외를 선택하지도 않았을 것이다. 게다가 음식을 의뢰할 때는 행사의 성격을 알려주는 것이 관례였다. 행사 내용에 맞는 음식을 제대로 준비하기 위해서였다. 하지만 이번 행사에 대해 유일하게 지시받은 사항은 전통적인 방식으로 황제를 위한 야유회를 준비하라는 것이었다. 예외 조항이 있다면 식탁에 나이프와 포크를 놓으라는 지시였다.

그때 놀이패 한 무리가 도착했다. 창을 하거나 악기를 연주할 사람들이었다. 예행연습이 필요해서 조금 일찍 도착한 모양이었다. 당연히 기생들이 왔어야 할 자리였다. '문화 총독'은 기생들을 데리고 술을 먹는 대신 공연을 보면서 야유회를 즐기고 싶다는 뜻을 밝혔다고 했다. 총독이 요즘 기생들의 변화를 잘 모르고 한 소리였다. 기생들이라고 남자들 곁에 앉아 술이나 따르고 담뱃불이나 붙여주면서 시키는 대로 노래하고 춤만 추는 시대가 아니다. 요즘 기생들은 일본의 신문화를 받아들이고 소화하여 전혀 다른 방식으로 활동하고 있다. 라디오에 출연하여 노래를 부르거나 멋들어지게 시를 낭송하였고, '조선 소리관', '콜롬비아' 등에 가서 음반을 취입한 경우도 있었다. 기생을 부른다 해도 얼마든지 문화적인 공연을 즐길 수 있는데, 다른 치들을 불러들인 것이다. 놀이패 속에서 키가 크고 잘생긴 젊은 남자가 보였다. 안 사장은 모르는 척 돌아섰다. 그자도 이쪽으로 눈길조차 주지 않았다.

식탁 준비가 거의 마무리되어갈 무렵, 야유회장으로 예상 밖의 사람들이 들이닥쳤다. 단발령에 따라 머리를 자른 사람도 있었지만 대부분 갓을 그대로 쓴 조선인들이었다. 처음에는 지나가는 행인들이 잘못 흘러든 것이라 여겼다. 그런데 그게 아니었다. 그들은 조선총독부에서 일하는 조선인 직원의 안내를 받으며 초대받은 손님들처럼 들어선 것이다. 이런 자리에 전혀 어울리지 않았다. 그들 스스로도 그렇게 느껴지는지 서로 어색해하며 야유회장 안으로 발을 들여놓고 있었다. 서구식 야유회에 초대되기에는 그들의 모습이 너무나 고리타분해서 난처할 지경이었다. 근사한 모던 걸과 모던 보이 들의 모임이 아니었던가. 뭔가 행사 내용의 전달에 착각이 있었던 것은 아닌가. 황제 음식을 접대하기 위해 저런 늙은이들을 초대했을 리 만무했다. 하지만 조금 시간이 지나자 그들 특유의 안정감이 주변을 장악하는 분위기였다. 그들은 낯선 야유회 장소에서 기가 죽기는커녕 주변을 꼼꼼히 살펴보는 매서운 눈들을 지녔다. 하늘이며 백악산이며 너무나 세심하게 살피고 다녀서, 혹여 위장한 순사들이 아닌가 할 정도였다.

식탁 준비가 끝났을 때, 앞쪽의 계곡 물소리가 희미하게 흐트러지며 흐르는 듯 들렸다. 이제 기다리기만 하면 되는 것이다. 그때 자신의 임무를 마친 주방장이 흥분을 감추지 못하고 다가와 속삭였다. 그녀는 초대된 손님들의 정체를 알았노라고 했다. 조선인 풍수사들로 백악산과 관련된 땅을 보러 온 모양이라고 했다. 둘러보고 길이를 재고 주변을 압도하는 그들의 태도가 이해가 됐다. 눈매는 조용하나, 움직이면 움직일수록 연마된 기운이 몸 전체에서 여실히 드러나는 부류였다. 그러고 보니 지관들 속에서 낯설지 않은 이가 있는 듯해 안 사장은 눈을 가늘게 뜨고 살펴보았다.

모든 준비가 끝났다. 아니, 끝나지 않았다. 모든 일에는 화룡점정이 남아 있기 마련이다. 이곳에 들어오면서 검열 과정에서 가장 문제가 됐던 큰 상자를 이동시켰다. 여러 겹의 천보자기를 풀기 시작했다. 상자를 다시 열어 그 안에 든 것을 주방장과 함께 끄집어냈다. 어둠 속에 갇혀 있던 매화 가지들이 매혹적인 여인처럼 하늘을 향해 가녀린 팔을 뻗었다. 하얀 그리고 분홍빛 꽃잎들이 귀엽게 달려 있다. 무심코 똑 부러뜨린 가냘픈 매화 가지가 아니라, 큰 나무의 굵은 가지를 톱으로 통째로 잘라낸 것이다. 안 사장이 두 팔을 벌린 것보다 큰 부피이다. 가지는 물론 매화꽃잎들까지 손상되지 않도록 신경을 많이 써야만 했다. 커다란 항아리에 가지를 옮겨 담고 움직이지 않도록 응고제를 부었다. 야유회 테이블에서 얼마 떨어지지 않은 곳에 조심스럽게 가져다놓았다.

안 사장은 연분홍빛 매화꽃 가지들이 그림처럼 뻗어 있는 야유회 식탁을 바라보고 있었다. 옛 기억이 떠올라서일까. 가슴속에서 무엇인가 울컥울컥 치솟아올라와 그것을 삼키느라 몹시 힘이 들었다. 윤회매로 장식된 황제의 식탁! 윤회매는 황제께 처음 음식을 올리게 되었을 때 선보인 것이었다. 산천을 떠돌며 겪었던 수많은 하루살이 삶을 딛고 일어나, 세상의 설움이란 설움을 모두 흘려보내고, 정삼품 벼슬에 올라, 황제께서 드시는 음식을 마련할 수 있게 된 자의 기쁨을 손끝으로 표현해보고 싶었다. 성은에 감읍하여 자신만의 특별한 것을 황제께 올리고 싶었다. 그래서 준비했던 것이 이 매화 장식이었다.

이 매화 장식 안에는 사람들이 모르는 비밀이 들어 있다. 운이 좋다면, 오늘 야유회에서도 깜짝 놀랄 일이 일어날 것이다. 천지에서 보기 드문 조화가 일어날 것이다. 노력이나 정성만으로 될 일이 아니고, 자연과 천지가 도와야 가능한 일이다. 다시 한 번 그 기적을 볼 수 있기를 기대해볼 뿐이다. 매화는 총독의 자리에서 시야에 가장 잘 잡히는 위치에 배치했다.

그때 저 멀리 사람들의 움직임이 갑자기 빨라지기 시작했다. 긴장감이 감도는 것이 야유회의 주인공이 가까이 다가오고 있는 모양이었다.

하루키

오랫동안 묵혀두었던 까닭에, 경복궁 후원은 자생적으로 검은색을 띤 기름진 대지로 변해 있었다. 땅 위로 부드러운 기운이 아른아른 올라오는 것이 보였다. 한데 그것은 아지랑이가 아니었다. 총독과 그 일행들의 구둣발이 대지를 건드리기 때문에 일어난, 땅속에서 처음 듣는 진동에 놀란 씨앗과 지렁이들과 벌레들의 혼란스러운 기운이 땅 위로 솟구쳐올라온 듯했다. 총독과 함께 일본 풍수사 이시이 그리고 외국에서 온 건축사, 통역관과 호위병 등 일련의 무리가 땅을 깨우며 들어오고 있었다. 경비가 삼엄하지 않아 총독의 행렬치고 드물게 단출하였다. 그럴 수밖에 없는 것이 이곳은 사람들의 발길을 금하는 곳이다. 경복궁의 북문과 연결되어 있고, 나머지 부분은 아예 군사들에 의해 차단된 지역이어서 새나 개미 외에는 들어올 수 없다. 그러고 보니 이곳은 원유회 장소로 안성맞춤이었다. 다른 곳에서 야유회를 할라치면 참석자보다 경비병이 더 많아 무슨 군대 행사를 하는 것처럼 보이기 일쑤였다.

여기저기 분주하던 사람들의 움직임이 일제히 멎었다. 모두들 못이라도 박은 듯 부동자세로 서 있었다. 인간들이 침묵을 지키자 여기저기 풀벌레들의 울음소리가 갑자기 쏟아지듯 들렸다. 백악산 숲에서 불어오는 투명한 바람이 가볍게 몸을 훑고 지나갔다. 하루키는 코를 넓게 벌리고 폐 속 깊숙이 호흡했다가 숨을 내쉬었다. 순간 따끔 바늘에 찔린 듯한 감각이 느껴지더니, 풍선 안의 공기처럼 몸 안에서 무엇인가가 아주 조금씩 빠져나가기 시작했다. 이 불길한 침입은 무엇일까. 조금 전까지만 해도 잔뜩 부푼 기분이었는데, 순식간에 불안정한 기운에 휩싸였다. 몸 안의 체액이 변질이라도 되는 께름칙한 느낌이 걸쭉하게 몸 전체를 휘젓고 있었다. 눈앞이 한순간 흐려졌다가 다시 돌아왔다. 아득했던 눈앞이 제대로 보였을 때, 총독 일행은 조선 지관들 쪽을 향해 가고 있었다.

총독의 마음은 온통 총독관저를 지을 땅을 찾는 일에 가 있었다. 이미 여러 후보지를 살펴본 상황이고, 경복궁 내에 관저를 세울 계획인데, 경복궁 바깥의 후원까지 땅을 보러 온 것이다. 총독은 기분이 고조된 상태인 것 같았다. 총독의 기분 상태에 따라 주변의 모든 것이 영향을 받고 있었다. 사람들은 잔잔한 바람을 맞으며 즐거운 듯 경쾌하게 움직였다. 하루키의 내면은 여전히 불협화음 상태가 계속되었다.

하루키는 미루나무처럼 계속 서 있었다. 총독은 야유회 때 의자를 싫어하는 사람이다. 야외에서까지 의자에 앉아야 하느냐며 서서 거의 대부분의 시간을 보냈다. 총독이 그러할진대 다른 사람들이 감히 앉을 수 없어, 야유회는 활기차고 즐거운 순간을 만들어내기도 하지만 때로는 매우 육체적인 노동을 동반하기도 했다. 하루키는 서 있은 지 얼마

되지 않았는데도 벌써 격렬한 피곤함을 느꼈다. 햇살 탓일까. 머리가 가끔씩 멍해지곤 했다. 총독은 이런저런 식으로 사람들의 인사를 받은 후, 참석한 지관들과 담소했다. 순간 그곳에 일본인 통역사, 스페인 통역사 외에 한 여성이 더 보였다. 얼굴은 보이지 않고 바람에 휘날리는 스커트 자락만 눈을 잡아끄는데 갑자기 가슴이 우두두 뛰었다. '미프헬!'

푸르고 화창한 야유회에 걸맞게 연두색 스커트를 입은 그녀가 그곳에 있었다. 마치 장미원에라도 들어온 듯 향기가 그녀 주변을 맴도는 것 같았다. 넓게 펼쳐지는 스커트, 봄처럼 하늘거리는 블라우스가 감싸고 있는 길고 가냘픈 팔, 그리고 얼굴을 알아볼 수 없게 가린 챙이 넓은 모자, 분명 그녀였다. 얼굴을 보지 않아도 알아볼 수 있었다.

아, 어떻게 이런 일이! 하루키는 자신이 불안정한 감정에 빠지게 된 이유를 알 것 같았다. 그녀의 존재가 그의 곁을 맴돌고 있었기 때문이다. '헬프 미'를 외치며 그의 품 안으로 뛰어들던 그녀였다. 하루키는 호흡이 가빠졌다. 그녀가 왜 총독의 곁에 있는 것일까. 저렇게 아무 일도 없었다는 듯이 태연하게 서 있다니! 더구나 어떻게 저렇게 가까이 마치 총독의 연인처럼 서 있을 수 있단 말인가. 도와달라고 애원하던 그 애절한 모습은 어디 갔을까. 그는 순간 희롱을 당한 것이 아닌가 하는 생각에 머리가 흔들렸다. 도망갔다가 다시 돌아온 것일까. 정녕 아무 일도 일어나지 않았다는 말인가. 그녀가 나를 알아보면 어떻게 할까. 그녀가 나를 알아보지 못하면 어떻게 할까. 하루키는 총독 주변으로 몰려드는 무리들 속에 끼여 그녀와 마주칠 엄두조차 낼 수 없었다. 숨이 제대로 쉬어지질 않았다.

식탁 곁에는 음식을 서비스할 '보이'들이 부동자세로 서 있었다. 몇 몇 사복 경찰이 일정한 간격을 유지하면서 뚝뚝 떨어져 주변을 살피고 있었다. 하루키와 문화조사과 사람들도 긴장을 늦추지 않고 대기하고 있었다. 총독은 먼저 조선 지관들과 함께 주변을 둘러보았다. 충실하게 조선 지관들의 설명을 들으면서 지세를 살피고, 후원의 흙 색깔과 냄새까지 맡았다. 풍수를 인정하지 않고, 조선 지관들은 사악하다면서 극구 배척하던 대일본제국의 조선 총독이 그들의 말에 귀를 기울이고 있었다. 특히 지관들 중의 한 명을 불러 이런저런 것을 묻고 또 묻는 모습이 보였다. 총독 곁에는 일본 풍수사인 이시이가 그 지관을 노려보고 있었다. 스페인 건축사는 흥미로운 듯 곁에서 통역사의 말에 귀를 기울이고 있고, 하루키는 통역사들과 한 덩어리가 되어 움직이는 미프헬을 눈으로 따라갔다. 그녀와 어떻게 대면해야 할까. 총독 앞에서 그녀가 그를 알아보아도 난감해질 것이고 그를 알아보지 못해도 고통에 휩싸일 것이다. 이보다 감내하기 힘든 상황이 벌어질 가능성도 있다. 미프헬이 총독과 남과 여로 맺어진 관계라면, 미쳐버릴 것 같았다. 그 생각에 도달하자, 얼굴의 핏기가 가시고 심장이 멈춰버린 느낌이었다.

그때 총독 일행과 조선 지관들이 테이블로 이동하기 시작했다. 사람들도 일제히 그쪽으로 옮겨갔다. 하루키도 문화조사과 소속의 남자들에 섞여 그쪽으로 이동했다. 식도원에서 나온 안 사장이 허리를 깊숙이 굽혀 절을 올리고 총독에게 포도주 병을 내보였다. 총독은 눈을 조금 크게 뜨더니 곧 고개를 끄덕이며 만족한 미소를 지었다. 조선 궁궐의 음식에 서양식으로 포도주 잔을 준비한 것은 총독의 습관 때문이었다. 총독은 야유회 때 포도주 잔으로 건배하기를 좋아했다. 사람들도 하나둘 잔을 잡았다. 그때 총독이 포도주 잔을 높이 들어 태양에 그 빛을 살펴보는 듯했다. 다들 태양을 향해 잔을 들었다. 봄을 재촉하는 햇빛과 수십 개의 유리잔이 뿜어내는 광채가 하늘에서 부딪치자 폭죽이라도 터진 것처럼 빛이 사방으로 퍼졌다. "일본 천황을 위하여!" 하늘 위로 구호가 터져 올라갔다. "일본 천황을 위하여!" 일제히 사람들이 따라 외쳤다. 모자에 가려 아직 얼굴을 보여주지 않는 여인도 가냘픈 팔로 포도주 잔을 조금 올렸다가 내렸다. 잔을 입까지 가지고 가지는 않았다. 그녀는 하루키 쪽으로 고개를 돌리지 않고 있었다.

그때, 식탁 앞쪽으로 사람들의 시선을 일제히 끌어당기는 인물이 등장했다. 검은 학생복에 긴 케이프를 걸친 전형적인 모던 보이의 모습이었다. 테이블 뒤 빈 들판이 그 존재로 꽉 찬 듯 보였다. 그는 단번에 사람들의 관심을 장악했다. 식탁 앞 공터에서 고개를 숙이고, 고뇌에 찬 듯 손으로 이마를 받치고 서 있었다. 사람들은 포도주를 마시거나 음식을 먹으면서 눈앞에서 벌어질 광경을 주시하고 있었다. 야유회 공연 작품을 미리 검열한 사람은 하루키 자신이었다.

키 크고 잘생긴 모던 보이는 천천히 대사를 읊조리기 시작했다. 이수일과 심순애의 러브 스토리를 다룬 〈장한몽〉이다. 조선인들은 이 작품의 원작이 일본 소설 《금색야차》임을 잘 알지 못한다. 연극뿐만 아니라 단성사에서 영화로도 상영된 작품인데, 조선인들로부터 폭발적인 인기를 얻고 있었다. 일본은 이 작품이 유행하도록 내버려두고 있었다. 아니 도리어 부추기는 데는 속뜻이 있었다. 일본 작품이기도 하거니와, 자본에 물들어가는 조선 여성의 허영을 상징화한 것이기 때문이다. 다이아몬드 반지만 주면 정인을 버리는 조선 여자들을 막을 이유가 없었다. 권력이나 돈으로 유혹해도 절대 굴복하지 않는 〈춘향전〉보다야 〈장한몽〉이 일본의 구미에 딱 들어맞는 작품이었다.

검열은 자신의 몫이었다. 사전에 이수일 역을 맡은 정라정을 만났다. 총독 앞에서 그가 이수일의 모노드라마를 연출하게 될 것이기 때문이었다. 심순애에게 배신당한 뒤 고통과 슬픔에 젖어 혼자 부르짖는 장면이었다. 바로 "김중배의 다이아몬드가 그렇게도 좋더냐"라는 대사가 나오는 부분이었다. 하루키는 정라정의 예행연습을 지켜보다가 한 가지 좋은 생각이 떠올랐다. 당시 하루키의 상의 주머니에는 반지 하나가 들어 있었다. 다이아몬드 반지는 아니지만, 녹색 옥반지였다. 조선인들은 손가락에 가락지 끼는 것을 좋아했다. 가락지는 원래 두 개를 같이 끼는 것이어서 쌍가락지라고도 했다. 그런데 최근에는 두 개 중에 하나만 끼는 유행이 생겨 반(半)지라고 불렀다. 그의 상의 주머니에 들어 있는 것은 세린의 옥반지였다. 나머지 하나는 어디에 있을까 하고 궁금하기도 했다.

하루키는 옥반지를 세린에게 극적으로 전해주는 멋진 방법을 생각해내고 기쁨을 감출 수 없었다. 사랑의 전령사를 이용하는 것이다. 하루키가 직접 전하는 것보다 더 세린을 감동시킬 수 있을 것 같았다. 정라정은 예행연습 때보다 더 극적으로 대사를 토해내고, 모두들 빨려들 듯 지켜보고 있었다. 이수일은 가슴 깊은 곳에서 끌어올린 배신과 그리움에 사무치는 대사를 피를 토하듯 절규했다. 드디어 하루키와 같이 짠 부분을 정라정이 조용히 읊조리기 시작했다.

"나는 네게 이 옥반지밖에 줄 수 없구나. 비록 다이아처럼 값비싸고 영롱하게 빛나지는 못하지만, 당신을 가두어두기에 충분한, 세상에서 가장 작은 사랑의 공간이 되었으면 좋겠다."

모던 보이는 옥반지를 허공에 들어 보여주었다. 그때 하루키는 미프헬의 고개가 스르르 이쪽으로 돌려지는 것을 보았다. 모자 속의 얼굴이 드러났다. 그녀는…… 미프헬이 아니었다. 모자 속 그늘에 얼굴이 반쯤 가려진 그녀는, 세린이었다! 그렇다. 통역을 위해 세린이 오기로 약속되어 있지 않았던가. 그녀를 보자마자 미프헬이라고만 온통 생각했을 뿐, 세린임을 왜 기억해내지 못했을까. 스스로도 기가 막혔다. 경찰 조사를 받아 곤경에 빠진 그녀를 구하기 위해 지바 사코루 형사의 조언대로 세린을 총독부 행사의 통역사로 넣었던 것이다. 그 사실조차 까마득하게 잊게 만든 이 홀림의 정체는 무엇일까. 세린이 저런 모습으로 나타나리라고는 상상도 하지 못했다. 총독은 세린에 대해 분명 흡족해하고 있었다. 총독의 표정에 이렇게 생기가 도는 것을 보는 것도 근래에 드문 일이었다. 그렇게 경멸하던 조선 지관들을 정중하게 대접하는 것도 이해하기 힘든 일이었다. 여하튼 총독의 기분이 나쁘지 않다는 것은 다행이었지만, 하루키는 점점 기분이 나빠지고 있었다.

이제 절정의 순간이 왔다. 미리 연습한 대로, 실연한 이수일 역을 맡은 정라정이 천천히 세린 곁으로 다가가고 있다. 손에는 옥반지를 든채. 하루키가 정라정에게 건네준 반지였다. 하루키는 극적으로 반지를 전할 방법을 찾다가, 정라정을 통해 세린에게 전달되도록 일을 꾸몄다. 정라정이 하루키와 세린의 사연을 알고 있지는 않았다. 하루키가 여자에게 반지를 건네면서 구애를 하는 것이 더 좋지 않겠느냐고 정라정을 넌지시 떠보았다. 그리고 '창경원 밤 벚꽃놀이에서 주고 싶었지만, 그대와 길이 어긋나서 여태 지니고 있었소' 등의 대사를 넣어보라고 일러두었다. 그런 연출 의도를 들은 정라정은 의외로 몹시 기뻐했다. 최소한 자신도 여자에게 반지 하나 정도는 건네는 이수일 역을 하고 싶었다고 했다. 그러면서 진심으로 사랑하는 여자에게 반지를 전하는 마음으로 주겠노라 약속했다.

　성큼성큼 정라정이 세린 쪽을 향했다. 긴장으로 하루키는 아랫도리가 후들거리는 것을 느꼈다. 사람들의 시선도 일제히 두 사람을 향했다. 총독의 시선도 그쪽으로 옮겨갔다. 세린 앞으로 다가간 정라정은 여자에게 매혹된 듯 그 자리에 한동안 꼼짝 않고 서 있었다. 그 앞의 세린도 꼼짝하지 못하고 그를 보고 있었다. 사람들 사이에서 작은 웃음소리가 얼핏 들렸다가 사라졌다. 마침내 정라정은 세린의 앞에 무릎을 꿇었고, 옥반지를 내밀었다. 사람들이 큰 웃음을 터뜨렸다. 당황한 세린이 빨개진 얼굴을 감싸쥐었기 때문이다. 즉석에서 연출된 장면이었기에, 적극적인 사내 앞에서 당황한 여인의 반응을 보는 것은 즐거운 구경거리였다. 아, 세린은 기대 이상으로 정라정에게 수줍음을 타는 듯 보였다. 이해할 수 없을 만큼 환한 빛이 얼굴에서 뿜어져나오는 것이 멀리서도 보였다. 그 반지를 보는 순간, 세린이 고개를 들어 운명처럼 하루키를 알아보며 눈부셔 하기를 원했다. 저렇게 흔들리면서도 쏘는 듯한 눈빛으로 자신을 바라봐주기를 원했다. 그 반지를 사간 자를, 그리고 그것을 기꺼이 돌려주는 자를, 연극이라는 낭만적인 방법을 통해 전달해주는 댄디한 자신을 직감하길 원했다. 그런데 세린은 하루키 쪽으로는 일별도 없이 정라정만 뚫어져라 보고 있었다. 짓궂으면서도 선량한 사람들의 쏟아지는 시선 세례 속에서 떠밀리듯 흔들리고 있었다.

막, 세린이 반지를 받아들려는 순간, 갑자기 총독이 짝짝 손뼉을 치기 시작했다. 하루키는 정신이 번쩍 들었다. 정라정이 반사적으로 동작을 멈추는 것이 보였다. 반지는 여전히 정라정 아니 이수일의 손에 들려 있었다. 사람들도 일제히 박수를 치기 시작했다. 연극은 끝났다. 총독이 박수를 치면 더 이상 보지 않겠다는 신호였기에, 그는 정라정에게 그 사실도 미리 일러두었다. 정라정은 하루키의 지시를 따르기는 했으나, 갑작스럽게 바뀐 상황에 어찌할 바를 몰라 엉거주춤 손에 반지를 들고 있었고, 세린도 반지를 받지 못했다. 정지된 화면처럼 그들은 어느 쪽도 먼저 움직이지 못했다. 후원의 모든 사람이 숨을 죽이고 있었다. 총독의 눈에서 다이아몬드 같은 번쩍임이 일었다. 달려가서 상황을 마무리해야 했지만, 하루키는 발이 떨어지지 않았다. 그때 총독이 사람들을 향해 큰 소리로 말했다.

"다이아몬드 반지를 받기에 합당한 아름다운 여인이 아닌가. 그 촌스러운 반지는 도로 넣어두게. 다음 번 공연 때도 필요한 반지가 아니겠나."

총독의 말이 마치 유머나 되는 양 사람들은 몸을 흔들며 큰 소리로 유쾌하게 웃었다. 사람들은 다시 박수를 쳤다. 연극은 확실히 끝났다. 그제야 정라정은 더 이상 연극을 계속할 수 없는 상황을 수긍한 듯, 한 발짝 물러났다. 세린도 꿈에서라도 깬 듯한 눈빛으로 사람들을 둘러보았다. 연극으로 주목을 받게 된 것은 정라정이 아니라 세린이었다. 정라정은 정해진 수순대로 사람들 앞에서 물러났다. 반면에 총독은 옆에 선 토목국장에게 뭐라고 속삭였고, 토목국장은 세린을 데려와서 총독 옆에 세웠다.

하루키는 그녀를 소개할 양으로 발길을 옮겼으나 아예 그럴 필요가 없었다. 총독은 마치 오래전부터 알고 지낸 사람처럼 세린에게 다정하게 굴었다. 총독이 포도주 잔을 다시 집어들었다. 모두들 비장한 얼굴로 잔을 집어 허공에 들어올렸다. 총독이 세린에게 눈을 맞추며 건배 제의를 했다. 세린은 당황해서 얼굴이 빨개지더니 어쩔 줄 몰라 했다. 총독은 그런 모습을 느긋한 눈빛으로 바라보았다. 총독은 참을성 있게 그녀의 건배를 기다렸다. 세린은 작은 기침을 한 뒤, 몸을 꼿꼿하게 세우고, 잔을 높이 치켜들었다.

"사랑의 기적을 위하여!"

사람들은 일제히 어리둥절해져 총독의 눈치를 살폈다. 이런 건배사는 하루키도 처음 듣는 것이었다. '총독님을 위하여!', '일본 천황의 건강을 위하여!', '건강을 위하여!' 모두 이런 식의 건배사를 하는 법이다. 아무것도 모르는 순진한 그녀는 경을 칠 말을 뱉고 만 것이다. 그런데 총독이 잔을 높이 들고 외쳤다.

"사랑의 기적을 위하여!"

모든 사람들이 일제히 다시 잔을 높이 들고 소리쳤다.

"사랑의 기적을 위하여!"

"사랑의 기적을 위하여!"

그때 하루키의 눈이 세린의 것과 우연히 마주쳤다. 어디선가 본 적이 있지만 기억이 나지 않는다는 막연한 표정으로, 세린은 고개를 갸웃했다. 세린의 눈과 마주친 하루키는 자신의 눈알이 그녀의 눈 안으로 빨려들어가버리는 듯했다. 세린은 뭔가 생각해내려는 듯 한순간 열중하는 듯했으나, 이내 고개를 돌려버렸다. 아, 하루키는 자신도 모르게 입안에서 신음 같은 작은 탄성이 터져 나오는 것을 들었다. 사랑의 기적을 위하여! 그가 중얼거리며 넋이 나간 듯 서 있자, 언제 다가왔는지 지바 사코루 형사가 그의 귀에 대고 속삭였다.

"정신 바짝 차려야 할 거요."

하루키는 아무런 대꾸도 할 수 없었다. 자세한 상황을 설명하기에는 머리가 너무 복잡했다. 더구나 눈앞에 은빛 비늘들이 한없이 흩어졌다. 금방이라도 쓰러질 것 같았다. 다시 눈앞의 것들이 제대로 돌아왔을 때, 산들바람 속에서 총독과 세린이 연인처럼 흔들리며 다정하게 서 있는 모습이 보였다. 하루키는 몸에 이상이 오고 있다는 것을 깨달았다. 어떤 소용돌이가 가슴에서 일어나 목으로 올라오더니 머리 쪽으로 치솟았다. 잘못 연결된 영사 필름처럼 하얗게 눈앞의 장면이 사라졌다가 돌아오곤 했다. 하루키는 지금 자신이 서 있는 땅이 그에게 마치 불길한 신호를 보내오는 듯 느껴졌다. 위험한 기운이었다. 마치 굵고 미끈한 뱀이 아래부터 감고 올라오는 듯 끔찍했다. 이미 피할 수 없는, 미치도록 긴박한 감각이었다. 하지만 총독은 어느 때보다도 의욕적이었고 주변에 대하여 관대했다. 총독이 조선 지관들과 친구처럼 이야기를 나누면서 멀어져갔을 때, 하루키는 지바 사코루 형사에게 정색하고 물었다.

"무슨 이야기를 했지요?"

지바 사코루 형사는 묘하고도 노골적인 비웃음을 입가에 띠고 아무런 대답도 하지 않았다. 세린은 여전히 그를 전혀 알아보지 못하는 눈치였다. 총독은 그녀를 대동하고 지관들과 같이 움직였다. 공식 석상이라면 총독의 부인이 대신하는 자리였다. 세린은 외국 선교사들과 같이 지낸 탓인지 별말 없이도 총독 곁에서 거뜬하게 통역사의 처신을 잘해내고 있었다. 총독은 어려운 통역을 그녀에게 맡기지도 않았다. 간간이 쉬운 것을 물어보는 정도였지만 그것만으로 그녀는 많은 것을 해내는 것처럼 보였다. 하루키는 전봇대처럼 꼼짝 못하고 서 있었다. 불길한 느낌이 몸을 휘감고 올라와 목 근처에서 똬리를 틀었다. 온몸이 전율하듯 떨리고 그림자마저 따라 흔들렸다. 주체할 수 없는 어지럼증이 왔다. 자신이 총독이라면 이곳에 관저를 짓지 않을 것이다.

"민비를 살해한 후 그 유골을 묻은 이야기를 들은 적이 있으십니까?"

지바 사코루 형사는 다시 알 수 없는 말을 걸어왔다. 하루키는 평정을 되찾으려고 애썼지만 말은 잘 나오지 않았다.

"당시 일본인들은 민비를 살해하고 나서 불리한 증거나 정황을 남기지 않기 위해 시신을 불태우고 왕궁을 떠났습니다. 날이 밝자 불에 타다 남은 유골이 보였던 모양입니다. 시신의 하체만 남아 있었다는 설도 있습니다. 하체만 말이오. 아기를 낳고 왕과 사랑을 나눴던 왕후의 하체가 남아 있었던 것이지요. 정말인지 소문인지 그 누구도 알 수 없는 일이지요. 그 유골을 거둔 사람이 있었답니다. 민비의 유골을 거두어서 백악산 오운각 서쪽 봉우리에 묻은 사람은 윤석우라는 군인이었습니다. 그런데 을미사변 후 민비의 시신에 함부로 손을 댔다고 하여 죄인으로 몰려 사형을 당했습니다."

"……"

"충성하고도 죽을 수 있다는 말입니다."

지바 사코루 형사는 진지한 표정을 풀고 다시 야비한 웃음을 흘렸다. 언뜻 일본 군인들이 민비를 능욕했다는 소문을 떠올렸다. 사체를 불태우고 민비의 하체만 남겨놓은 것은 조선 사람들을 더 남우세스럽게 만들기 위해서였을까? 그런데 지금 이 순간, 그 이야기가 무슨 상관이 있나? 하루키는 여전히 세린에게서 눈을 뗄 수 없었다. 정라정은 결국 반지를 세린에게 전하지 못하고 말았다. 세린은 반지를 사간 하루키를 기억도 못 하는 것이다. 눈앞에 있어도 그를 알아채지 못하는 것이다. 그리운 미프헬, 하루키는 당장이라도 세린에게 다가가서 그의 존재를 드러내고 싶었다. 하지만 세린 곁에는 강한 연적이 있었다. 그때, 지바 사코루 형사가 저 멀리 총독과 눈앞의 하루키를 번갈아 보더니 이해할 수 없는 말을 비수처럼 꽂았다.

"보통 언니를 사랑하면 동생도 사랑하는 법이지요."

김 지관

경복궁 후원은 김 지관도 들어가본 적이 없는, 처음 밟아보는 땅이었다. 소나무, 느티나무, 상수리나무, 쪽동백나무가 우람할 뿐 주변의 땅은 거의 비어 있었다. 총독은 경복궁 후원을 둘러보며 지관들에게 궁금한 것을 묻곤 했는데, 일본인 풍수사 이시이라는 자가 계속 총독 곁을 맴돌며 대화를 엿들으려 애쓰고 있었다. 경복궁 밖에서는 잘 보이지 않아 대은암이라고 부르는 바위 아래에 다들 모였다. 앞에는 만리뢰 계곡이 흐르고, 앞쪽 평편한 곳에 호사스러운 식탁이 마련되어 있었다. 지관들은 저마다 총독관저로 적합한 터라고 주장하는 위치가 있어, 두세 사람씩 편이 되어 이야기를 주고받는 상태였다.

총독이 경복궁 후원의 땅도 한번 보겠다고 나섰을 때, 다른 지관들은 물론이고 김 지관도 놀랄 수밖에 없었다. 총독관저를 경복궁 바깥으로 끌고 나와야 하는 상황일진대 그러나 그것은 능력 밖의 일이었다. 선택한 땅의 위치를 적은 종이를 찢어버린 후, 다시 주어진 새 종이에는 이름만 적어 백지로 제출했던 것이다.

그날 김 지관은 집으로 곧장 돌아갈 수 없는 처지가 되고 말았다. 시간을 끌며 기다렸는데도 백지를 받아들게 된 관원들은 분노의 기색이 역력했다. 김 지관의 행동거지를 일본에 대한 저항으로 간주한 그들은 토목국장의 결정이 내려올 때까지 꼼짝하지 말고 기다리라고 윽박질렀다. 얼마나 시간이 지났을까. 김 지관 역시 양 지관 어른의 속뜻을 헤아리느라고 생각에 빠져 있는데, 오종종한 느낌을 주는 관원이 따라오라며 앞서 걸었다. 김 지관이 따라 들어간 곳은 토목국장실이 아니라 총독실이었다. 총독은 조선 지관들이 내놓은 글들을 읽고 있었다.

"편히 앉게. 백지를 낸 연유를 들어보고 싶네."

"경복궁 안의 땅을 찾으라는데 경복궁 밖의 땅을 적어내는 것은 어리석은 짓이라 여겨져 글을 찢어버렸고, 그렇다고 경복궁 안의 다른 땅을 서둘러 둘러댄다는 것도 지관으로 할 짓이 아니어서……."

"자네가 찢어버린 종이에 적힌 내용을 읽었네. 토목국장이 제대로 붙여 나에게 가져왔더군. 자네를 벌해야겠다고 하면서 말이지. 자네가 찢어버린 내용이 무엇인지 궁금해서 읽어보다가 흥미로운 부분을 읽게 되었네. 금지된 정원, 무엇을 금지한 정원이었는가?"

"모든 것에는 금기가 있습니다. 여염집에도 마당이나 마루까지는 들어가도, 주인의 허락 없이 방에 들어가면 도둑이 됩니다. 인간도 서로 손잡고 스치지만 몸의 어떤 부위는 허락되지 않은 이는 범접할 수 없는 것입니다. 땅도 마찬가지 이치입니다. 주인 외는 함부로 손을 대면 안 되는 부분이 있습니다. 금지된 정원은 왕만이 차지할 수 있는 땅입니다."

"왕만이 차지할 수 있다는 것은 단순히 다른 사람들이 발길을 할 수 없다는 뜻만을 의미하지 않는다고 적었다. 풍수적으로 그 땅이 가지고 있는 천지교합의 비밀이 무엇인가?"

"찢어버린 종이에 적었듯이, 함부로 발설하기 어려운 것입니다."

"내 앞에서 어떻게 '함부로'라고 말할 수 있는가? 어떤 사람 앞이 '함부로'가 아니란 말이냐?"

"땅을 보지도 않은 자에게 그 땅의 비밀을 까발리는 것이 '함부로'라는 뜻이옵니다."

"내가 그 땅을 보겠다고 하면 그 비밀을 말해줄 수 있다는 뜻인가?"

"그럴 수도 있을 것이옵니다. 하지만 그보다 총독님이 자격이 있다면 그 비밀을 저절로 알게 되실 수도 있을 것이옵니다."

"자격?"

"나라의 주인만이 그 땅의 생기를 누릴 수 있기 때문입니다."

"그 말은…… 내가 이 땅을 차지할 수 없다고 여기는 것인가?"

사실 김 지관은 총독이 이 나라의 주인이라고 스스로 믿고 있는 점을 노려 일부러 더 그 점을 강조한 것이었다.

"한낱 보잘것없는 지관이 판단할 문제가 아니옵니다. 그 대답은 금지된 정원이 줄 것이옵니다."

"……"

나라의 주인만이 차지할 수 있다는 땅을 총독이 보지 않고 지나친다면 호기심도 야욕도 없는 사람일 것이다. 과연 총독이 경복궁 바깥의 땅을 보겠다고 나설 것인지 내심 긴장하며 침묵을 견디고 있었다. 총독이 마침내 김 지관을 정면으로 보며 말을 던졌다.

"그 땅이 생명의 땅인 이유를 설명해보게."

"그 땅은 자궁이 태아를 지키듯 궁을 지키는 땅이옵니다. 왕의 생명을 지키는 땅이옵니다. 그래서 과거에는 수궁터라고 불렀습니다."

김 지관은 총독의 표정을 살피며 아버지를 떠올렸다. 아버지는 터를 찾기 전에 터를 찾는 사람의 의도를 먼저 파악해야 한다는 것을 가르치셨다. 총독과의 대화를 통해 총독이 생명의 집에 집착한다는 것을 알게 되었다. 그 연유가 부임 당시 당했던 생명의 위협 때문인 것 같았다. 김 지관의 설명이 총독의 마음을 풀어준 것인지, 그날 그는 아무런 일도 당하지 않았을 뿐만 아니라 뜻밖에도 총독이 내준 차를 타고 마을 어귀까지 편히 올 수 있었다.

총독이 내준 차에서 내릴 때, 운전사는 봉투 하나를 내밀었다. 경복궁 후원을 살펴보겠다는 총독의 뜻이 담긴 짧은 글이었다. 운전사는 정해진 날에 모시러 오겠다는 말을 남기고 되돌아갔다. 갑작스러운 결정이었지만, 총독이 오늘처럼 이렇게 적극적으로 이 땅을 살펴볼 것이라고는 예상하지 못했다. 총독은 조선 지관들에게 잠깐 쉬라고 명한 후 일본 풍수가 이시이도 물린 채 김 지관을 따로 불렀다.

"남산 왜성대에 있는 현재의 총독관저처럼, 이곳도 경성 시가가 한눈에 내려다보이니 마음에 드는구나. 한 가지 물어볼 것이 있네. 조선에서는 명당이 여성의 하복부를 뜻함을 왜 말하지 않은 것이냐?"

김 지관은 아무런 말없이 총독을 바라보았다. 총독도 김 지관의 눈을 직시했다. 서로의 눈에서 빛이 터져 나와 찰나에 부딪쳤다.

"왜 말이 없느냐? 차마 입에 담기 어려워서 그러느냐? 돌려서 말하지 말고, 경복궁이 조선의 자궁에 해당하는 것이 사실이냐? 왜 내 말을 알아듣지 못하는 것이더냐?"

"총독님이 풍수에 상당한 지식이 있으신 듯해서 잠시 놀란 것뿐입니다. 한성은 여성의 하복부 모양이고 경복궁은 자궁의 가장 깊숙한 곳이라 하면 맞습니다."

"혹여 이것이 천지교합의 비밀과 연관이 있느냐?"

"아니라고 말하지 못하겠습니다."

총독의 얼굴에 기대 밖의 설렘이 피어오르고 있었다. 김 지관은 아버지에게 배운 일본어로 막힘이 없었다.

"이쪽으로 발길을 옮기던 중에 경복궁이 조선의 자궁임을 알게 된 순간이 찾아왔다. 내가 천지교합의 비밀을 저절로 알 수도 있을 것이라 했는데, 연관이 있다고 믿는가?"

"아니라고 말하지는 못하겠습니다."

"음, 신중한 사람이구먼. 궁궐 안이 모두 왕의 차지인데, 하필 이곳만을 왕의 차지인 양 유별나게 금지된 정원이라고 부르는 이유가 무엇인지 알려줄 수 있는가?"

"이곳은 음부 위쪽 작은 산처럼 솟은 부분입니다."

"천지교합의 비밀이 그 위치에 들어 있다는 뜻이군."

"그렇습니다. 왕만이 누릴 수 있는 기쁨이 있는 곳인데, 그 이유는 실상 왕이 기쁘게 해줄 수 있는 자궁의 급소가 그곳에 있기 때문입니다."

"금지된 정원이 자궁의 급소라고?"

"여성이 가장 기쁨을 느끼는 부분입니다."

그때 총독이 마치 혜안을 얻은 사람처럼 환한 얼굴로 소리쳤다.

"클리토리스!"

총독이 내뱉은 말이 무슨 뜻인지 몰라 김 지관은 물끄러미 그의 얼굴을 주시했다.

"클리토리스는 여자의 자궁에서 가장 예민한 부분을 일컫는 서양말이네. 자궁각(子宮角)으로, 여자들에게 가장 예민한 부위로 기쁨을 느끼는 곳이지."

"조선에서는 그것을 공알이라고도 부릅니다."

"공알? 알이라고? 나는 붉은 알이 검은 점을 안고 태어나는 것을 본 적이 있는데……. 자격이 있다면 비밀을 저절로 안다고 했었지? 공알이라고?"

"네. 금지된 정원은 공알명당입니다."

순간 김 지관은 총독의 입이 귀까지 찢어졌다가 제자리로 돌아오는 환상을 본 듯했다. 총독이 그만을 붙잡고 이런 대화를 하는 것으로 보아 금원에 관심이 있음이 틀림없었다. 그렇다고 마음을 온전히 빼앗긴 것 같지는 않은데, 끝까지 이해되지 않는 부분이 있는 모양이었다.

"하지만 자궁 안에 들어가야 생명이 만들어지듯, 경복궁 안에 들어가야 생명이 만들어지는 것이 아닌가?"

"총독님, 이 후원은 과거 고려 시대 수도였으니 당시에는 경복궁 터가 도리어 궁궐 밖의 터였던 셈입니다. 경복궁 성벽은 영원한 것이 아닙니다. 성벽을 헐고 다시 넓혀 만들면 경복궁 밖의 것이 안의 것이 됩니다. 마찬가지로 좁혀 만들면 경복궁 안의 것이 밖의 것이 되지 않사옵니까?"

"성벽을 허물라는 뜻인가?"

"비유해서 말씀드린 것입니다. 풍수적으로는 경복궁 후문 쪽 성벽을 허물지 않는 것이 최상입니다. 왜냐하면 여인의 급소는 외음부에 있는 것이지 내음부에 있는 것이 아니기 때문입니다. 금지된 정원은 왕이 여인을 탐하는 장소가 아니라 왕이 백성에게 기쁨을 줄 수 있는 장소라는 뜻입니다."

"금지된 정원이 여인을 탐하는 장소가 아니라는 것쯤은 나도 알 수 있네. 내가 이 정원을 살펴본 이유는……."

"옛날부터 천하제일복지라고 알려진 길지입니다."

"음, 금지된 정원이 생명의 집이 되는 이유를 정확하게 다시 말해보게."

재차 삼차 확인하려는 것으로 보아 총독은 내심 흔들리고 있는 것이 분명했다.

"나라의 지배자가 이 땅에서 생기와 천기를 받게 되면 위대한 인물이 만들어질 것입니다. 공알은 지금 비어 있지만 진정한 주인을 만나면 영원히 대적할 자가 없는 무적의 지배자가 나올 땅이옵니다. 시간도 대세도 그 앞에서는 무력해지는, 만방에 이름을 날릴 역사적인 인물이 만들어질 땅이옵니다. 생명의 집이 단순히 인간의 생명만을 의미하겠습니까? 역사적인 인물은 죽어서도 영원한 생명력을 갖는다는 의미일 것입니다."

"어떻게 김 지관만 그것을 아는가? 다른 지관들은 그런 사실들을 모른단 말인가?"

"그들은 집터나 무덤 터를 잡는 보통 풍수사들입니다. 하지만 제 아버지는 한 나라의 명운을 좌지우지하는 도참을 하신 조선 최고의 지관이었습니다. 제 배후를 알아보셨다면 그 점은 잘 알고 계실 줄로 압니다. 아버지는 풍수로 한 나라의 명운을 일으켜 세우거나 쇠하게 할 수 있는 일을 공부하셨지요. 당신이 예견한 엄청난 미래를 누구에게 알려주고 떠나셨겠습니까? 수궁터라는 표현에 가려 사람들이 잊고 있었던 금원, 금지된 정원의 존재를 알려주신 분도 바로 선친이었습니다."

"그대의 부친은 돌아가셨는가?"

"그렇습니다."

"그대가 예견한 엄청난 미래를 알려준 내 어머니도 돌아가셨다."

"금지된 정원은 영원하게 살아남을 역사적 생명을 만들어낼 천하제일복지입니다."

총독은 김 지관의 말에 보일 듯 말 듯 고개를 끄덕였다. 야외 테이블 저쪽에서는 총독과 김 지관의 담화가 끝나기를 기다리는 사람들이 그림자들처럼 서 있었다.

세린

통역사로 왔건만 통역할 기회는 별로 많지 않았다. 놀이패가 떠나고 정라정이 보이지 않게 되었을 때야, 세린은 그 사실을 깨달았다. 정라정과의 재회가 짧긴 했지만 아쉬움에 휘감긴 것은 아니었다. 여기서 더 바란다면 하나님이 처음으로 되돌려 무효로 하겠다고 하실 것 같아 겁이 났다. 총독이 지관들과 논의하는 동안, 남은 사람들은 조금씩 자유롭게 담소를 즐기고 있었다. 아무도 세린 근처에 접근하지 않았고 말을 걸어주지도 않았다. 소외시킨다기보다, 어쩐지 자신을 조심스러워하고 함부로 대하지 않는다는 느낌이었다. 세린은 천천히 사람들 무리 속에서 빠져나왔다.

혼자 참나무 숲 쪽으로 걸어가기 시작했다. 이래저래 꿈같은 나날이었다. 태화 회관 바자회에 통역을 맡아 설레고 걱정하던 일, 목걸이를 팔아버려 언니를 속상하게 한 일, 창경궁에 가서 반지를 받아오기로 한 일, 영문도 모르고 종로 경찰서에 잡혀간 일, 왕실 태항아리를 팔아 넘긴 공범으로 몰려 감옥에 갈 뻔했던 일, 태화 회관에 피해가 가지 않도록 통역사로 봉사하겠다고 약속했던 일, 그래서 이렇게 누구도 함부로 발길을 할 수 없는 경복궁 후원에 오게 된 일. 선교사들은 그녀가 이곳에 온 줄 모르고 있었다. 이곳에 온 것은 오로지 태화 회관에 더 이상 피해가 가지 않도록 하기 위해서였다.

이곳에 오게 된 경위가 예사롭지 않게 느껴졌다. 알 수 없는 힘이 그녀를 이곳으로 보낸 것 같았다. 세린은 매일 간절하게 기도를 해왔다. 선교사님들에게 기도하는 법을 배운 뒤 그녀는 자신의 마음이 원하는 것을 간구하기 시작했다. 그 이전에는 자신이 원하는 것을 감히 소원할 수 있다는 것을 알지 못했다. 그가 멀리서 연기하는 것을 바라볼 수 있게만이라도 해주세요. 가까이 하기에는 너무나 눈부셔 감당하기 힘든 사람이었다. 멀리서 그가 연기하는 모습만 보아도 기쁨이 몸 안에서 아우성쳤다. 그런데 그 기도가 이루어진 것이다. 정말 그는 연극하는 모습으로 그녀가 알아볼 수 있는 거리에 등장했다. 기도한 그대로 고스란히 이루어진 것이다.

"밤 벚꽃놀이에서 전해주려 했지만, 약속이 어긋나서 전해주지 못했소."

어디 그뿐이랴. 그는 이수일의 애타는 사랑의 대사를 외운 후, 반지를 들고 그녀 앞으로 성큼성큼 다가와서 무릎을 꿇었다. 그의 말을 아련한 꿈처럼 떠올리자 얼굴이 뜨거워지는 것을 느꼈다. 어떻게 그런 절묘한 만남이 있을 수 있을까. 반지를 들고 그가 그녀의 눈동자 안으로 천천히 걸어오고 있던 순간에, '아!' 세린은 구두가 나무뿌리에 걸려 비틀거렸다. 발끝이 한순간 아려왔고 아픔 때문인지 기쁨 때문인지 알 수 없는 눈물이 눈에 배어드는 것을 느꼈다. 하지만 그녀는 계속 참나무 숲을 걸어갔다. 정라정은 기대한 이상으로 머리가 좋고 멋진 남자였다. 그는 모든 사람들의 시선 속에서도 그녀에게 전하고 싶었던 진심을 솜씨 좋게 대사에 섞을 만큼 지혜로웠던 것이다. 아, 그는 정말 대범하고 다정하며 낭만적이기조차 한 것이다.

창경궁에서 그녀를 기다린 사람이 정라정이었던 것이다. 경찰서에 잡혀갔을 때만 해도 그인지 아닌지, 그에게 무슨 나쁜 일이 생긴 것은 아닌지 얼마나 가슴을 졸였던가. 믿을 수 없는 축복의 순간이었다. 태항아리 범죄 사건에서도 벗어나고 사랑하는 사람도 다시 만나게 되었으니, 이보다 더 기쁠 수 없었다. 모든 것이 완벽한 상태가 이런 것이다. 물론 반지는 그녀의 손에 끼워져 있지 않다. 총독은 다른 공연에서 사용해야 하니 그녀에게 완전히 줄 수 없다고 했지만, 공연에 사용하는 것은 다이아몬드 반지이니 옥색 반지는 다시 만나면 돌려받을 수 있을 것이다. 아, 그런데 그 옥색 반지는 팔아버린 목걸이에 매달려 있던 것과 비슷했던 것 같은데, 어떻게 정라정이 가지고 있는 것일까.

정라정은 극단의 어두운 객석에 숨어 자신을 몰래 지켜보던 그녀의 존재를 처음부터 알고 있었던 것이다. 그녀를 경복궁 후원으로 불러들인 사람도 정라정이 아니었을까. 그의 연극 상대역으로 그녀를 불러달라고 부탁한 것은 아닐까. 세린은 최근 겪은 사건들을 떠올리면서 경이로움에 몸을 떨었다. 태화 회관을 드나들면서 도무지 이해되지 않는 한 가지는, 하나님은 사람들의 불행을 보시고도 왜 가만히 계시는가 하는 것이었다. 못 하실 것이 없는 그분이 불쌍한 인간을 왜 굶게 내버려두는지, 왜 물에 빠져 죽게 내버려두는지, 왜 헤어지게 만드는지, 왜 나라를 빼앗게 내버려두는지……. 그런데 이제는 이런 모든 불행의 과정들이 하나님의 뜻을 이루시기 위해 꼭 필요한 과정처럼 느껴졌다.

그때 빗방울같이 가벼운 접촉이 그녀의 어깨를 톡톡 쳤다. 고개를 돌리고 보니, 그곳에 총독이 서 있었다. 그녀는 눈을 단추처럼 크게 뜨고 그를 바라보았다. 총독은 그녀의 꾸밈없는 모습에 너털웃음을 날렸다. 그의 곁에 항상 개처럼 붙어 다니던 몸집이 곰만큼 큰 남자들은 어디로 갔는지 보이지 않았다. 두 사람은 마주 보며 말없이 싱긋 웃었다. 왠지 마음이 통하는 듯했다. 누가 먼저랄 것도 없이 참나무 숲을 계속 걷기 시작했다.

"이곳 땅을 보러 오신 것인가요?"

"그렇다. 네가 보기에도 이 땅에 집을 지으면 좋을 것 같으냐?"

"땅은 그 자체만으로 좋다 나쁘다 말할 수 없는 것 같아요."

"무슨 뜻이냐?"

"제가 지금 있는 곳이 태화 회관인데, 그곳이 어떻게 변해왔는지 아시는지요? 그곳은 임금님이 사랑하는 여인을 위해 지은 집이었는데, 나라를 팔아먹은 친일파의 집이 되었고, 그 뒤 권력과 난봉꾼이 드나드는 기생 요릿집도 되었다가, 이제는 하나님을 모시는 전도관이 되었어요. 집은 그대로인데, 그곳에 사는 사람에 따라 완전히 다른 곳이 되어버렸어요. 집은 후궁 같고, 친일파 같고, 때로 기생 같고, 때로 선교사 같아요. 집이 그러하니 땅도 마찬가지일 거예요."

그때 총독은 가던 걸음을 멈추고 그녀의 얼굴을 정색하고 바라보더니, 파안대소를 터뜨렸다.

"집이 친일파 같다고? 기생 같고? 선교사 같고?"

"네."

"내 앞에서 나라를 팔아먹은 친일파라는 표현을 서슴없이 하다니, 대단하구나."

통역사로 왔으나 통역이라고는 별로 하지 못한 상태에서, 막상 통역이 필요해진 것은 세린 자신을 위해서였다. 그녀는 일본말을 거의 하지 못했고 총독은 조선말을 제대로 배우지 않은 모양이었다. 두 사람은 서로를 더듬듯이 서투르게 일본말과 조선말과 영어를 섞어가며 이야기를 이어나갔다.

"통역사라고 들었다."

미국 선교사들의 발음과는 달리, 서투르기는 하나 정확하게 알아들을 정도의 영어로 총독이 말했다.

"네. 하지만 영어를 통역할 정도는 되지 못해요."

"영어를 하지 못하는 통역사가 나를 통역하러 왔다는 말이냐?"

"총독님의 행사에 참여해서 통역하는 줄 몰랐어요. 오늘 제가 이 자리에 오게 된 것은 벌을 받기 위해서예요."

총독의 호의를 담은 얼굴이 일순간 찌그러졌다. 그녀를 걱정하는 태도였다. 어깨를 으쓱했다. 그는 그녀의 다음 말을 기다리는 듯 그녀의 얼굴을 들여다보고 있었다. 총독은 재촉하듯 무슨 잘못을 해서 누가 벌을 내리는 것이냐고 물었다. 그녀는 정말 말을 해도 되는 것인지 판단이 되지 않아 잠시 망설이다가 조심스럽게 말문을 열었다. 태화 회관의 바자회에서 왕실의 태항아리가 흘러나와 조사받은 것을 이야기했다. 순간 그녀의 발이 삐끗 흔들렸기에, 총독이 그녀의 허리를 살짝 잡았다가 놓았다.

"진정으로 태항아리가 흘러나왔느냐?"

"아니에요. 제가 거두어들인 물건 중에 태항아리는 없었어요. 경찰에서 보여준 태항아리는 아무리 보아도, 제가 취급했던 것이 아니었어요."

"그래서 풀려났느냐?"

"아직 완전히 해결된 것은 아니에요. 저 때문에 태화 회관이 수사를 받았어요. 선교사님들이 많이 놀랐답니다."

"아무런 혐의가 없다면 놀랄 것이 없다. 경찰 조사를 받았다니 무섭지 않았느냐?"

순간, 세린은 이곳에서 경험한 기적적인 체험을 그에게 이야기해주고 싶었다. 하지만 무엇부터 이야기해야 할지 알 수 없었다.

"경찰서에 붙잡혀 있는 동안 무서웠지만, 마침 제 손에 성경이 들려 있어서 다행이었습니다."

순간 총독은 가던 걸음을 멈추었다. 앞서와 달리 날카로운 눈빛으로 그녀를 내려다보았다. 순간, 세린은 선교사의 말이 생각나서 말했다.

"성경이 한 사람의 생명을 구한 이야기가 있는데 들어보시겠어요?"

"생명? 성경이 생명을 구했다고?"

세린은 선교사님이 해준 이야기를 총독에게 들려주었다. 최초의 성경을 만든 영국의 제임스 왕에 대한 이야기였다.

"어느 날 큰 죄를 지은 죄인이 제임스 왕 앞에 잡혀왔어요. 죄인이 너무나 큰 죄를 지었기에 법의 심판에 따라 사형 언도를 받게 되었다고 합니다. 제임스 왕이 그에게 마지막 소원이 무엇이냐고 물으니까, 죽기 전에 성경을 한번 읽게 해달라는 것이었어요. 왕은 그의 마지막 소원을 들어주라고 했고, 성경을 다 읽은 후에 형을 집행하라고 명령

했어요. 얼마 시간이 지나 제임스 왕이 죄인이 성경을 다 읽었느냐고 물었더니 신하들은 매일 몇 줄씩만 읽고 있어 아직 시간이 많이 필요하다고 전했어요. 또 시간이 지나도 죄인은 성경의 반의반의 반도 읽지 못하고 있다고 했지요. 제임스 왕은 관대하게 다 읽을 때까지 기다리라고 했어요. 그런데 죄인은 성경을 읽어가면서 점점 자신의 죄를 반성하고 사람이 변해가고 있었죠. 시간이 흘러 왕은 또다시 성경을 다 읽었느냐고 물었지요. 아직 반도 읽지 못한 상태지만, 죄인이 아예 새사람으로 변하고 있다고 신하들은 보고를 했어요. 왕은 아예 그를 집으로 돌려보내 성경을 마저 읽도록 하라고 했어요. 범인은 평생 성경을 읽으면서 세월을 보냈고 이로써 목숨을 구했을 뿐만 아니라, 예수님을 통해 구원을 받았어요."

세린을 물끄러미 바라보며 듣고 있던 총독이 입을 열었다.

"로마제국의 콘스탄티누스 1세는 중요한 전쟁을 앞두고 태양신에게 승리하도록 도와달라고 간절한 기도를 하다가 계시를 받았다고 한다."

"콘스탄, 아니 콘콘 뭐라고 하는 분이 누구인지 저는 잘 모릅니다."

"콘스탄티누스……. 어머니가 내 미래의 모범으로 세운 분이시지. 음, 내 어머니는 특별한 분이셨다. 사카모토 집안의 외동딸로 자라 당시 히로히토 왕가 다음가는 권세를 누렸던 이치가와 가문으로 시집을 오셨다. 뼛속까지 귀족이시던 나의 어머니는 당시로는 드물게 구라파에서 유학을 하셨고, 오쿠마 시게노부가 세운 대학에서 법학을 가르친 학자셨다. 병상에서조차 엄청난 책을 읽은 분이시니 그 지혜의 깊이를 헤아릴 수 없을 정도였지. 그분이 아니었다면 누가 콘스탄티누스 황제의 계시를 일러줄 수 있었겠느냐."

"콘스탄티누스라는 분은 어떤 계시를 받았나요?"

"키로(Xp). 키로도 십자가의 변형이 아닌가 싶구나. 십자가는 우리가 알고 있는 십자 형태뿐만 아니라, 여러 다른 형태가 있다고 들었거든. 가령 타우 십자가(T)는 이렇게 생겼다, 생명의 열쇠를 상징한다는 손잡이가 달린 형태지. 감마형 십자가(ㄱ)는 이렇게 생겼다, 생명과 번영을 상징한다고 하던가."

총독은 손가락으로 허공에 그려가면서 세린에게 성의 있게 설명했다.

"총독님은 태화 회관에 있는 저보다 십자가에 대해 훨씬 더 많이 알고 계시네요. 저는 알고 있는 것이 많지 않답니다."

"그런데 내가 아직 이해하지 못한 것이 한 가지 있다. 콘스탄티누스 1세가 절체절명의 순간에 애타게 도움을 청한 신은 집안 대대로 받들어온 태양신이었다. 그런데 기도에 응답을 해준 것은 그리스도라는 신이었다. 어떻게 생각하느냐?"

"태양신이 대답할 수 없는 기도였던 모양입니다."

"무슨 뜻이냐?"

"태화 회관에서만 해도 제가 결정할 수 있는 것이 있고, 선교사님이 결정할 수 있는 것이 따로 있습니다. 누군가 도움을 요청했을 때, 제가 결정할 수 없는 일은 당연히 선교사님이 대답을 해준답니다."

"그럼 태양신보다 그리스도가 더 결정권이 높다는 말이냐?"

"결정권보다, 원하는 것을 해줄 수 있는 능력에 있는 것이 아닌가 합니다. 콘스탄티누스라는 그분은 전쟁에서 이겼습니까?"

"이겼다."

"거 보십시오. 대답을 해준다는 것은 그에 따른 책임을 지신다는 뜻이기도 하니까요."

"무조건 기도한다고 들어주면 불공평하지 않으냐? 양쪽에서 모두 기도하면, 신인들 누구 편을 들어주겠느냐?"

"하나님의 뜻에 맞는 자의 편을 들어주실 것입니다. 콘스탄티누스라는 분은 그 전쟁에서 승리한 다음에 어떤 일을 하셨습니까?"

"태양신을 버리고 그리스도교도로 개종을 했고, 밀라노 칙령이라는 것을 발표했다. 밀라노 칙령이 뭐냐 하면…… 음, 그러니까 이전에는 황제 숭배에 어긋나는 기독교를 인정하지 않았는데…… 간단히 설명하면 그는 기독교를 인정했다."

"와, 대단한 분이시군요. 그렇다면 하나님의 뜻은 전쟁에서 이기는 것이 아니라, 이겨서 그런 일을 할 수 있도록 하는 것이었습니다."

"그것보다 이것이 더 중요하다. 그는 서로마제국의 황제가 되었고, 나중에는 동로마제국과 서로마제국을 모두 합친 통일로마제국의 황제가 되었다. 놀랍지 않으냐."

"그분을 택하시고 황제로 만든 하나님이 놀랍습니다."

총독은 못마땅한 눈으로 세린을 힐끗 쳐다보았다.

"하기야 후에 그는 황제의 옷을 벗고 사제복을 입고 지냈다고 한다. 태양신에게 기도했는데 그리스도가 그를 황제로 만들었으니, 나도 태양신에게 계시를 받았다고 여기고 있었는데……. 혹여 다른 신이 해답을 주는 것은 아닐까?"

"와, 총독님도 계시를 받으셨습니까?"

"그렇다."

"다른 것은 잘 모르지만 콘스탄티누스라는 분처럼 기도하면 답을 찾을 수 있으실 거예요. 제가 직접 체험했으니까요."

"누구에게 말이냐? 태양신? 아니면 그리스도?"

"태양신이 감당 못할 정도라면 그리스도가 대답해주실 거예요."

세린과 총독은 작게 웃었다.

"총독님이 받으신 계시는 무엇이었나요?"

"생명의 집이다."

"생명의 집? 그것은 아주 쉬운 문제예요. 성경이 바로 계시예요. 성경이 반석 위에 지은 생명의 집이라고 했어요. 총독님이 성경을 읽으시면 계시가 이루어진다는 뜻이 아닌가 싶어요."

"성경이 생명의 집? 하하, 나무가 죽어서 여러 번의 약물 처리를 거쳐 만들어진 종이 안에 무슨 생명의 기운이 남아 있겠느냐. 생명의 집은 살아서는 물론이고 죽고 나서도 역사적으로 생명력을 지니는 영원한 생명을 만들어내는 곳이다."

"저는 세상도 잘 모르고 성경도 잘 몰라요. 선교사님 말씀대로 믿고 기도했더니 그 기도가 오늘 이루어졌어요. 총독님도 기도를 해보세요."

"귀여운 것. 네가 그렇게 간절히 원했던 것이 무엇이었느냐?"

총독

차를 마시는 시간이 끝나가고 있었다. 야유회에서는 드물게 총독은 의자에 앉아 있었다. 총독은 눈앞에 펼쳐지는 모습에 눈을 뗄 수 없었다. 금원은 사람들의 발길이 닿지 않아 만발한 꽃들과 나무들과 풀들의 세상이었다. 사람 사는 세상과 냄새도 다르다. 조용한 듯 부산한 것이 기이한 느낌을 주었다. 풀숲에서는 벌레 소리가 나고, 새들이 나무에서 서로 날개를 푸덕대며 움직이고 있었다. 새들은 매우 날카롭게 삑삑거리거나 목젖을 울리듯이 구슬프게, 또는 아주 부드럽게 호소하듯 저마다 다르게 운다는 것도 처음 알았다.

촉촉하고 순한 생명의 내음이 그의 콧속 깊숙이 들어왔다. 숨을 깊게 쉬자 자유가 느껴졌다. 공기를 들이마시며 산다는 사실이 행복한 느낌으로 다가왔다. 모든 것이 완벽했다. 금빛 찬란한 햇빛에 눈이 부셨고, 청명한 공기 속에서 세상 모든 것들이 찬란하게 흔들리고 있었다. 새 총독부 청사를 생명의 집이라 여기며 행복해했던 어리석음이 느껴졌다. 그곳은 사투하는 인간들의 집이었다. 생명력이 느껴지는 이런 느낌은 상상도 할 수 없었다. 향긋하고 산뜻한 흙냄새와 새 울음소리를 들으며, 총독은 어둡고 오랜 감금의 상태에서 세상으로 막 나온 사람처럼 울컥 감동이 왔다.

이런 느낌을 계속 느낄 수 있다면 더할 나위가 없었다. 그동안 생명의 집이라는 계시를 풀기 위해 얼마나 고군분투했던가. 총독은 계시를 받았던 순간의 의미를 되새겨보았다. 그 계시는 절체절명의 순간에 왔다. 생명의 집이란 일차적으로 자신의 생명과 가족의 생명을 지킬 수 있는 집이어야 한다. 동시에 생명의 집은 영원한 통치에 대한 예언인 만큼 그렇게 단순한 의미의 집이 아니었다. 이 나라의 생명과 관련된 모든 문화적인 풍습들과 주거에 관련된 자료들을 뒤지게 된 것도 그 때문이었다.

우선, 조선 역사에서부터 조선이 자신들의 근원인 하늘이라고 믿는 것을 다 없애버렸다. 가령, 훈민정음의 모음은 천지인(· ㅡ ㅣ)으로 이루어졌다. 여기서 하늘을 상징하는 〔·〕는 다른 〔ㅡ〕 혹은 〔ㅣ〕와 결합해 모든 모음을 만드는 근원이었다. 하늘을 상징하는 〔·〕의 소릿값을 없애버리니 천지인을 바탕으로 만들어진 훈민정음의 창제 원리가 무너질 수밖에 없었다. 〔·〕가 〔ㅡ〕 혹은 〔ㅣ〕와 결합해 만들어진 〔ㅗ ㅏ ㅜ ㅓ ㅛ ㅑ ㅠ ㅕ〕 등이 존재할 근거가 없어지는 것이다. 결국, 〔·〕 없는 훈민정음은 하늘 없는 나라의 글자인 셈이다. 더구나 그것을 '하늘 아'가 아니라 '아래 아'로 지칭하니 꼴좋은 글자가 되었다.

또한 조선이 하늘에 제사를 지내는 원구단에도 치명적인 위해를 가했다. 이미 원구단 위에 조선철도호텔을 지어 하늘의 제단을 까뭉개버렸다. 그것으로 충분하지 않았다. 원구단이 사라져도 사람들의 대화와

의식 속에는 여전히 원구단이 들어 있었다. 의식을 비틀어버려야만 했다. 그래서 원구단의 한자를 들여다보니 한자 '圓'은 '원'과 '환'의 두 가지 음가를 갖고 있었다. 원이라고 할 때는 둥글다라는 '하늘'의 뜻으로 사용되고, 환이라고 할 때는 '두르다, 둘레'의 뜻을 담고 있다. 하늘에 제사를 지내는 곳이 원구단이요, 땅에 제사를 지내는 곳이 방구단(사직단)이다. 이걸 보면 둥근 하늘에 제사를 지내는 '둥근 언덕'은 '둥글다'는 뜻의 '원구단'이 되어야 한다. 하지만 하늘을 상징하는 둥근 '원'을 파기하고 둘레라는 의미의 환구단이라 부르도록 유도하라고 지시했다. 조선 사람들은 아무것도 모르고 환구단으로 부르고 있었다.

게다가 조선 왕실의 태항아리에 관심을 가지게 된 것은 이왕의 능을 준비하는 과정에서였다. 조선의 묘가 둥근 것은 하늘의 모양을 본뜬 것이었다. 그래서 죽은 자를 두고 '하늘나라'에 갔다고 표현했다. 조선 철도호텔이 원구단을 뭉개듯이, 조선의 마지막 황제의 능을 가짜 명당에 봉인했다. 이 나라의 마지막 하늘을 파괴한 셈이다. 마지막 황제가 죽었으니 더 이상 새로운 왕조를 꿈꿀 수 없으리라. 한데 이시이가 조선의 왕실은 아기가 태어나면 그 아이의 태를 묻는 풍습이 있다고 언질을 주었다. 후손을 번창시킨다는 의미에서 태항아리를 묻는다고 했다. 생명! 태는 생명의 집이었다.

태항아리 수거가 계시의 핵심이라는 확신이 있었던 것은 아니었다. 뭐든 해야만 마음의 불안을 떨칠 수 있었다. 태항아리 수거를 위해 선택한 사람은 하루키였다. 때 묻지 않아서 부정 타지 않을 인물이었다. 전국의 모든 태항아리를 거두어들이라고 명했다. 한데 하루키는 면전에서 태항아리가 죽음의 집이라며 그의 생명의 집에 대한 꿈을 깨부수

어버렸다. 하루키에 대한 원망이 없었던 것은 아니나, 순수한 영혼이
본질을 본 것이라 여겼다.

　다행히 하루키는 여자의 살아 있는 자궁에 대한 비전을 내놓았다.
처음에는 황당한 이야기라 생각했다. 조선의 여자 자궁에 정자를 쏟아
부어 아기를 만들라는 뜻인가도 여겼다. 그런데 하루키의 말을 듣고
곰곰 되새겨보니, 역으로 조선의 생명을 이을 자궁을 없애버려야겠다
는 생각이 들었다. 제물이 필요했다. 제물을 위해서는 최고의 명품을
골라야만 했다. 누구의 자궁을 잘라야 피의 제물의 뜻을 제대로 살릴
것인가. 이 나라의 가장 뛰어난 자궁을 잘라버릴 생각이었다.

　생존 본능이었을 것이다. 그 생각을 하는 순간, 가장 뛰어난 자궁을
가지고 있다고 여기던 여자가 사라져버렸다. 감히 최고의 품 안에서
달아났다. 자궁을 베어버릴 생각을 한 순간, 그녀는 그 낌새를 알아챈
듯 빠져나갔다. 어떻게 정확하게 그 순간이었을까. 어떤 식으로건 그
결심이 감지된 것이 분명했다. 감히 누구의 사랑을 박차고 도망간단
말인가. 총독은 배신에 몸을 떨었다. 그녀는 항상 자유로운 영혼이었
고, 이기적이었고, 그런 점이 남자를 안달하게 만들었다. 국가적인 차
원의 큰 결정을 하고 있는 그 순간에 그녀는 결정적으로 빠져나갔다.
그런 우연성이 불안감을 가중시켰다. 불안감은 분노를 증폭시켜 정신
을 잃을 만큼 폭발했다. 마음을 준 그 여인을 영원한 태양의 제국을 만
들기 위한 첫 번째 제물로 삼으리라! 그 여자는 결국 잡혔고 죄의 대가
를 치렀다.

　이상한 것은 포르말린에 흥건하게 담긴 자궁을 보면서 정복자의 쾌
감을 느낄 수 있었다는 것이다. 한 남자가 한 여자를 육체적으로 정복

한 이상이었다. 일본이 조선을 정복했다는 증거품을 보는 느낌이랄까. 왜성대에서 경성 시가를 바라보며 혹은 경복궁을 가로막고 있는 총독부를 바라보며 가끔 느꼈지만, 조선 여자의 자궁을 보고 그런 느낌을 받을 줄은 꿈에도 생각지 못했다. 조선을 합병했다지만 끊임없이 반일 혹은 독립을 획책하는 조선인들을 보면서 최근 매우 지치고 피곤해져버렸다. 조선인들에게 끌려다니는 느낌을 지워버릴 수 없었다. 승자가 패자에게 끌려다니는, 총독이라는 자가 끊임없이 생명의 위협을 느끼고 불안감을 느끼는 처지가 어찌 굴욕스럽지 않을까. 그런데 실린더 속에 영원히 밀봉해버린 조선 여자의 자궁을 보자 비로소 일본이 조선을 완전히 정복한 느낌이 들었던 것이다. 지배자 일본의 권위와 총독의 남성적인 힘이 빛을 발하는 순간을 본 듯했다. 승리 중의 승리였다.

승리자의 기분을 만끽했다고 해서, 마음을 다치지 않은 것은 아니었다. 조선의 천한 여인임에도 불구하고 마음을 내주었는데, 배반하고 달아나버렸다. 그녀를 다시 잡았을 때는 소유욕과 배신감과 그리고 생명의 집에 대한 조급함이 합쳐져서 거의 제정신이 아닌 상태였다. 총독은 여태 그 여자를 뒷바라지하고 감시해왔던, 막 새 실험실을 만든 미노루 소장에게 내주고 말았다. 제정신이 들었을 때는 이미 실험실에서 그녀의 자궁이 도려내진 뒤였다. 총독이 자궁이라는 표현을 입에 담지도 않는데 어떻게 정확하게 아랫사람들은 여자의 그 부분을 잘라냈는지도 수수께끼였다. 후회로 괴로운 시간을 보내지 않았다면 인간이 아닐 것이다. 자신의 육체의 중심을 담았던 자궁이 아닌가. 말 그대로 생명의 집이 아니던가. 뒷맛이 참으로 혐오스러웠다. 미노루는 여자의 나머지 신체 부분을 태항아리를 수거하는 하루키의 눈에 띄도록 처리했다.

밤새 물에 잠겼다가 다시 젊어져서 솟아오른 아침 태양이 저럴까! 마치 죽은 여인이 포르말린에 잠겼다가 다시 젊어져서 그 앞에 나타난 듯했다. 그가 사랑했던 여인은 제국의 제물로 사용되었다. 그런데 그 여자를 꼭 닮은, 수년 전 처음 만났을 때의 첫 모습을 지닌 그 여자가 그 앞에 다시 모습을 드러냈다. 앞서 경복궁 내 다른 땅들을 살펴볼 때는, 죽은 여인에 대한 뒷감정이 남아 기분이 매우 쓸쓸하고 죄의식도 남아 있었다. 그런 상태에서 땅을 살피니 땅에 생명의 기운이 느껴지지 않았다. 오늘 땅을 보는 자리에는 죽은 여인이 부활이라도 한 듯 싱싱하게 나타난 것이다. 대지에서 태어난 여인 같았다. 대지와 여인을 비유하는 연유가 이해가 되었다. 대지는 모든 생명을 잉태하는 자궁이다. 여인도 인간의 생명을 잉태하는 고귀한 몸이다. 사랑하는 여인이 다시 살아 돌아오듯, 땅이 생명처럼 그에게 다가왔다. 이곳이야말로 자신이 살 곳이라는 느낌이 드는 것도 이 때문이었다. 생명의 집을 지을 땅이란 바로 이런 곳이다. 김 지관의 말 그대로 이곳은 먹고 배설할 때도 외부의 위협이 전혀 없는 곳이다. 여느 행사와 달리 아예 그를 지키기 위한 형사들도 별로 필요 없는 곳이 아닌가. 모든 것이 완벽하다.

가소롭게 여겼던 지관들의 생각에 귀를 기울이게 된 것은 김 지관의 땅에 대한 신념 덕분이었다. 짐승이건 사람이건 인간의 생명과 안전을 위한 곳이 명당이라는 주장을 듣고서 마음이 처음 열렸던 것 같다. 결정적으로 생명의 집에 대한 의미를 깨닫게 된 것은 이시이가 알려준 조선인들이 마음 바닥에 지니고 있는 명당에 대한 개념이었다. 조선인들은 매우 근엄하고 속내를 드러내지 않아서 명당의 개념을 입에 잘

담지 않았다. 물론, 시작부터 조선의 풍수를 아주 무시하고 접근했던 문제점도 있었다. 그런데 이시이가 조선은 명당을 여근 형태로 이해하고 있다고 알려준 것이다. 조선의 수도인 경성이 바로 이 나라 최고 명당에 해당하는 부분이고, 경복궁이 그 자궁의 가장 깊숙한 지점이었다. 김 지관이 주장하는 금지된 정원은 외음부의 솟아오른 둔덕의 땅으로 공알명당이라고 했다. 더구나 금지된 정원은 나라의 주인만이 차지할 수 있는 생명의 땅이라고 하지 않는가. 조선은 일본의 땅이니, 조선 총독이 아니라면 감히 누가 그 땅을 차지할 수 있는 주인이란 말인가.

"경복궁 안에 들어가시겠다면, 누가 총독님을 막겠습니까? 하지만 진정으로 여성을 정복하는 것이 무엇인지 생각해보시면 해답을 찾으실 수 있을 것입니다. 총독관저가 생식기 안으로 들어가면 완전히 그 여성을 정복하는 것 같지만, 실제 여자를 정복하는 것은 그것이 아니지 않습니까. 여자를 사랑해보셔서 아시겠지만, 여자를 완전하게 정복하는 것은 그 여자에게 기쁨을 주었을 때입니다."

김 지관의 마지막 한마디가 덮어놓은 아픔을 건드려놓은 듯했다. 어떤 방법으로도 완전히 정복했다고 느껴지지 않는 여자가 떠올랐기 때문이다. 이 중요한 순간 조선 여자 따위에 신경 쓰면 부정을 탈 수도 있을 것이다. 대의를 잊지 않으려고 총독은 하늘을 올려다보았다.

조선 총독으로 부임하던 날, 경성역에서 조선의 붉고 거대한 둥근 알이 검은 점을 품고 태어나면서 귀에 속삭였다.

"생명의 집을 지으면 조선을 발아래 두고 영원히 지배할 것이다."

공알이라는 표현을 들었을 때, 아! 노모가 편지에 쓴 것처럼, 왔다는 것을 깨닫기도 전에 이미 와버린 확신이 몸을 꿰뚫고 갔다. 쪽빛 조선 하늘에서 태어났던 그 알이 생명의 땅인 공알명당을 암시했던 것이다. 경복궁이 자궁을 의미한다면 경복궁 신무문 뒤쪽인 금지된 정원은 여성의 기쁨을 위한 곳이다. 일본의 수로는 온 세계를 휘젓고 다니는 대로다. 일본은 긴 수로나 대로를 통해 세계를 정복하는 남성이다. 중국은 산둥반도가 오로지 조선으로만 뻗어 있지만, 일본은 수로이니 어디든지 전 세계를 다니면서 정복하고 차지하고 기쁨을 누릴 것이다. 조선은 일본이 차지해야 할 한갓 작은 영토이고 한 여자일 뿐이다. 한양이라는 이름도 경성으로 바뀌면서 중국에서부터 뻗어오던 양기를 끊어놓았다니, 이보다 좋은 상황은 없는 것이다. 총독은 환청처럼 귓가를 울리는 계시를 다시 듣고 있었다.

"생명의 집을 지으면 조선을 발아래 두고 영원히 지배할 것이다."

사람들이 식사를 하기 위해 총독을 기다리고 있었다. 총독은 약간 홍분한 상태로 식탁으로 향했다. 기쁜 감정이 솟구치면서 갑자기 식욕이 돋았다. 막 젓가락을 잡으려다가 총독은 식탁에서 이상한 물건을 보았다. 가만, 이게 뭔가, 숟가락이 아닌가. 아니 식탁에 어떻게 조선의 숟가락이 올라와 있단 말인가. 그는 안 사장을 불러오라고 했다. 멀리서부터 안 사장이 이미 허리를 직각으로 구부리고 달려오는 것이 보였다.

"내 식탁에 허락도 없이 조선의 숟가락을 놓다니, 도대체 어찌된 일이냐. 우리는 국물을 숟가락으로 떠먹지 않는다. 그릇째 들고 마시는 그릇 문화라는 것을 여태 몰랐단 말이냐."

"죽여주십시오, 총독님. 이 미천한 것이 총독님을 위해 꾀를 내어 감히 숟가락을 올렸습니다."

"나를 위해 숟가락을 올렸다니 나의 무엇을 위한다는 말이냐?"

"네. 숟가락은 생명입니다."

순간 총독은 가슴이 철렁해서 입을 다물었다.

"숟가락 모양을 보십시오. 숟가락은 위가 둥글어 하늘과 태양 모양을 하고 있고, 아래 손잡이는 길쭉한 사각으로 땅의 모양을 하고 있습니다. 오늘 야유회를 하신다기에, 태양 아래서 풋풋한 대지를 만나러 나오신다는 뜻으로 받아들여 숟가락을 놓았습니다. 둥근 부분에 음식을 담아 드시면 바로 하늘의 태양을 담아 먹는 것이니, 이것이 바로 생명을 먹는 방법입니다."

총독은 안 사장이 숟가락을 통해 천원지방을 설명하고 있다는 사실을 깨달았다. 총독은 그동안 식도원에서 안 사장이 준비한 음식을 몇 번 먹을 기회가 있었다. 그런데 오늘따라 이렇게 숟가락을 내놓으며 생명을 주장하고 나오다니! 계시의 내용이 이렇게 하나하나 잘 들어맞기도 힘든 일이었다. 그때 어디선가 여자의 목소리가 들렸다. 식탁 테이블에서 다섯 발자국쯤 떨어진 곳에 놓인 매화꽃 곁이었다.

"가, 가짜예요."

커다란 매화꽃 가지 곁에 세린이 서 있었다. 그녀는 동양화 속의 서양 여자처럼 눈을 끌었다. 그곳에는 흰나비와 노랑나비 두 마리가 주변을 돌고 있었다. 날아든 나비들의 선회를 세린의 손끝이 따라가고 있어, 사람들의 시선이 세린에게 한껏 모여 있었다. 세린은 동그랗게 큰 눈을 뜨고, 가짜 매화인데 나비와 벌 들이 날아들었다고 설명했다. 사람들이 모여들었다. 정교하게 잘 만들어진 인공 매화인데 나비와 벌 들이 찾아들어 꿀을 빨고 있었다. 나비와 벌은 꿀 향기를 맡고 모여드는 곤충이기에 단순히 매화꽃 모양만 보고 모여들었다고 보기에는 기적 같은 일이었다. 총독은 그 광경이 의미심장하게 받아들여졌다. 총독은 매화 가지를 누가 준비했느냐고 물었다. 곁에 서 있던 안 사장이 머리를 조아리며 말했다.

"과거에 올렸던 황제의 식탁을 그대로 꾸며본 것입니다. 당시, 고종 황제의 야유회는 지금처럼 꽃이 피기에는 약간 이른 때였습니다. 그래도 꽃을 바치고 싶은 마음에 인공 매화를 만들었던 것입니다. 그때 황제께서 매우 기뻐하시면서 '신기하게도 꼭 같구나. 그동안 식탁을 꾸미기 위해 항상 살아 있는 꽃들을 꺾어서 올리지 않았느냐. 앞으로는 아름다운 꽃들을 꺾을 필요 없이 이 인공 매화를 올리면 좋겠구나. 그러면 어느 계절이건 매화도 볼 수 있고. 생명의 기운이 중천하면 언젠가는 이 인공 매화에 벌과 나비도 날아들지 않겠느냐'라고 말씀하셨습니다."

조선의 황제를 회상하는 안 사장의 표정이 처연했다. 이태왕이 예견했던 벌과 나비가 날아드는 날이 오늘이라니! 인공 매화에 나비가 날아드는 기적이라니!

분위기의 향방을 재빠르게 감지한 풍수사 이시이가 총독 앞으로 들뜬 얼굴을 들이밀며, 때를 놓치지 않고 잘난 척을 했다.

"총독님, 제가 풍수를 하면서 이렇게 묘한 곳은 처음 봅니다. 이곳은 인공 매화에도 생명이 날아드는 땅이옵니다. 이곳에 관저를 지으시면 총독님이 꿈꾸는 것은 무엇이든지 이루실 것입니다. 제가 보기에는 관저로 짓기에 손색이 없는 이유는……"

총독은 이 금원에 오기 전에 만났던 사람, 조선에서 풍수로 가장 유명한 양풍공 지관을 떠올렸다. 총독관저를 지을 땅을 찾기 위해 조선의 유명한 지관들과 풍수사들을 모으는 과정에서, 양 지관이라는 자는 일부러 총독부로 부르지 않았다. 총독관저의 땅을 최종적으로 정할 때 마지막으로 확인하기 위해서 일부러 남겨놓은 고수였다. 그런데 비밀경찰에 따르면 손덕이라는 풍수사가 양 지관의 집을 두 번이나 들렀다고 했다. 손덕이 천거한 땅은 과거 학자들과 조선 인재들이 공부하던 집현전 땅이었다. 총독은 확인 차 양 지관을 불러들였는데, 양 지관은 머리가 흐려져 명당을 알아볼 수 없다고 강경하게 거절했다. 도리어 총독이 몰래 찾아가 만나볼 수밖에 없었다. 집현전 땅에 총독관저를 지을 생각이라고 하자, 노인은 엉뚱한 말을 던졌다.

"조선의 무학대사라는 자가 지나가던 한 승려로부터 '미련한 소'라는 말을 들었습니다. 십 리만 더 가면 좋은 땅이 있는데 엉뚱한 곳에서 헤맸기 때문이지요. 그곳에서 십 리 떨어진 곳에 경복궁 땅을 찾게 되었는데, 그때부터 왕십리라는 지명이 생겼습니다."

"내가 엉뚱한 땅에서 헤매니 미련하다는 뜻이오? 풍수사 손덕이 양 지관의 뜻을 전한 것이 아니었소?"

"손덕이, 그자가 무엇을 목적으로 이 늙은이를 찾아왔겠습니까? 이 늙은이가 조선에서 유명했던 김청계라는 한 도참학자의 절친한 친구였기 때문이지요. 조선의 흥망과 미래에 대한 그의 생전 생각을 알고 있을 것으로 알고 조르러 온 것이었습니다."

"그렇게 유명한 풍수사가 누군가?"

"세상을 먼저 떠났습니다. 이제 친구를 뒤따라가는 것만 남았습니다."

양 지관의 사설을 듣다가 별 소득 없이 그 집을 나오려는데, 귓등으로 이런 말이 들렸다.

"친구에게 아들이 있긴 했는데 뭔가를 남겨놓았다면 그 아들에게……. 아니, 그 아들은 애송이 지관이어서 도움이 못 될 것입니다. 사람이 땅을 찾는 것이 아니라 땅이 사람을 찾는 법입니다. 땅이 사람을 받아들이면 그 증거를 보여줄 것입니다."

알아보니, 그 유명한 도참학자의 아들이 김 지관이었다. 처음부터 신뢰가 갔던 인물이었다. 김 지관이 주장한 명당이 금지된 정원이었다. 더구나 종이에 썼다가 일본 측에 보여주지 않으려는 의도였는지 굳이 찢어버렸던 장소였기에 호기심이 더 생길 수밖에 없었다. 신무문이 열리는 순간 제대로 찾아왔다는 묘한 예감이 일었던 것도 특이한 일이었다. 어제 손덕이 천거한 경복궁 안의 집현전 땅을 살필 때는 어떠한 생명의 기운도 느낄 수 없었는데, 오늘 이곳에서 인공 매화에 날아든 나비와 벌을 바라보며 앉아 있자니 마치 무릉도원에 온 듯 편안함과 기쁨이 느껴졌다. 그때 토목국장이 총독에게 달려오는 모습이 보였다.

"내지[14]에 대지진이……."

토목국장이 총독에게 전하는 말을 엿들은 이시이는 혼비백산하면서 큰 소리로 비명을 지르더니 몸을 땅에 납작 엎드렸다. 그 바람에 사람들의 시선이 일제히 쏠렸고, 순식간에 발아래 지진이 일어난 것처럼 총독부 일본 직원들은 동요를 보였다. 반면, 조선 지관들과 식도원 요

---

14 내지는 일본 본토를 일컫는다.

릿집 사람들은 미동도 없었다. 동요하는 무리와 미동도 않는 무리, 그리고 이시이가 엎드렸던 몸을 슬그머니 일으켜 땅에 쭈그려 앉은 채로 총독의 눈치를 살피고 있었다. 이시이의 태도에서 총독은 과거 경성역 광장에서 땅바닥에 엎드렸던 자신의 비참했던 모습을 보았다. 손이 부들부들 떨리고 이시이를 발로 차고 밟아버리고 싶었다. 굴욕스러운 모습이었다. 그런 총독의 마음도 모르고, 슬그머니 일어난 이시이는 다시 말을 걸었다.

"조, 조선은 끄떡도 않는데 왜 일본만 흔들리는 것일까요?"

여태 깨닫지 못했던 사실이 섬광처럼 총독의 가슴을 치고 지나갔다. 조선인들에게 땅을 빼앗을 수 있을지는 몰라도, 그들의 땅이 발아래서 항상 굳건하다는 믿음을 빼앗을 수는 없었다. 일본의 땅은 언제나 허공에 선 것처럼 발아래가 불안했다. 세린이 말한 반석과 모래와 같은 차이였다. 그 생각을 하자, 콘스탄티누스 황제가 그리스도로부터 받은 예언이 떠올랐다. 비로소 세린의 말이 이해가 되었다. 그러자 갑자기 콘스탄티누스 황제처럼 그리스도의 힘을 빌려 생명의 집을 찾아야겠다는 생각이 들었다. 그의 마음속에서 여태 그리스도교도들을 배척했던 마음이 눈 녹듯 사라졌다. 적을 용서하는 마음이라는 것이 이 같은 느낌일까. 모든 것이 완벽하게 이 땅이 생명의 땅임을 보여주고 있었다. 세린의 말처럼 눈에는 보이지 않지만 생명의 기운이 느껴지고 그런 믿음이 왔다. 일본보다 조선이 참으로 안전한 땅이며, 게다가 이곳은 거의 완벽에 가까운 생명의 땅이었다. 총독은 지관들을 불러 모아 대은암 암벽 쪽으로 다가갔다.

"오늘을 기념해서 저 바위에 '천하제일복지'라는 글자를 새기도록 하겠다. 멀리서도 그 글자를 알아보도록 큼직하게 새길 것이다. 바로 이 땅, 경복궁 금원에 총독관저를 짓도록 하겠다. 경복궁 안에 총독관저를 지어 조선인들의 마음을 상하게 하는 그런 야만적인 총독이 아니라, 경복궁 뒤 보이지 않는 곳에 겸허하게 지어 조선인의 마음을 헤아리는 진정한 문화 총독이 될 것이다. 이를 대일본제국의 신민인 이 나라 모든 사람들에게 공표하도록 하라."

김 지관

식도원에 도착하니 먼저 온 손님들이 기다리고 있다고 했다. 김 지관은 안 사장의 사택 밀실로 안내되었고, 선친의 절친한 친구인 양풍공 지관 어른과 총독부에서 만난 황수리 지관이 그를 맞았다. 김 지관은 두 분에게 큰절을 올렸다. 이미 차려져 있던 소박한 상 위로, 안 사장이 술병을 들고 들어왔다. 양 지관 어른이 김 지관에게 먼저 술잔을 내밀었다.

"아니, 제가 먼저 술을 올리겠습니다. 제 잔을 먼저 받으십시오."

"그렇지가 않네. 김 지관의 공로가 컸다는 것을 누구나 알고 있네."

김 지관은 무릎을 꿇고 두 손으로 잔을 받았다. 서로의 잔을 채웠고 같이 술잔을 비웠다. 알싸한 술이 목을 자극했다. 김 지관은 술을 입에 넣어본 것이 수년 만이었다.

"두 분이 서로 연락이 닿고 있는 줄 꿈에도 생각하지 못했습니다."

"양 지관이 나와만 연락이 닿았던 것이 아닐세. 총독부에 드나든 조선인 지관이나 풍수사 들과 거의 연락이 닿았지. 게다가 조선 총독까지!"

"조선 총독과 연락이 닿다니요?"

"하하, 그런 것이 있네. 그런 이야기 이제 그만하고 음식이나 먹음세."

김 지관은 어떻게 양 지관 어른이 조선 총독과 연결이 닿았는지 가늠할 수 없었다. 여태 대화에 끼어들지 못하고 있던 안 사장이 신이 나 말을 풀어놓기 시작했다.

"식탁에 숟가락을 놓을 때만 해도 일이 그렇게까지 커질 줄 몰랐습니다. 다만 음식을 먹기 위해 그렇게 한 것입니다. 서양식으로 상차림을 했지만 조선의 음식이니 숟가락이 필요한 것은 당연하지요. 총독이 숟가락을 왜 올렸느냐고 다그치니까 아랫도리가 후들후들 떨렸습니다. 그때 지관님들이 이곳에서 식사하시면서 나누던 이야기가 번개같이 떠올랐습니다. 무심코 들었던 것이 저를 살려준 것이나 다름없었습니다."

"아주 시기적절한 설명이었네."

"저는 이번에 중요한 경험을 했습니다. 요릿집에서는 젓가락이건 포크건 원하는 대로 제공하면 그만입니다. 그날 금원에서 황제의 요리를 올리는 자리에 포크와 나이프를 놓게 되자 왠지 감정이 좋지 않았습니다. 배신을 하고 있다는 느낌과 모독을 당한 느낌이 범벅이 되었습니다. 조선 땅을 침략해 이렇게 못살게 찌르고 헤집어놓듯, 황제를 위한 요리마저 포크와 나이프가 올라가는……. 그 상차림이 내 손을 거쳐야 했으니……."

"숟가락 없이 궁중 요리를 먹겠다는 것 자체가 비문화적인 발상이

오. 그러고도 문화 총독이라니!"

"숟가락 때문에 제가 혼꾸멍이 나는 것은 그렇다 치더라도, 그 일로 지관님들의 대업을 망치는 것이 아닌가 하여 식은땀이 흘렀습니다."

"숟가락이 생명이라는 설명 덕분에 우리 계획이 훨씬 순조롭게 풀렸다네."

"도움이 되었다니 휴, 천만다행입니다. 그런데 광화문을 치워버렸다 하더만요. 조선인의 저항이 워낙 강했기에, 아예 완전히 뜯어버리지는 못하고 경복궁 건춘문 북쪽으로 옮겼다고 들었습니다."

김 지관은 양 지관 어른께 말했다.

"다행히 광화문이 비스듬하게 앉아 있던 이유를 몰랐던 것 같았습니다."

"조선의 풍수를 함부로 무시하고 자기들 고집대로 한 탓에 결국 스스로 명당의 급소를 비켜나는 꼴이 되겠으니 자업자득이오. 금원이 천하제일복지라는 사실에는 변함이 없소만, 총독관저가 들어앉을 땅도 위치를 조금만 변경하면 총독부 청사처럼 급소를 피할 수 있을 것이오."

"저도 땅에 대해 좀 알면 안 되는 것인가요?"

"이제 안 사장도 비밀을 알 때가 되었네. 비록 한일병합이 이루어졌다고는 하나, 일본이 이 나라 땅을 차지했다고는 하나, 결코 그들이 이 땅의 자궁을 차지하게 해서는 안 된다네. 조선의 생명이 잉태되는 땅을 그들에게 빼앗겨서는 안 된다네. 이 나라를 통째로 빼앗겼다고는 하나 극히 일부분에 속하는 이 부분을 다시 빼앗겨서는 안 된다네. 만약 경복궁 안에 총독관저를 짓게 되면 일본의 우리나라에 대한 영원한 지배가 가능하게 될 것이네."

김 지관은 황수리 지관과 묵묵하게 듣고 있었다.

"총독이 경복궁 안 황제의 잠자리에 들어 있다는 생각을 하면 끔찍하지요. 생각만 해도 소름이 끼칩니다. 그런데 금원에 총독관저를 짓자는 주장은 여기 계신 김 지관님의 것이고, 황수리 지관님은 다른 땅을 주장했다고 들었습니다. 금원을 적극적으로 반대하셨다는데 어떻게 된 것입니까?"

"우리 모두 그 땅을 천거하면 총독이 의심할 수밖에 없지 않겠나. 총독을 경복궁 바깥으로 끌어내려고 그렇게 미리 짠 것이라네. 나와 다른 지관들은 경복궁 안에 관저를 짓자고 주장하고 김 지관은 금원을 주장한 거지. 총독이 경복궁 안으로 마음을 정할까 봐 얼마나 마음이 조마조마했는지……. 총독의 의심을 사지 않으려고 작정하고 반대를 한 것이네. 정작 반대를 하다가 마지막에 그쪽으로 기우는 척해서 믿음이 가게 만든 것이지. 하지만 이 역시 상당히 위험했어. 가슴이 오그라드는 듯 그 심정을 당사자들이 아니고는 이해하지 못할 걸세."

"그럼 다른 지관들도 그 사실을 알고 있었습니까?"

"처음에는 몰랐지만 곧 그 의도를 파악한 것으로 안다네. 하지만 전혀 모르고 있었던 사람이 딱 한 사람 있었지."

김 지관은 공손한 태도로 양 지관 어른께 물었다.

"조선 총독 말입니까?"

"아닐세. 손덕이지. 자네는 종묘에서 몰래 만났지만, 손덕은 내 집에 버젓이 드나들었으니 총독은 처음에 손덕이 내놓은 의견이 내 생각이라고 믿게 되어 있었지. 나는 손덕에게 과거 집현전 땅을 천거했지. 총독은 겉으로 유한 사람처럼 보이지만 철저하게 스스로 확인하고 모든 사태를 장악하는 성격의 인물이지. 나를 총독부로 부르지 않았을 때 이유가 있으리라고 생각했는데, 일부러 남겨놓았던 것이지. 총독은 집현전 땅이 정말 최고의 명당인지 확인하러 왔고, 슬그머니 나는 대인 이야기를 하며 자네가 이 나라 미래의 명운에 대한 풍수의 비밀을 지니고 있을지도 모른다는 말을 흘렸지. 직접 경복궁의 후원을 천거하면 미리 짠 것 같아서 눈치를 챌 수도 있기 때문이지. 김 지관, 나를 찾아와서 구하던 지혜는 이제 해결이 되었는가?"

"네. 명당 중의 명당을 골라주었으니 지관의 양심을 지켰고, 흉지 중의 흉지를 골라주었으니 조선인의 본분을 저버리지도 않았습니다."

생명에 지나치게 집착한 총독은 여자의 자궁을 닮았다는 명당의 그림 때문에 금지된 정원을 생명의 땅으로만 받아들였다. 물론 이 나라의 진정한 주인인 임금이 경복궁에 머물면서 금지된 정원의 기쁨을 마음껏 누렸다면 그 땅은 천하제일복지였을 것이다. 게다가 백성에게 진정한 기쁨을 주는 방법을 터득한 왕이 그 땅의 기운을 받게 된다면 세계적인 위대한 인물이 되고도 남을 것이다. 하지만 주인이 집을 비운 상태에서 허락 없이 남의 정원에 침입한 자가 집의 생기를 얻을 수는 없는 것이다. 총독은 그 땅의 주인이 아니다. 허락 없이 침입한 자가 금지된 정원을 차지한다는 것은 스스로 죽음의 땅을 선택한 것이나 다름없었다. 주인이 차지하면 명당이지만, 그렇지 못한 자가 차지하면 흉지로 변하는 금지된 정원! 조선 지관들은 명당 중의 명당을 찾아주었지만, 그 땅을 차지하는 자가 명당을 누릴 자격이 없어 흉지 중의 흉지나 다름없게 된 것이다. 그 땅을 차지하는 총독들의 끝이 좋을지 두고 보면 알 일이다. 선친이 양택을 하는 최고의 명당도 위에 묘도라고 적어놓았던 비밀이었다.

이때 식도원의 양악대 소리가 밀실까지 들려와서 김 지관은 무언중에 귀를 기울였다. 몇 해 전에 안 사장이 궁정 양악대처럼 꾸며 태화관에 처음 등장시킨 이래, 식도원에서도 가끔씩 큰 행사에 동원하고 있다고 했다. 손님들은 양악대의 경쾌한 음악에 맞추어 기생들과 함께 춤을 추는데, 꼭 앉은뱅이들처럼 앉아서 추는 경우가 많다고 했다. 그때 손님이 찾아들었다. 정라정이었다. 막 그에 대한 말을 시작하던 차라, 호랑이 제 말하면 온다는 둥, 양반은 되지 못하겠다는 둥 말들이 오고 갔다.

"〈장한몽〉이라면 공연할 수 있게 해준다는 것이었습니다. 저는 처음에 거절했습니다. 왜 〈춘향전〉은 공연을 한다니까 극단 문을 닫게 하더니 〈장한몽〉은 된다고 했겠습니까. 물질숭상 문화를 유행시켜 조선 여성들을 타락시키고자 하는 의도가 아니겠습니까? 조선 여성들의 순진한 마음을 다이아몬드로 타락시키려는 것입니다."

"그런데 어떻게 그 공연을 받아들였나?"

"큰 것을 얻기 위해 내준 작은 것에 불과합니다. 이제 〈장한몽〉을 빌미로 큰 다이아몬드 하나는 자유롭게 이동시킬 여력이 생긴 셈입니다. 이 공연을 할 동안은 의심받지 않고 독립자금 전달이 가능합니다. 게다가 이번 일은 안 사장님이 조선의 운명이 걸린 사안이라고 좀 도와달라고 하셨습니다."

"그래, 그랬지. 여러모로 안 사장의 도움이 컸네."

"뭐, 저야 양쪽을 연결한 것뿐이지요. 요릿집이라는 곳이 본래 그런

역할을 하는 곳입니다."

"안 사장님이 〈장한몽〉을 한 번만 공연해달라고 말씀하셨습니다. 나라의 운명을 가르는 순간이라 했습니다. 총독부 행사에 공연을 하면 권력에 빌붙은, 겉으로는 변절한 것처럼 보이겠지만, 그 진실은 다를 것이라고 했습니다. 부귀영화나 권력으로도 여자의 마음을 얻지 못하는 〈춘향전〉은 총독의 마음에 거슬릴 것이니, 권력과 다이아몬드로 여자의 마음을 사로잡는 현신을 통해 그 마음을 위로해주라고 했습니다. 정말 총독에게 효과가 있었는지는 의문입니다."

"아주 중요한 결정을 할 때 남자의 자존심을 세워주는 것만큼 효과적인 것은 없다네. 문화 총독임을 자칭하고 있으니 그렇게 느끼게 해주는 것이지요. 야유회에 기생들을 들이지 않는다는 이야기를 듣고 총독의 마음을 읽었습니다. 연극은 문화를 상징하고 다이아몬드는 권력을 상징하니, 심리적으로 매우 자부심이 생겼을 것이지요."

"그런데 그 여자는 어떻게 그 자리에 오게 된 것인가?"

총독 곁에 서 있던 여자, 세린이 그곳에 온 연유가 궁금했다. 총독 옆에 서서 그 모든 일이 성사되도록 너무나 자연스럽게 이끌었기 때문이다.

"태화 회관의 통역사라고 알고 있습니다. 총독부 문화조사과 담당자로부터 그렇게 들었습니다."

그때 안 사장이 말했다.

"나도 그곳에서 그 애를 보고 깜짝 놀랐습니다. 사실 그 여자는 과거에 제가 데리고 있었던 주방 찬모의 동생입니다. 한때 장안사에서 청소를 했습니다. 정라정 선생과 같은 극단에 있었다고 들었는데, 연극 상대로 온 것이 아니었던가?"

"연극배우 중에 그런 여자는 없었습니다."

"뭐 소품도 담당하고 그랬다고 하더군요. 하지만 그때와 많이 달라진 모습이었습죠. 서양 전도사들 옆에 있더니 버터 냄새가 풀풀 나던데요. 너무 세련되어 못 알아볼 뻔했다니까. 그럼, 모르는 여자에게 옥반지를 건넨 것이란 말이오?"

"총독부의 야유회에서 공연을 하기로 결정된 후, 총독부 문화과 소속의 하루키 과장이 제게 옥반지를 내밀었습니다. 연기하는 도중에 반지를 한 여성에게 자연스럽게 즉석에서 건네주는 장면을 연출하면 어떻겠느냐는 것이었습니다. 조심스럽게 간청하는 태도였습니다. 겸손한 사람이라는 느낌을 받았습니다. 어떤 여자에게 건네주어도 상관없느냐고 했더니, 그곳에 여자는 한 명밖에 없을 것이라고 했습니다. 과연 그 장소에는 그 여자밖에 없었지요. 바로 저와 같은 극단에서 일했다던……."

"아, 과거 극단에 있었다니까 배우인 줄 알고 세린을 불러들여 상대역을 시켰군요. 그렇지 않아도 사람들이 세린을 배우로 여긴다고 들었습니다. 그러고 보니 기생 열을 데리고 간 것보다 총독이 더 흡족해하는 모습이었습니다."

"왜 하루키 과장은 정라정을 통해 그 여자에게 반지를 주려고 했을까요?"

"글쎄 저도 잘 모릅니다. 예술적인 감성이 있는 사람 같기도 하고 한편으로는 연극에 사람들의 관심을 더 불러 모으려고 그랬던 것 같습니다."

"총독부 문화과 과장이라면 총독부에서 시킨 것은 아닐까요?"

"결국 옥반지를 주지 못했잖아. 대신에 총독이 다이아몬드 반지를 받을 만한 여자라고 하지 않았나. 총독이 김중배 역할을 하겠다는 건지, 하하하."

가만히 듣고 있던 안 사장이 조심스럽게 말을 꺼냈다.

"그 하루키 과장에게 좋지 않은 일이 있는지도 모릅니다. 어제 술자리에서 총독부 관료들이 주고받는 이야기 속에 하루키라는 이름이 오르락내리락하더란 말입니다. 언뜻 들리는 말로 경질을 당했다고 했습니다. 조선철도호텔의 게스트 하우스에 오랫동안 여자를 숨겨놓고 지내다가 들켰다고도 하고, 여자를 죽여서 어디에 묻었다는 둥 완전히 변태였다고 합니다. 아직은 쉬쉬하는 내용이라고."

"그날 그렇게 순수해 보이더니만. 행여 하루키라는 이름의 다른 사람은 아닌가?"

"만약에 동일인이라면 자네를 통해 그 여자에게 반지를 전하려 한 것도 교묘한 술책일 수 있겠군. 아주 그냥 도가 튼 난봉꾼이었구먼."

"야유회의 반지 때문에 총독의 눈에 거슬려서 쫓겨났다는 말도 있고요. 본래 여자관계가 복잡했는데 총독의 여자에게까지 입질을 했다는 둥 어디까지 부풀려진 것인지 알 수 없습니다. 금원에서 독충에 쏘였다는 말도 있고, 경질을 당하자 그랬다는 말도 있는데, 여하간 하루키 과장이 정신을 잃고 쓰러졌다고 합니다. 나중에 정신을 차리긴 차렸는데, 사람이 약간 이상해졌나 봅니다. '헬프 미! 헬프 미!' 계속 입에서 중얼거린다고 하네요. 저도 술장사 밥장사하면서 여자 때문에 이상해지는 놈 한두 번 본 것이 아니거든요. 세린이가 걸려들지 않은 것이 천만다행이지요."

"하늘이 도운 것이지. 세린이라고 했나, 그 여자가 인공 매화에 날아든 나비와 어우러져 절묘하게 기적을 완성시켜주었지. 그 순간 총독이 금원으로 마음을 굳혔을 가능성이 높아."

그때 안 사장이 말했다.

"그 매화에 얽힌 비밀 이야기를 하나 해드리리다. 그 인공 매화의 이름은 윤회매입니다."

"윤회매? 꽃 이름치고는 기이한 이름입니다."

"북학파 실학자 이덕무가 매화나무 가지에 인공 매화꽃을 만들어 붙여서 생긴 이름이지요. 벌이 집을 짓기 위해 뿜어낸 하얗고 투명한 밀랍을 가져와서 매화꽃을 만든 것이지요. 벌과 나비는 꿀이 모여 있는 꿀벌집의 향내를 맡고 모여드는 것이고요. 자신이 뿜어낸 물질을 찾아와서 다시 먹고 또다시 꿀을 만든다 하여 윤회매라 이름하지요. 계속 돌고 돌기에 붙여진 이름입니다."

"그러고 보니 안 사장 당신이 최고 공신이네. 인공 매화에 벌과 나비가 날아드니 누군들 그 땅이 생명의 땅이라고 여기지 않겠나."

순간 안 사장의 얼굴이 도리어 어두워져 사람들은 의아해했다.

"그전에는 윤회매를 만들면 살아 있는 꽃들을 꺾지 않아도 된다고 나름 자부를 했습죠. 그런데 이번에는 벌들도 어느 날 인간에게 통째로 벌집과 꿀들을 빼앗겼으니 얼마나 기가 막혔을까 하는 생각이 들더라고요. 그 작은 몸으로 집 짓고 벌꿀 한 통 만들려고 수천만 번 날갯짓을 했을 터인데…… 일본이 우리에게서 통째로 다 뺏은 것처럼 했으니까요. 참나, 벌들의 집과 꿀로 인공 매화를 만들었더니 벌과 나비가 그 향내를 맡고 다시 날아들고, 지금 그 기가 막히는 상황을 우리는 기적이라 부르고 있으니……."

김 지관은 코가 시큰해서 부지불식간에 울먹대면서 말했다.

"우리도 벌과 같지요. 경복궁을 지키고자 하는 것 말입니다. 나라를 통째로 다 빼앗겼지만 그중에 아주 일부를 다시 찾기 위해 이렇게 모여 머리를 싸매고 있으니 말입니다."

"자, 술이나 한잔 더 합시다. 총독관저를 경복궁 밖으로 내몰기는 했지만, 금지된 정원에 총독관저를 지을 때 다시 막아야 하는 것이 있지 않소. 어쩔 수 없이 금지된 정원은 내놓았지만, 빼앗긴 것의 극히 일부분이라도 지켜야 하는 것이 있지 않소. 말 그대로 궁을 지켜야 하는 수궁터가 되도록 말이오. 그렇게 조금씩이라도 지키면 윤회매처럼 본질은 잊어버리지 않을 것입니다."

"총독이 그렇게 생명에 연연해하는 이유는 무엇일까요?"

"뭐 계시라는 것을 받았다는 소문이 있던데, 아마 죽을 고비를 넘긴 적이 있어서 생명의 위협을 항상 느끼는 모양이지. 계시도 그런 공포감에서 생겨난 환상일 게야."

"그렇게 생명의 집을 찾아 헤맬 것이 뭐 있겠습니까? 밥 먹는 숟가락이 하나씩이라도 있는 집은 모두 생명이 있는 집이지요. 숟가락이 있는 조선의 모든 집이 생명의 집이 아니겠습니까."

"그렇지. 우리가 먹고 살아가는 모든 집이 생명의 집이지."

"내가 수수께끼를 하나 내도록 하겠네. 저들 말대로 천황의 은혜로 만들어진 땅이 조선이라면, 우리 땅은 굳건한데, 일본의 땅은 왜 저렇게 뿌리 없는 자들처럼 흔들리겠나?"

"천황은 무슨……. 하늘이 용서하지 않는 것이겠지요. 천벌을 받는 것입니다."

"저들이 천벌을 받는 것이라면 우리가 독립할 수 있는 날이 머지않을 겁니다."

"총독부 새 청사 첫 삽질을 할 때만 해도 그것이 완성되기 전에 독립이 될 것이라 믿지 않았습니까. 그런데 지금껏……."

"힘없는 식물일지라도 단단한 바위의 틈새를 찾아 뚫고 올라옵니다. 간절한 몸짓을 계속한다면 우리에게도 때가 이를 것입니다."

"옳으신 말씀입니다. 세계가 변하고 있습니다. 백성들이 왕을 뽑는 나라도 있다고 들었습니다. 총독관저가 완성되기 전에, 우리나라에도 새 시대가 올지 누가 알겠습니까. 머지않아 나라가 독립해 새 황제나 새 대통령의 집이 그 땅에 들어설지 누가 알겠습니까? 가령, 푸른 기와를 인 멋들어진 전각이 들어서서 사람들이 청와전 혹은 청와당이라고 부르게 될지 누가 알겠습니까."

금지된 정원에 발을 들여놓을 자는 누구인가?

청와대는 권력의 정점이다. 청와대 땅은 풍수 전문가들이 상반된 의견으로 설전을 벌이는 곳이기도 하다. 한데 풍수에 문외한인 작가가 청와대 땅에 관심을 가졌다면 전혀 다른 이유에서이다. 작가의 주요 관심사는 언어 표현이거나 담론이기 때문이다. 사람들은 '그 표현'이 진정 풍수에서 나온 것으로 믿는 모양이다. 하지만 필자는 그것을 풍수를 빙자한 역사적 음모 혹은 역사적 상처에서 나온 정서적 표현일 가능성이 높다고 여겼다.

"청와대를 거쳐간 역대의 대통령들의 말년이 좋지 않다."

대부분 무심코 사용하겠지만, 역지사지해보면 얼마나 끔찍한 표현인지 알 수 있다. "네가 그 집에 살면 말년이 좋지 않을 거야." 한 개인에게도 이런 표현은 진실 여부를 막론하고 끔찍한 저주나 욕설이 될 수밖에 없다. 하물며 한 나라의 대통령에게 이런 표현을 사용한다면,

개인은 물론 한 나라의 불운한 미래를 예견하는 것이니 얼마나 무서운 표현인가.

더구나 풍수에서 연유한 것 같지만 전혀 그렇지 않음을 도리어 풍수 논리로 쉽게 설명할 수 있다. 흔히 집터가 좋지 않아 일이 잘 풀리지 않으면 이사를 하라고 한다. 반대로 터가 좋은 집에 이사를 하면 집안이 흥한다고들 한다. 그 논리를 곧이곧대로 믿는다면, 비록 땅이나 집이 사람에게 영향을 미친다 해도, 이사해서 벗어나면 그 땅의 영향을 받지 않게 된다는 뜻이 된다. 그런데 청와대를 거쳐간 대통령들은 그곳을 벗어나서 말년에 가서야 좋지 않은 삶을 산다는 주장이다. 풍수 논리에 맞지 않는데도 풍수의 가면을 쓰고 계속 회자되는 담론이다. 게다가 정치적 격동기와 함께 심하게 입단속을 하던 시절에나 그렇지 않던 시절에나 이 표현은 구속을 받지 않고 세간에 자유롭게 회자될 수 있었다. 이유는 무엇일까?

끈질기게 해답을 찾아갈 수 있도록 작가적 영감을 불러일으킨 것이, 금원이었다. 이 표현을 만나기 전에는, 청와대 땅이 역사적으로 명당으로 알려졌다는 사실에만 주목하고 있었다. 고려 시대 숙종 때 한 나라의 수도가 들어섰던 남경이었고, 조선 시대에는 경복궁을 그 땅에 세우려 하다가 협소하다고 하여 조금 아래쪽, 그러니까 지금 경복궁 자리에 세운 것이다. 일제 강점기에 조선을 지배하기 위해 들어온 일본인 총독은 일본 풍수는 물론 천시하던 조선 풍수의 힘까지 빌려 조선 최고의 땅을 골랐는데, 그곳이 현재 청와대 땅이다. 그러니까 고려 시대부터 현재까지 우리나라뿐만 아니라 일본 풍수까지 인정한 명당

중의 명당인데, 왜 말년에 어쩌고?

청와대 땅이 조선 시대의 '금지된 정원'이었음을 알게 되자, 작가의 창작의 정원에는 상상력의 덩굴이 마음껏 뻗어나기 시작했다. 특히, 그 불길한 담론이 생겨난 뿌리를 추적하다 보니, 그 표현은 일제 강점기에 경복궁 뒤쪽에 총독관저를 지었던 일본인 총독들에게서 시작되어 대한민국 수립 후 역대 우리나라 대통령들에게로 이어져 내려온 것이었다. 여태 끊어져 있던 역사적 사실과 담론의 기원의 고리를 맞추자, 풍수의 대상으로만 인식했던 땅이 한 나라의 근거지인 자궁으로 이해할 수 있게 되면서 소설은 점점 해답의 실마리를 찾아가게 되었다. 그것은 다름 아닌 청와대 땅을 조선 시대에 왜 '금지된 정원'으로 불렀는지를 알아가는 과정과도 같았다. 결국 소설은 그 정원의 '금기'가 무엇인지, 금지된 정원에 발을 들여놓을 수 있는 자가 누구인지를 보여주는 내용이다. 발을 들여놓아서는 안 되는 자가 그 정원에 발을 들여놓았을 때, 그 불길한 담론은 '우리 국민(백성)이 내린 벌'과 관련이 있었던 것이다.

이 작품은 픽션인 역사소설이다. 역사에 가지고 있던 의문에 나름의 해답을 찾아가는 과정이 기쁘기도 했지만, 소설을 쓰는 과정에서 담론의 진실을 제대로 밝혀 우리 사회에서 무의식중에 회자되는 불행의 언어를 걷어낼 수 있기를 희망했다. 왜냐하면 이 불행한 언어 표현을 계속 사용한다면, 비록 땅은 해방되었지만 우리의 사고와 언어 표현은 여전히 식민 상태로 남아 있을 수도 있기 때문이다. 포스트콜로니즘

(postcolonism), 즉 후기식민주의가 암암리에 우리의 영혼과 인식 속에 잔존해 있을 수 있기 때문이다. 그래서 청와대 구 본관을 허물고 새 본관을 짓듯, 우리의 의식도 새로운 집을 짓는 데 도움이 될 수 있었으면 좋겠다. 소설은 불행한 담론이 생겨난 이유를 이해하고, 이제는 더 이상 대통령들에게 그리고 우리의 미래에 그런 불길한 예언을 이어갈 필요는 없다는 것을 보여주게 될 것이다.

이 소설을 출간하는 데 도움을 준 사람들에게 고마움을 전하고 싶다. 직접 만난 적은 없지만 부족한 저자의 역사적 지식과 풍수적 지식에 지표가 되어준 책들의 저자인 홍순민 씨, 허명섭 씨, 김제이 씨, 김두규 씨, 박혜범 씨께 지면을 통해 감사의 뜻을 전하고 싶다. 작품 초고를 읽어준 언니 K와 항상 격려를 아끼지 않는 헤럴드 경제의 L과, 흔쾌하게 출간을 허락한 은행나무 출판사 사장님과 솜씨와 정성을 다해 편집을 해준 편집자, 그리고 마지막으로 이 책에 흥미를 갖고 쓴소리를 해줄, 저자가 꿈꾸는 천만 독자들에게 감사의 마음을 전한다.

작업실의 검은 나무책상 앞에서
2015년 6월

김다은

금지된 정원

1판 1쇄 인쇄 2015년 7월 28일
1판 1쇄 발행 2015년 8월 6일

지은이 · 김다은
펴낸이 · 주연선

책임편집 · 이진희
편집 · 심하은 백다흠 강건모 이경란 오가진 윤이든 강승현
디자인 · 이승욱 김서영 권예진
마케팅 · 장병수 김한밀 정재은 김진영
관리 · 김두만 유효정 신민영

(주)은행나무
121-839 서울특별시 마포구 양화로11길 54
전화 · 02)3143-0651~3 ㅣ 팩스 · 02)3143-0654
신고번호 · 제1997-000168호(1997. 12. 12)
www.ehbook.co.kr
ehbook@ehbook.co.kr

잘못된 책은 바꿔드립니다.

ISBN 978-89-5660-910-2 03810